影のない四十日間　下

トリュック

トナカイ所有者殺害の前日、カウトケイノの博物館から世界的に貴重なサーミの太鼓が盗まれるという事件が起きていた。実は殺された男は数少ないサーミの太鼓のつくり手でもあった。二つの事件に関連はあるのか。クレメットとニーナは盗まれた太鼓のルートをたどる。寄付主はかつてフランス人探検家がこの地を訪れた際に同行して、サーミ人のガイドから件《くだん》の太鼓をもらったというのだ。七十年以上前のその探検では、ひとりの隊員が亡くなっていた。一年の内四十日間太陽が昇らない極北の地で、トナカイ警察コンビが悲しみに満ちた事件の真相に迫る。

登場人物

クレメット・ナンゴ……………………トナカイ警察の警官
ニーナ・ナンセン……………………クレメットの同僚
トール・イェンセン（シェリフ）……カウトケイノ署の警部、署長
ロルフ・ブラッツェン………………カウトケイノ署の警部補
フレデリック…………………………犯罪鑑識官
マッティス・ラッバ…………………トナカイ所有者
ヨハン・ヘンリック…………………トナカイ所有者
アスラク・ガウプサラ………………トナカイ所有者
アイラ…………………………………アスラクの妻
オラフ・レンソン……………………トナカイ所有者
ニルス・アンテ………………………クレメットの叔父
チャン…………………………………ニルス・アンテの恋人
カール・オルセン……………………農場主、ノルウェー進歩党の議員
ベーリット・クッツィ………………オルセンの農場で働く女性
ヘルムート・ユール…………………博物館の館長
ラーシュ・ヨハンソン………………牧師

レーナ……………………………パブのウエイトレス
ウルリカ…………………………レーナの妹
アンドレ・ラカニャール…………地質学者
エヴァ・ニルスドッテル…………鉱物情報事務所の所長
マッツ……………………………カウトケイノのアウトドア・センターの経営者
ソフィア…………………………マッツの娘
フッリ・マンケル…………………サーミ人の学者
ブライアン・キャラウェイ………カナダ人の雪氷学者
ポール＝エミール・ヴィクトル……探検家
アンリ・モンス……………………探検隊の隊員
エルンスト・フリューガー………探検隊員、地質学者
ニルス・ラッバ……………………エンルストに同行したガイド、マッティスの祖父
クヌート・オルセン………………探検隊員、カールの父

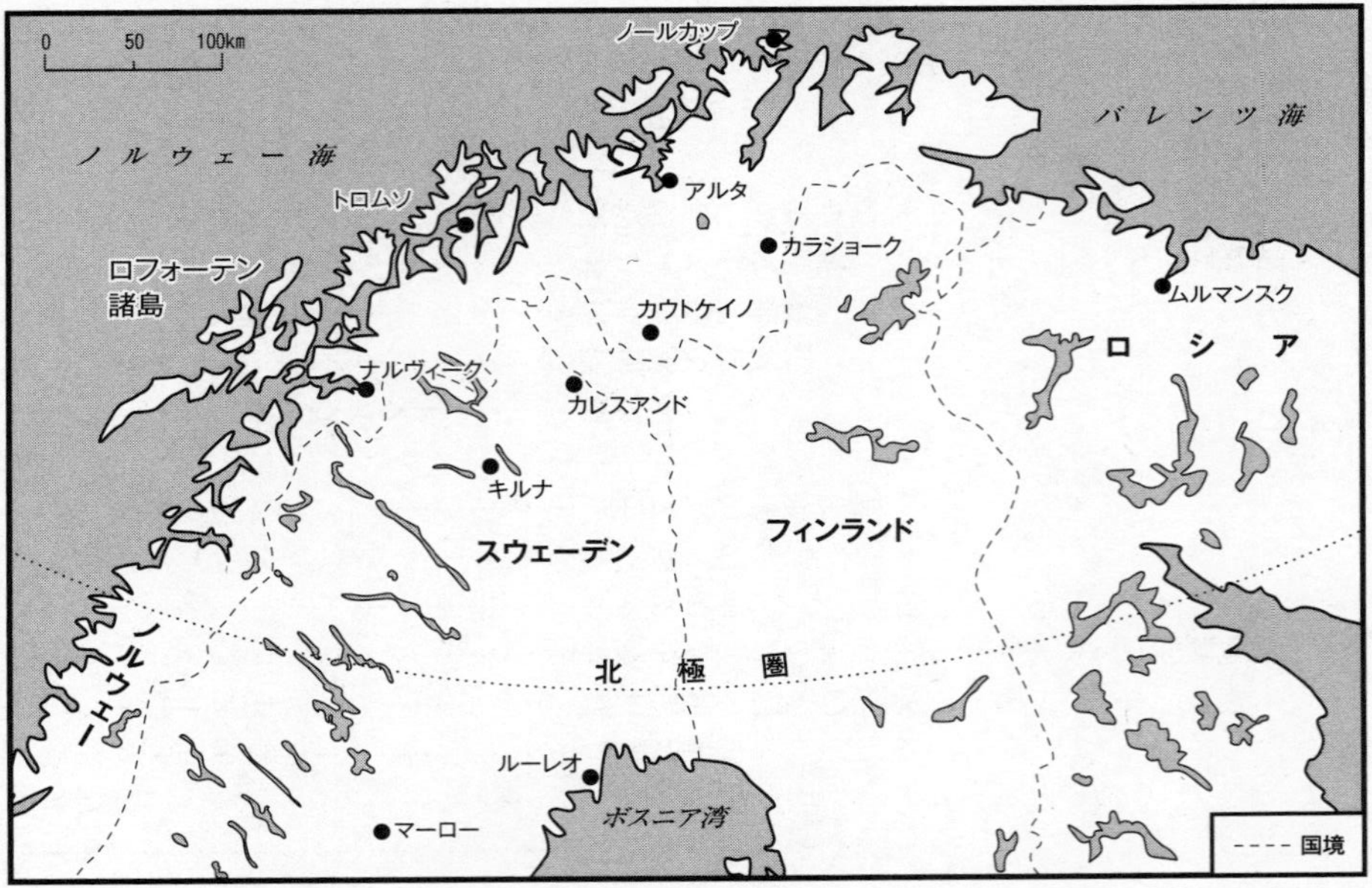
0
50
100km
ノルウェー海
バレンツ海
ノールカップ
アルタ
トロムソ
カラショーク
ロフォーテン
諸島
カウトケイノ
ムルマンスク
ロシア
ナルヴィーク
カレスアンド
キルナ
スウェーデン
フィンランド
ノルウェー
北極圏
ルーレオ
マーロー
ボスニア湾
国境

影のない四十日間　下

オリヴィエ・トリュック
久　山　葉　子　訳

創元推理文庫

LE DERNIER LAPON

by

Olivier Truc

影のない四十日間　下

31

一月二十日　木曜日
サプミ内陸部　八時二十分

ラカニャールはアスラクに座っていいと言われるのを待つこともなかった。顔に笑みは残っているが、それが固まって歪んだ嘲笑《ちょうしょう》に変化している。アスラクは異邦人の表情の変化を見つめていた。男は愛想よく振舞おうとしている。しかしアスラクを騙すことはできない。アスラクは邪悪を感じ取っていた。妻を見つめる。一日の中で眠っているときだけが穏やかな時間だ。幸い、妻は目を覚ましはしなかった。アスラクは深く落ち着いた呼吸をしながら、相手の出かたを待っている。顎をこわばらせ、相手を射抜くような視線で。

「おれはアンドレという名で、地質学者だ。一緒に働いているやつから、あんたがこの地域で最高のガイドだと聞いた。あんたを雇わせてもらいたい。ほんの数日だ。礼はたっぷり払う」

異邦人は下手なスウェーデン語を話した。またさっきの愛想のいい表情を浮かべたが、アスラクは感じのよい外面の奥の素顔を見逃さなかった。アスラクにはそれが読めるのだ。見知らぬ男は大きな袋を開けた。そこから鮭の燻製《くんせい》と黒パンを出し、両方ともアスラクのほうに押しやって、食べるよう勧めた。アスラクはパンには手をつけなかったが、黙ったまま鮭を切って食べた。異邦人は自分も鮭を取り、黒パンを厚く切った。彼も何も言わない。急いではいないようだ。しかしアスラクのそばで何かが動いたとき、その目に新たな炎が宿った。妻がちょうど寝返りをうち、眠ったままの顔を炉の明かりにさらしたのだ。アスラクは異邦人を見つめた。相手はまたアスラクに視線を戻した。

アスラクは以前もガイドとして働いたことがある。だから今回依頼されたのも不思議ではない。だが今はトナカイの世話でひどく忙しい。他のトナカイが自分の群に混ざらないように、放牧地を間断なく見張らなければいけない。たった独りでそれをやっているのだ。そしてこの男は、危険を人間の姿にしたような存在だ——アスラクはそう感じた。アスラクは恐怖が何かを知らない。質問されても、なんのことかさっぱりわからないと答えるだろう。マッティスが一度アスラクに尋ねたことがあった。しかしアスラクはマッティスの言う意味がわからなかった。恐怖？　アスラクは意味のない質問が嫌いだった。腹が空いているか、眠いか、寒いかなどは訊いてもいい。だが怖いかというのは——。アスラクは知るべきことはすべて知っている。しかし恐怖などなんの役にも立たない。だから知らない。だが危険のことなら知っている。生き延びるための本能のおかげで。その危険がオオカミであれ悪天候であれ。あるいは人間であれ。

「今は無理だ」アスラクは答えた。

異邦人は断られるとは思っていなかったようだ。アスラクにも相手が目を細めるのが見えた。

その日は獲物の周りをぐるぐる回るキツネを思わせた。長いこと食べ物を噛んでいる。そしてアスラクから一瞬目を離すと、コタの中を見回した。値踏みをしているようだ。

「それでも頼みたい」異邦人は冷静な声で続けた。「すごく大事なことなんだ。それに礼はたっぷりする」

アスラクは首を横に振った。この男のために口を開く手間をかけるつもりもない。これで話は終わりだと示すために、アスラクはもう鮭には手をつけず、コーサにトナカイのスープをすくった。少しずつ何度も飲みながら、目は地質学者から離さない。相手もアスラクを見つめ返し、あきれたように静かに頭を振った。それから心を決めた顔になり、荷物をまとめて立ち上がり、煙の中に消えていく前にこう言った。

「考える時間をやろう。お前はここで独りきりだ。リーダートナカイが事故に遭ったりしたら大変だろうな。あるいは犬が……もしくはお前の大切な誰かが」

異邦人はもう愛想よくする努力をしてはいなかった。その視線は眠っている女に重くのしかかっている。

「やることがあるが、二時間後に戻ってくる」

男は出ていった。アスラクの妻が目を開き、はっきりと目を覚ました。アスラクはその瞳に、妻もやはり邪悪を感じ取ったのを見た。

九時十五分　スオパトヤヴリ

「わが愛しき甥よ、お前は知らないのかもしれない。だがヴィッダに伝わる伝説は、狩りや漁、放牧、愛の詩だけというわけじゃない」

「それ以外のことを叔父さんの口から聞いたことはないが」クレメットが言い返した。

「それはそうだな。わしは人生の美しきものに弱いのだ」

「鉱山だか呪いだかの話で、さっき興味を引かれたと言ったね？」

「それだけじゃない。ヴィッダでは不思議な話が尽きない。なあ、例えば、かつてカレリア人（カレリア共和国およびフィンランドのカレリア州に住む民族）が侵略してきて呪いをもちこんだとき、われわれは……」

「叔父さん、いい加減にしてくれよ。それはちょっと昔すぎないか？　カレリア人？　ロシア人？　マフィアの話でもしてるのか？」

「口を閉じなさい、無教養な甥よ。北欧人がやってくるよりも前の話をしているのだ。千年以上前だ。いや二千年かもしれない、よくは知らない。大事なのはそこじゃない。やつらに侵略されたとき、力はわれわれの側に味方していなかったが、知恵はあった。残忍で愚鈍なカレリア人たちを断崖へとおびき寄せたのだ。ロシア崖と呼ばれる場所がいくつもある。岩や地衣類が赤いからだ。カレリアの野獣たちの血でね」

　クレメットは何も言わないことに決めた。心を落ち着かせようと、深呼吸をする。叔父はある一定の量の物語を話してからでないと、相手の言うことを聞こうともしないのだ。

「ミス・チャンにそのカレリアの話をしていないといいが。怖がるだろう」

「馬鹿を言うな。彼女のほうがもっとおぞましい話を披露してくれるぞ。だがこれ以上わしの話の腰を折るんじゃない。もう老い先短いんだから。そう、ある伝説があったんだ。信じられないほど大きな金鉱の伝説だ。目には見えない、莫大な財をもつ秘密の王国。しかし恐ろしく危険で、文字どおり命取りになる存在。ロシア崖の伝説と少し似ているが、逆なんだ。サーミの村が狡猾《こうかつ》なやつらによって絶滅させられた。白人によって恐ろしい邪悪がもたらされたんだ」

「白人？」

「わかるだろうが、クレメット！　お前は自分が着ている制服にそこまで無知にされてしまったのか？　白人だよ。スウェーデン人、北欧人、北の大地の開拓者たち。どれでも好きな名前で呼べばいい。われわれサーミ人を侵略したやつらだ。ともかく、彼らが謎の邪悪をもたらしたんだ」

「われわれにって……いつの時代の話だよ」

ニルス・アンテは不満そうに口をとがらせ、考えている様子だった。

「むろん伝説にすぎない。だが天然資源を目当てにサプミが植民地化された時代にまでさかのぼる。つまり十七世紀だ」

「それじゃあつじつまがあわない。なぜ金鉱がサーミの村を絶滅させるんだ？　それに、太鼓の盗難や殺人がどう関係してくる？」

「どうだと思う？　お前が親戚で唯一の警官だろう」

そのとき突然、頭に昨日のコニャックの霧がたちこめ、クレメットはコーヒーをお代わりした。このあとニーナの目を見て話さなければいけないことも思いだした。

「だが金鉱の伝説があるのは事実だ」ニルス・アンテが続けた。「それに、初期の鉱山ではサーミ人が強制的に鉄鉱石の採掘をさせられていたことを忘れるな。それまで他の民族との関わりはほとんどなかったのに」

「それがどう関係あるんだ？」

「ヨーロッパ人がやってきたときに、アメリカの先住民族がどうなったかは知っているだろう。それまでは存在しなかった伝染病で蠅のように死んだ」

クレメットは長いため息をつき、こめかみをもんだ。古い伝説の話のせいで捜査から、証拠から、ますます離れていく。証拠探し――そこに戻らなくては。しかし叔父の話に混乱させられる一方だった。

「その伝説と太鼓にどういう関係があると思う？」

「一九三九年にフランス人を信頼して太鼓を預けたサーミ人のガイドがいたんだろう？　伝説として語り継がれた鉱山、そして呪いのこともあるじゃないか。そのフランス人はお前の同僚になんと言ったんだ？」

「フランス人も推測で話しているだけだったが……。彼もやはり金鉱があったようだとは言っていたが、呪いというのはおそらく放牧地や遊牧に使う道を奪われ、トナカイの群の死を招くといったことだろうと」

「そして当時、サーミ人にとって群の死は自分自身の死を意味した」

「そうだと仮定しよう。だがなぜ今、太鼓に関心が寄せられる？」

「それに答えるには、実物を目にしないことには」

「ああ、くそっ！」

クレメットは汚い言葉を吐かずにはいられなかった。叔父は驚いて甥を見つめたが、それから愉快そうな顔になった。ミス・チャンがドア口に顔を出し、何事もないかどうかを確認してから、すぐに姿を消した。クレメットは何度か深呼吸して心を落ち着かせた。

「なんてことだ、すっかり忘れていた。太鼓の写真はないが、そのノアイデの写真ならある」

クレメットは走って外に出ると、封筒を手にまたすぐ戻ってきた。叔父の前に何枚か写真を並べると、例のガイドを指さした。

「ニルスという名前だった。ラッバだ。苗字はわからない」

「だが今はわかるぞ。ニルス・ラッバ」

「え？　マッティスの父親なのか？」

「ニルス・ラッバはマッティスの祖父だ。父親はアンタという名前だった。マッティスは祖父ニルスと会ったことはないはずだ」

ニルス・アンテは頭の中で計算を始めた。

「マッティスは何歳だった？　五十歳くらいか？」

クレメットは手帳を取り出した。

「五十二歳だ。一九五八年生まれ」

「なるほど。祖父は確か戦時中か戦前に死んだ。マッティスの父親、アンタは……五年、十年前だったかな」

「ああ、そのくらいだ」

クレメットは写真に写る他の人間たちを指さした。

「これがフランス人四人。そしてこっちがウプサラ大学のスウェーデン人研究者二人。これが旅行中に死んだドイツ人。そして地元の人たち。おそらくほとんどはフィンランド側から来たんじゃないだろうか。探検隊はそこから出発したわけだから」

「まあその可能性が高いだろうな。この地に住む人間は長い距離の移動を恐れはしないが。なあ、ところで先週末、イケアで何を買ったと思う？　パソコンの前に座るのにぴったりの小さな椅子だ」

クレメットもよく知っている。スウェーデンとフィンランドの国境にあるハパランダの町にイケアがオープンして以来、ここの人たちはまるで子供みたいに喜んでいる。カウトケイノから四百キロ以上あるのに、まさに今叔父が言ったとおりで、北極圏では距離は関係ない。ちょっとタバコを買いに行くのに百キロ運転することもある。普通の人が角の店まで走っていくのと同じ感覚で。

「だがこの男はおそらくここの人間だ」

ニルス・アンテが指さしたのは、細い鼻で口髭を垂らしている男だった。クレメットは自分たちもこの男は誰だろうと首をひねったのを思いだした。探検隊の仲間から少し離れて立ち、写っていない写真もある。サーミ人でも、フランス人でも、研究者でもない。

「だが誰なのかはわからない……」

ニルス・アンテは写真を手に取り、身を乗り出した。そして顔を上げた。

「チャン！」

若い中国人女性が即座に駆けつけた。

「わが美しき純白の真珠《しんじゅ》よ。書きもの机の上にある虫眼鏡を取ってきてはくれないか？」

ミス・チャンは虫眼鏡を取ってくると、キッチンのテーブルにおいた。そして部屋を去る前にニルス・アンテの額に優しくキスをした。彼女がキッチンから出ていくのを、ニルス・アンテはうっとりと見つめていた。

「わしの人生に舞い下りた天使だよ、クレメット。で、お前はどうなんだ？　相変わらず真剣な相手はいないのか？」

「ほら、写真をよく見たかったんだろう？」クレメットは叔父に虫眼鏡を手渡した。

ニルス・アンテはあきれたように頭を振ってから、虫眼鏡を受け取った。

「いや、名前が出てこないな。ここの人間だという確証はないが、なんだか見たことがある……」

クレメットは自分も虫眼鏡を手に、一人一人をじっくり見つめた。そしてまた口髭の男に戻った。すると男が何かの機械を肩からかけていることに気づいた。一部しか写っていないが、金属探知機のように見える。

なるほどそういうことか――一九三九年の探検旅行には、サーミ人の生活や伝統を観察する以外にも関心事があったのだ。

サプミの内陸部　十時五分

圧倒されるような静けさだった。静寂が耳をつんざくようだ。この種の静けさはしばらく聞いていない――とアンドレ・ラカニャールは思う。ひょっとすると何年も聞いていない。ここならわずかな音でもずっと遠くから響いてくるだろう。

ラカニャールは離れた場所からアスラクがスキーをはくのを観察していた。スキーが凍った雪を引っかく音が聞こえる気がするくらいだ。アスラクを簡単に説得できるとはもともと思っていなかった。この世の法則からいっても、一度目でうまくいくほうに賭けることはない。ラカニャールは実利を重んじる男だった。最終的に必ず自分が成功するのは、目的を達成するために必要な行動をいつでもとれる準備ができているからだ。必要とあらば後退することだってある。プライドが邪魔をすることはない。他の大勢のやつらは、本格的な試練に出くわしたとたんにあらゆる能力を失うが。アスラクのような人間を操るのは、帰するところわりと簡単だった。アスラクの選択はどれも生きるか死ぬかにかかわってくる。必要最小限のもの以外、何ひとつ所有していない。誰かをローン地獄に陥れるのは簡単なことだ。多少洗練された技術方法を使えばいい。しかしアスラクの場合は原始的なレベルだった。彼が失う可能性のあるものはどれも、彼自身の生存を左右する。彼のトナカイたちの生存を。そして彼の妻の命も。それより難しい話ではなかった。

計画を練り上げるのにもたいした時間はかからなかった。それがアスラクの弱点だ。人生そのものがラカニャールの目の前で露《あら》わになっている。隠し銀行口座や隠し別荘などはもっていない。彼のトナカイたちはこの大地で放牧されている。ここに彼の野営地があり、妻がいる。彼の犬たちも。それですべてだというのは、ほぼ確信していた。アスラクには大きな打撃を与えることになるが、こちらの意図はしっかり伝わるはずだ。その瞬間を逃したくないから、ラカニャールは今、双眼鏡ごしに目を離そうとはしなかった。外は充分に明るくなっている。早朝だと見えなかったかもしれない。さっきその闇に紛れて、トナカイの見張りに立っていた犬の一頭に近寄った。騒がれないようにこっそりと。さあ今だ——ラカニャールはつぶやいた。残念ながらそこでアスラクは背を向けた。しかしもう動かなかった。犬の死体をみつけたのだ。正確には犬の頭を。

ラカニャールは相手に三十秒与えようと決めた。トナカイ所有者が衝撃的な事実を消化し、犬の死がどれほどの損失になるかを理解するまで。そして犬の死とラカニャールの訪問に関連があることに気づくまで。だが三十秒以上は与えない。でなければ相手はわれに返り、復讐を計画し始めるだろうから。今だ——ラカニャールは自分の無線機をオンにすると、アスラクに呼びかけた。コタの中から聞こえるかさかさという雑音が、ラカニャールが隠れている場所にまで聞こえてくるような気がした。一瞬躊躇《ちゅうちょ》したあと、アスラクはコタの中に入った。数秒が流れた。アスラクが無線機に応答した。

「犬はひとつめの警告だ」ラカニャールはおもむろにそう切りだした。「おれたちが本気だということの証明だ。われわれにはお前が必要だ。それでも断るなら、リーダートナカイを殺す。それでもまだ断ったら、お前の妻を殺す。おれについてくるなら、新しい犬をやろう。新しいのを三頭、いちばんいい血統のをだ。今からそっちに行く。そしてお前とおれで出かける。長くはかからない。もし問題が起きるようなら、おれのチームがお前のトナカイの世話をする。今言ったことを理解できたら、コタから出て、帽子を脱げ」

ラカニャールはそこで無線を切った。アスラクが反応するのに十五秒かかると踏み、また双眼鏡を取り上げた。動くものは何もない。ただ完全なる静寂だけが流れている。指の感覚がなくなった。そのときやっと、コタの入口を覆う幕が動いた。ラカニャールは間違っていた。二十秒――やっとアスラクが出てきた。長い間、じっと動かないまま周囲を観察している。もう十五秒してから――ラカニャールにはそれが永遠のように感じられたが――トナカイ所有者は毛皮の帽子を脱いだ。

32

一月二十日　木曜日
十一時三十分　カウトケイノ警察署

クレメット・ナンゴは時計を見て、これ以上叔父の家にいるわけにはいかないと気づいた。ニーナと会うのをできるだけ先延ばしにしてきたが、逃げていても解決にはならない。叔父にはハゲタカよりも先にまた来るからと約束し、ミス・チャンに別れの挨拶をすると、彼女は愛想よく手を振った。クレメットはこれ以上ないくらいまともな速度で警察署まで車を運転した。

ニーナの部屋をノックする前に大きく息を吸い、最初の一言が口まで出かかった状態で勢いよく部屋に入ったが、そこで立ち止まり、あんぐりと口を開けた。ニーナは確かにそこにいた。マリンブルーの制服ズボンのポケットに両手をつっこんだ姿勢で。しかしオフィスを模様替えしたらしい。フランスからもち帰った写真が机の向かいの壁に貼られている。他にも、太鼓の再現画が十枚ほど窓にテープで貼られている。今までに登場した人物の写真は、大きなベニヤ板に画鋲で留められている。おまけにパソコンからサーミの音楽まで流れている。ニーナは自分のオフィスを実動部隊の本部に様変わりさせたようだ。

「あのことならもう許すから」ニーナは素早くそう言い、クレメットがしどろもどろに謝る隙を与えなかった。「でも次は右ストレートだからね。ほら、見て」

ニーナはポケットから片手を出すと、アンリ・モンスの写真が並ぶ壁までクレメットを引っ張っていった。クレメットはすっかり面食らっていた。ニーナの反応にも、彼女がやった作業にも。状況を自分の手で立て直そうと、実権を握ったのだ。そしてまた今回もクレメットは馬鹿みたいに立ちつくし、とても大人な態度とは言えなかった。

「ニーナ、だけどおれはどうしても……」

「クレメット、お願い。これ以上ことを悪化させないで。ほら、写真を見てよ」

クレメットは言われたとおりにした。まあこれでありがたく満足するとしよう。クレメットは写真に集中した。特に探検旅行の参加者が写った十五枚の写真に。

「どう？　何か気づいた？」

ニーナはすっかり興奮している。何かに気づいたようだ。だから昨晩起きたこともこんなに早く水に流すことができたのだ。

「まだわからない」クレメットはそう言って、一枚一枚に時間をかけた。「考えているところだ。だがすぐに言えることがひとつある。この男のことだ。四つの風の帽子をかぶったニルス。苗字はラッパだ。何か気づくことは？」

「何？　マッティスのお父さんってこと？」

「おじいちゃんだ」

ニーナは驚きに目を見開いた。そこから稲妻《いなずま》のような速さで考えたようだ。

「つまり、マッティスのおじいちゃんが太鼓の持ち主だったの？　七十年後にそれが盗まれ、孫の死の原因になったかもしれないってこと？」

「早とちりするな、ニーナ」

「早とちり……そうね。でも正直言って、すごくおかしいじゃない。太鼓は七十年もフランスで保管されていたのに、それがここに戻ってきて数日で太鼓の持ち主の孫が殺された。クレメット、それでもまだこれがトナカイ所有者同士のいさかいだと思う？」

クレメットはしばらく黙っていた。考えながら、目の前に貼られた写真を観察する。

「どう？」クレメットが写真に集中しているのを見て、ニーナは尋ねた。

クレメットは自分が発見したことを思いだした。

「鉱石を探す機器だ。太鼓や探検旅行は、金脈の存在と関係があるのかもしれない」

「その可能性はある。マッティスは今までなんらかの形で鉱石探しに関わっていた？」

「おれの知るかぎりではないが……」

「写真をもっとよく見てよ」

ニーナの瞳が興奮に輝いた瞬間、クレメットは腹を殴られたような気分になった。仕方なく、集中するために口に出してつぶやく。

「ドイツ人地質学者がニルスと一緒に出かけたのが……一九三九年七月二十五日、いや二十五日から二十七日の間か」

クレメットは手帳を確認した。

「そしてニルスが一人で戻ってきたのが八月の四日から七日の間」

「ええ、それで……？」

「それで……他の皆と合流して、一緒に探検旅行を続けた。それ以降の写真には全員が写っているからな」

「で？」

「フランス人たち、スウェーデン人研究者が二人、通訳、コック、そして……」

クレメットは叔父のことを思いだした。叔父が細い鼻で口髭を垂らした男に注目しなければ、その男のことはすっかり忘れていただろう。写真に写る男はそれほど目立たない存在だった。

「もう一人いない。口髭の男だ」

「ビンゴ！」

「今朝会ってきたうちの叔父が、この男を見たことがあると言ったんだ。だが誰なのかまでは思いだせないと。なぜ彼はこのあとの写真に写っていないんだろうか」

「まだわからない。でも一九三九年に死人が一人と太鼓が一台、二〇一一年にもう一人死人、そしておそらく同じ太鼓が一台。死んだ二人には関連がある。二人ともラッバ家の人間だという関連が」

「だが、マッティスの死が太鼓と関係があるかどうかはわかっていない」クレメットが異議を唱えた。

「クレメット、いい加減にしてよ！」

ニーナは急に機嫌を損ねた。

「まだ証拠がないのは認めるけど、わたしたちの目の前に答えがぶら下がってるじゃない」

「じゃあ切り取られた耳は、ニーナ。それをどう説明する？」

ニーナは同僚の慎重さに感化されるつもりはないようだった。十五分後に二人でシェリフのデスクの前に立ったときも、どちらの方向性が正しいかというのを伝える固い意志があった。この捜査は普段のトナカイ警察の業務範囲外のことであり、考えかたを変えなければいけない。皮肉なことに、クレメットのキャリアがむしろ足かせになっていた。トナカイ警察としての経験というより、パルメ首相暗殺捜査チームでの経験がだ。ニーナはカウトケイノ署に来る前に短期間キルナで勤務したが、そこのスウェーデン人同僚たちはクレメットがパルメ首相暗殺事件の捜査に関わったことに大きな敬意を抱いていた。スウェーデン警察が行った史上最大の捜査。ノルウェーとフィンランドの同僚たちはそれを冗談のネタとしてしか見ていなかったが、スウェーデン警察ではキャリアとして黄金のような価値があった。暗殺事件の捜査が大失敗に終わったという事実は否めないが。逮捕できた容疑者はたった一人で、おまけに高等裁判所で無罪になったのだから。そのせいでクレメットは証拠に固執するようになり、今も実力を存分に発揮できないでいた。

トール・イェンセンはいつもの塩リコリスの器はなしにパトロールP9を迎えた。コーヒーサーバーを指さし、飲みたければ飲むように勧めた以外は黙って座っている。それはいい兆しではなかった。ニーナはリコリスが切れているせいか、悪いニュースがあるせいかのどちらかだろうと思った。

「それで？」

トール・イェンセンは焦っている様子だった。ニーナは彼が政治的に微妙な立場にいるのを知っていた。サーミ人とノルウェー人の間に緊張が生じるのは珍しいことではない。とりわけノルウェー進歩党が根っからのポピュリスト魂を披露して多くのノルウェー人のために沈黙を破ってからは。ニーナはその緊張をやっと感じ始めたところだった。しかし彼女の正義感が、この対立の原因はサーミ人ではないと語っていた。アンリ・モンスの証言にも動揺していた。ノルウェー人やスウェーデン人が悪役になることに心の準備ができていなかったのだ。

もうひとつ、ニーナの心を波立たせていることがある。あの呪いとスウェーデン人研究者たちが、捜査に恐ろしい影を落としているのだ。ニーナにとっては、もう新聞の小さなニュース記事ではすませられないレベルだった。

シェリフは忍耐力が切れてきたようだ。クレメットは運試しをする勇気はなかった。ニーナのほうはパトロール隊のリーダーの慎重さと二言目には証拠と言う態度に辟易していた。

「論理的に考えて、太鼓盗難とマッティス殺害は関連があるはずです」ニーナはそう言い切った。「ここのような場所で、二日の間にこれほど特殊な事件が二件も起きる可能性がどのくらいあります？」

「続けろ」

二人の人間が何かの目的があってマッティスのもとを訪れた。話しあうためなのか、何かを探しに来たのか。太鼓？　それがいちばん論理的な推測です。ブラッツェンはトナカイ所有者同士のいさかいだと言っていた。でもその仮説を裏づける証拠はみつかっていない。それがいちばん魅力的な仮説に思えたとしてもね。お互いに殺しあったりあけっぴろげに対立したりする人種だと思われたら、自分たちの立場を悪くするだけ。ただでさえ近親相姦のマフィアだと思われている集団なんだから、監視が強まるのは当然のこと。だって、そういう噂になっているでしょう？」

クレメットは黙っていた。ニーナは彼の考えが読めるような気がした。彼女がそんなデリケートなことに踏みこむ勇気があることに驚いているのだ。

「証拠がまだないのはわかっています。ですが目の前で何かが起きているんじゃありませんか？　今捜査している事件は一九三九年に起きたことと関係があるはず。太鼓、鉱床、死んだ人たち、盗難……」

「では、切り落とされていた耳は？」シェリフが口を挟んだ。

ニーナはクレメットを見つめた。クレメットにもさっき同じことを訊かれたのだ。切り取られた耳は、と。クレメットは黙っていた。批判的な態度ではないが、黙っている。ボールはニーナの許にあった。シェリフも答えを待っている。

「耳については確かにつじつまがあわない。それは耳の件だけじゃないけれど、最終的にはこの謎の答えを教えてくれるはず。まあ少なくとも、謎の一部を」

クレメットは考えを巡らせた。そしてやっと口を開いた。

「ニーナの仮説に反論すべき点はない。だが穴はある。金脈の話についてはもっと調べたほうがいいと思う。叔父のニルス・アンテも同じような話をしていた。おれはそういう噂は大嫌いだが、あちこちに出てくることは認めるしかない」

「よし。じゃあマーローに行って、その金脈のことをはっきりさせてこい」

「マーロー？　そこに何があるんです？」ニーナが尋ねた。

「スウェーデン地質調査所だ。そこの鉱物情報事務所のアーカイブは世界いち古いんじゃなかったかな。必ず何かつかんで帰ってくるんだ」

十一時　サプミ内陸部

アンドレ・ラカニャールはアスラクから五メートルのところでスノーモービルを停めた。座ったまま、しばらくトナカイ所有者を観察している。サーミ人にしては驚くほど背が高い。顎の角ばった顔は完全に無表情だった。ラカニャールの目の前にいるのは強情な男だった。ラカニャールはアスラクに近寄る前に、スノーモービルにつないだトレーラーのほうに回り、無線機を取り出した。マイクを手に、架空の相手へと話しかける。わざとアスラクに聞こえるように。

「例の男とは話がついた。おれたちに協力するそうだ。おれから二時間ごとに連絡がなければ、

「どうすればいいかはわかっているな？」

ラカニャールは答えを待たずに無線を切った。それからやっとアスラクへと向かった。

「地図は読めるか？」

「ああ」

「中に入ろう」

そして二人は二時間、地図をじっくり読みこんだ。ラカニャールは警戒していたが、アスラクは抵抗するつもりがないように見えた。それでもラカニャールは、アスラクのような男がそう簡単にひれ伏すとは思っていなかった。アスラクのように原始的な状態で隔離されて生きている人間は、町の暮らしや駆け引きに慣れている人間と同じような反応は示さない。おそらく選択の余地がないと覚悟したのだろう。新しい犬をもらえるだけで充分なのかもしれない。極限の状況に生きる者は運命の攻撃を受け入れるものだ。悪霊に対して戦いを挑んだりはしない。首《こうべ》を垂れ、堪えぬき、なるべく早く消えてくれるのを願うだけ。悪霊がいなくなれば、あとは忘れる努力をする。そしてまた現れる日を恐れながら生き続けるのだ。

ラカニャールはなぜ老農夫が執拗《しつよう》にアスラクをガイドとして勧めたのかを理解した。アスラクは地質図の記号を読むことはできないが、地形を知っていて、見分けることができた。各場所の貴重な詳細をいくらでも説明することができる。とはいえラカニャールは二重に間違いが起きる可能性を覚悟しておかなくてはいけない。ひとつにはアスラクが間違っている可能性、もうひとつはこの古い地質図の信頼性だ。これを描いた人間はわざと場所の名前を記入することをしなかった。招かれざる者の目をくらますためだろう。そんな人間が地質図に他の罠を仕掛けていてもまったく不思議ではない。その可能性は否定できなかった。

アスラクは自分の荷物をトナカイの毛皮にくるみ、強く縛った。それから妻のもとへ向かった。一週間なら独りでも大丈夫なはずだ。だが長く留守にするわけにはいかない。それはわかっていた。彼女はありとあらゆる苦痛に耐えているのだから。アスラクは人生のすべてに耐えてきた。母親の不在。父親の死——まだ彼自身が幼い頃の話だ。父親を奪ったのは雪嵐だった。ある日、フィンランド側に行ってしまったトナカイの群をスキーで追っていったのだ。当時は絶対に規則を破ってはいけなかった。もしフィンランド側の番人にトナカイを見られたら非常に高額な罰金を科せられることになる。アスラクの父親には払えない額だった。だからつき進んだ。やみくもに。充分に着こんでいなかった。そして珍しいほどの雪嵐に突然襲われた。父親の死体は二カ月後に発見された。それから、アスラクの妻を襲った悲劇が二人を不幸のどん底に突き落とした。当時彼女はまだ若かった。アスラクは妻を見つめた。その頭に手をおく。二人はもうずいぶん長いこと言葉を交わしていない。しかし見つめあうだけで充分だった——彼女が彼と人生を共にしているのを感じられるわずかな瞬間には。アスラクは立ち上がった。妻は座り直し、アスラクの手はまだ彼女の頭にあった。彼女は必死の表情で夫を見つめた。普段なら発作が起きる前兆だ。しかしその喉から悲鳴は発されなかった。炉の向こう側で、ラカニャールが痺れを切らし始めた。彼女はラカニャールをじっと見つめ、それからまた夫を見た。

彼女の左手は、自分の頭にのったアスラクの手を握っていた。しかしもう一方の手で、ラカニャールからは見えないように、炉のすぐ脇の土の地面にある形を描いた。その形に、アスラクの血が凍りついた。

33

一月二十日　木曜日
十五時　カウトケイノ

マーローへ行くためには、真南に七百キロ近く移動しなければいけなかった。たっぷり十時間の運転が待ち受けている。

二人は夜遅くに出発して、交替で運転し、明日の朝早くマーローに着くことにした。途中トナカイ警察の宿泊所で数時間寝るつもりだった。

出発前の仮眠をとる前に、アウトドア・センターで食事をしようということになった。警察署からは大きな道路を渡ればいいだけだ。署のエントランスを出たニーナはそこでしばらく立ち止まり、地平線に消えていく炎のような黄色の光を見つめた。光は北極圏の無慈悲な濃い闇へと吸いこまれていく。ここサプミの光は、ニーナが生まれ育ったフィヨルドの村よりも鋭くてものものしかった。すべてを圧倒するような寒さのせいで濃密に感じられるのだ。気温も彼女が慣れているものとはちがった。故郷の村ではメキシコ湾流が気温を一年じゅう耐えられるレベルに維持してくれていたのだ。突風に顔を鞭打たれながら、二人は頭を下げて歩いた。ニーナは腕で口と目を守った。寒さが突如として攻撃的に感じられ、二人はレストランへと足を速めた。ニーナは凍った上り坂で滑ってしまったが、それから笑いだしそうになった。クレメットが彼女を助けようと駆け寄って、自分も滑ったからだ。最後の数メートルは二人ともスケート状態で進んだ。太陽の最後の反射光は完全に消え、空を覆う雲に吸いこまれてしまった。

ランチの時間は終わっていたが、マッツが二人のためにテーブルを用意してくれた。今日の日替わりランチはディル風味のサーモンと茹でたじゃがいもとホワイトソース。他に客はいなかったから、マッツも一緒に座った。雲が流れ去り、風が空を空っぽにした。このホテルとレストランは道路よりも高い位置にあり、カウトケイノの町を一望することができるが、この時間に見えるのはアルタ川ぞいに緩やかなカーブを描く街灯の連なりだけだった。

「それで、マッティスを殺ったやつはみつかったのか？」マッツが訊いた。

「まだだ」

「いったい何やってるんだ？　皆、あることないことを噂している。わかってるか。皆怖がってるんだ」

クレメットはうなずいた。

「まだ宿泊客は多いのか？」

「いや、例のデンマーク人たちは帰ったよ。長距離トラックの運転手たちはいつもどおり北上しては南下する。それにフランス人の測量士も昨日発った」

クレメットとニーナは顔を見あわせた。

「測量士だって⁉」

「フランス人だよ。かなり長いこと泊まっていたな。だが荷物はすべてもってチェックアウトしたよ。まったくすごい量の装備だった。何かの鉱石を探しにいくんだろう。ほら、そういうことは秘密にするものだから。本人の話では書類は全部ちゃんと揃えたらしい。それなのに鉱山審議会の回答に時間がかかると怒っていたよ。だが結局どうにかなったようだ」

「そいつは一人でここに来てるのか？」

「おれの知るかぎりはそうだ」

「どのくらい前から泊まってたって？」

「いやあ、いつからだったかなあ……いろいろな事件が起きる前だから、そうだな、そうだ。学校が始まったのと同じ日だった。つまり一月三日の月曜日だ。ソフィアのフランス語の宿題を手伝いたいと熱心に言ってくれたから覚えているんだ。ほら、秋からフランス語の授業が始まったから」

「で、どこへ向かった？」

「さあ。それは市役所に問いあわせるんだな」

クレメットは時計を見た。まだ時間はある。

二人は素早くコーヒーを飲み干した。

「どういう男だった、フランス人は」

「いやあ別に……まともなやつに見えたよ。許可を待たされてちょっと苛ついてはいたが。信じられないようなアフリカの話をよくしてたな。ああ、スウェーデン語を話していた。ずっと昔にもサプミで働いていたらしい。そのときも測量をしていたそうだ。興味があるならブラッツェンに訊けよ。ブラッツェンに聴取されたと言っていたから。そのことでもめちゃくちゃ怒ってたな」

クレメットはニーナを見つめた。ニーナは目を見開き、自分もブラッツェンからそんなことは一言も聞いていないという表情をした。なぜブラッツェンはそのフランス人のことを話さなかったのだろう。急に新しい疑問がいくつも生まれた。ちょうどそのとき、ソフィアがレストランに入ってきた。学校から帰ってきたところで、肩にバッグをかけている。ソフィアは手を振り、笑顔になった。テーブルにやってきてクレメットと抱きあって挨拶をし、初めて会うニーナとは握手を交わした。

クレメットとニーナは立ち上がった。

「マッツ、二人分、おれのツケにしておいてくれ。おれはひとつ許してもらわなきゃいけないことがあるから」

ニーナが微笑んだ。「もう許したわよ」

ソフィアは隣のテーブルでノートを取り出した。

「ソフィア、フランス語の勉強のほうはどう？」ニーナが尋ねた。

するとソフィアの表情が一変した。

「なぜそんなことを訊くの？」少女の厳しい声に、皆が驚いた。

「いや、理由があるわけじゃないけど……」ニーナが答えた。「数日間、プライベートの先生がついていたって聞いたから」

「あの気持ち悪い男のこと⁉ あの手で身体じゅう触られたのよ。五分も我慢したの。五分も！」

父親であるマッツはあっけにとられていた。

「触られたってどういうことだ。なぜ何も言わなかった？」

「だから今言ってるじゃない。もうほっといてよ」

少女は勢いよく荷物をかき集めると、怒り狂った様子でレストランから出ていった。

マッツは驚きのあまり言葉が出ないようだった。

ニーナが真っ先にわれに返り、走ってソフィアを追いかけた。五分後には戻ってきて、相当腹を立てているように見えたが、口調は落ち着いていて理性的だった。

「身体を傷つけられるようなことは起きていない」まずはそう言ってマッツを安心させた。

「あの子はちゃんとノーと言えた。そして相手にやめさせた」

ニーナはそこで言葉を切り、ごくりと唾をのんだ。ほんの一秒の半分くらいのことだったが、クレメットはニーナの怒りを感じた。

「それでも強制わいせつで被害届を出したほうがいいと思う」ニーナは続けた。「彼女にとって大事なこと。こういうことは本気で対処しないと。少しでもそういうことがあれば、最初からね。それに警察は味方だというのを示さないと」

「もちろん、もちろんだ……」

マッツはまだショックを受けているようだった。二週間もフランス人を離れに泊めて、家族のすぐそばにいさせていたことに気づいたのだ。

「大丈夫」ニーナが続けた。「未成年だし、警察ではすごく慎重に進めるから。必要なら精神的な支援も受けられる」

「そこまで深刻なことだと思うか？」クレメットが訊いた。

ニーナは同僚を完全否定する視線を向けた。

「深刻に決まってるでしょう！　男もいい加減それに気づくべきよ！」

速足でその場から出ていったニーナを、クレメットは追いかけた。

カウトケイノ市役所　十五時四十五分

クレメットは単独で市役所にやってきた。正式な捜査だと思われたくないからだ。ニーナは今、署でソフィアの報告書を書いている。市役所の受付のイングリッドは嬉しそうな笑顔でクレメットを迎えた。

「あら、クレメットじゃないの」彼女は小声でそう言った。「あなたったらすっかりごぶさたよね。コタでのワインに誘ってくれたのはもうずいぶん前だわ」

クレメットはカウンターに身を乗り出し、彼もまた小声でささやいた。

「まずは用件を終わらせたいな。そうすれば一晩じゅうきみと二人きりさ」

イングリッドはクレメットの言葉に大笑いしたが、また真面目な顔になった。ノルウェー進歩党の議員の姿が目に入ったのだ。まっさらのスノーモービルスーツに身を包み、髪はポマードで固め、肌はしっかり日焼けサロンで焼いてある。労働党所属の受付嬢と、それと同じ政治的見解をもつであろうサーミ人警官にはろくに挨拶もせず通りすぎた。

「嫌なやつよね」イングリッドが言った。「あれに比べたら、年寄りの詐欺師オルセンのほうがまだ可愛いもんよ。それで？　わたしの理解が正しければ、自宅に誘うために来たわけじゃなさそうね」

「フランス人が鉱山審議会の委員に会いたがっていたはずなんだが。興味があるのはその男だがこっそり調べたい。皆を脅かしたくないからね。わかるだろう？」

「わかると思うわ、可愛いお馬鹿さん。それにフランス人のことなら覚えてる。すごくいい男だった！　ちょっと危なそうで。そこが魅力なのよね……。最後にここに来たときは怒っていたけど。審議会の委員に会いたがっていたのに、そのときはオルセンしかいなくて。しかもオルセンも彼に会う時間がなかったから。そのあとどうなったかは知らない」

「オルセンは今、ここにいるのか？」

「いいえ、自分の農場だと思う。来るのはいつも夕方。会議があるとき以外はね」

「いちばん最近の会議はいつだった？」

「月曜にあるはずだったんだけど。そのときはオルセンも来ていたわ。ああ嫌だ、そのときよね、わたしがあの恐ろしい耳をみつけたのは。忘れられるわけないじゃない？　そう、月曜よ。でもあれからフランス人のことは見かけてない」

「フランス人は、きみが耳をみつける前にここに来たのか？」

「その数時間前ってとこかしら」

「その男が来てからきみが耳をみつけるまでの間に、大勢がここを通ったのか？」

「外部からは誰も来ていない。来る理由なんかないし。でもその話ならもう全部ブラッツェンにしたけど？」

「またブラッツェンか……」

「また？　どういう意味？」

「なんでもない。独り言だ。審議会の他のメンバーは今日はいるのか？」

イングリッドは素早くリストを確認した。

「いないみたい。でもなぜ？　何が気になってるの？」

クレメットはさらにイングリッドのほうに身を乗り出した。

「そのフランス人がどこへ向かっていて何を探しているのかを知りたいんだ。それも今すぐにね。なにしろ夜には捜査でニーナとマーローに向かうんだから」

「ああ、なるほど、あのニーナちゃんね。最近この町に来たばかりの子でしょう。すでに皆が彼女のことを噂している。賢い子みたいね。それに可愛い。そうでしょう、クレメット？　白状しなさいよ、彼女のことはもうコタに招いたの？」

「勘弁してくれよ、イングリッド。おれはどうしてもフランス人がどこに向かったか知りたいんだ。これが犯罪捜査だってことを忘れたのか？」

「それはつまり、彼女はもうあなたのコタを訪れたってことね、そうなんでしょう」イングリッドはちょっと拗《す》ねた口調で言った。

イングリッドは相手の考えを読もうとするみたいに、そのまま数秒間黙ってクレメットを観察していた。「それに、ブラッツェンは自分がこの殺人事件の捜査をしてるって言ってたけど、いまだにあなたのこと嫌いみたいね、あいつは。本当にうざいんだから。ブラッツェンには気をつけたほうがいいわよ」

「ありがとう、イングリッド。それで？」

「わたしったら町でいちばん間抜けな女にちがいない。でもあれは機密書類じゃないはずだし……。基本的には、調査許可の申請内容は公開情報よ。市民には知る権利があるんだから。それに調査許可の申請は開発権の申請ではないから、申請者は好きなだけ曖昧に書いていいの。わかったわよ、待ってて。探してくるから」

イングリッドは立ち上がり、廊下の奥へと消えた。クレメットは彼女の背中を見送りながら、胸がちくりと痛むのを感じた。彼女がまだ二十歳だった頃をよく覚えている。まるでお姫様みたいな存在だった。その笑顔に皆が息をのみ、無邪気で奔放な態度にはとても抗えない魅力があった。しかし昔の美しさはもうあまり残っていない。彼女は当時クレメットに興味を示そうとはしなかった。彼女も、と言うべきか。そのことを責めるつもりはない。まあ、基本的には。

イングリッドは意地悪ではなかったし。ただクレメットの誘いを断り、笑っただけ。他の子と同じように。そして口に素早く軽いキス。彼女にしてみればなんの意味もないようなこと。しかしクレメットは彼女に夢中になり、他の男たちもそうだった。クレメットは報われぬ想いに苦しんだが、いちばん辛かったのは、あのキスが自分が求めてもいい最高レベルのものだと思いこんでいたことかもしれない。それ以上は求めてはいけない。自分は結局パンくずにしかあずかれない存在だと思っていた。

ストックホルムで犯罪捜査官になって、それからサプミに戻ったときには、しばらくの間、自分への態度を豹変させた女性たちと楽しんだ。イングリッドも含めてだ。クレメットは若い頃の劣等感をかかえたまま、まだ自分たちを二十歳のように考えていた。しかし今では彼女たちをありのままに見ることができる。人生の辛苦によって疲れ果てた女性たち。なんとか人生を切り抜けようと必死に努力し、自分があずかれるはずの人生の小さな悦びをまだほしがっている。彼女たちはクレメットのようになったのだ。軽いキスひとつで満足する存在。クレメットと彼女たちが同等になるのに三十年かかったわけだ。

戻ってきたイングリッドに、クレメットは微笑みかけた。イングリッドは手に小さなファイルをもっていた。

「すごく詳細なものを期待してるなら、がっかりするかもよ。でも、ほらここ……」

イングリッドはクレメットに受付の中に入るよう頼んだ。通りかかる人たちにファイルを見られたくないからだ。クレメットはカウンターを回って中に入った。

記入用紙に素早く目を通す。アンドレ・ラカニャール、生年月日、連絡先。ラ・フランセーズ・デ・ミネレ。測量の期間。そして最後に、どのエリアなのか。

「コピーしてくれないか」

「勘弁してよ、クレメット。それはいくらなんでも無理」

クレメットもそれ以上強くは言わず、手帳を取り出した。測量エリアは広大だった。そのとき、申請書が二枚あることに気づいた。

「なぜ二枚も出すんだ?」

イングリッドは書類に目を通した。

「だって、別々のエリアだからよ。ほら、こっちはカウトケイノの北西の広大なエリアでしょう。申請書は秋に出されている。だけど審議会が許可を出したのはついこの水曜の午後よ。そしてこっちは別の二カ所……これも水曜に許可が下りているわね……申請書が出されたのは……同じ日の朝。あらまあ、そんなに早く許可が下りることもあるのね」

「なぜそう思うんだ」

「別に、何でもないわよ。でもこれは単に土地の予備調査だけだから。開発利権のほうは二月一日に決定される。もうたくさん申請が入ってきているけどね。普通なら書類を用意するのにちょっと時間がかかる。だからこれはずいぶん早かったんだなと思っただけ」

クレメットはメモを取ったが、何も言わなかった。パズルの一片一片をはめようとしていたのだ。必要なことを訊き終わると、イングリッドに歩み寄った。手を優しく彼女の頬におき、目を見つめて頰に軽くキスをした。イングリッドは微笑み返し、小さく手を振った。
「電話してね」クレメットが外に出ていくとき、彼女はそう言った。

サプミの内陸部　十六時

アンドレ・ラカニャールは大仕事をするための時間を多くはもちあわせていなかった。あの老農夫がこんな短期間で金脈を探せなどと要求するのは、この仕事のことを何もわかっていない証拠だ。

調査地域をみっつのエリアに絞れたのは、自分自身で地質図を読みこみ、それからアスラクの知識も借りて、やっと実現できたことだった。こんな短期間では普通なら不可能なことだ。ただ、アスラクはこの地域を自分のポケットの中のように知りつくしている。その点についてはあの頑固な老農夫は正しかった。

アスラクは今、スノーモービルに連結した小型トレーラーに座っている。袋や箱の間に押しこまれるようにして。ラカニャールはアスラクのことなどどうでもよかったが、今はどうしても彼を必要としているので、スピードを出しすぎて大きく揺れないように気をつけた。この速度なら三時間も運転すれば、ひとつめの調査場所に着けるだろう。地平線を長いこと覆っていた雲がちょうど晴れたときに、彼らは出発した。また雲ひとつない空になっている。オーロラが見えそうな空だ、とラカニャールは思った。なぜだかはわからないが、オーロラだけが彼を感動させられる唯一の光景だった。本気で感動するのだ。少女たちのように、興奮させられるというのとはちがう。ずっと昔に初めてサプミを訪れたときに気づいた。オーロラのクレイジーなダンスは彼自身の人生の必死さを魂の映像として映しだしているようだった。はかない美を感じるのだ。抗いようのない命の力、その混沌とした姿を。

地質図によれば、最初の区間はずっと川にそって進めばいいだけだった。運転はそれで楽になった。スノーモービルが激しく跳ねることはないし、見通しもいい。雲のない空で、月が行く手を明るく照らしだしている。運転は順調で、ラカニャールはまた金脈のことを考えた。一見しただけでははっきりした全体像がつかめず、何度も確認して、地質図と合致するかどうかを確かめた。運に頼ることはない。そんな純情さはとうの昔に捨てた。ラカニャールの信念は単純だった。人生とは、自分がした選択の積み重ねだ。ここまでの人生、その信念が彼を助けてきた。何事も偶然には任せない。何もかも事前に対処法を考えておく。そして決めたことを貫く。どんな選択であってもだ。その信念が、ラカニャールを今生きている中でもっとも優秀な地質学者にした。嫉妬するやつらは勝手にラカニャールには特殊な直感があると信じこんでいるが、そうではなくこれは真の働きアリによる芸術作品なのだ。その戦略のおかげで、比較的自由なセックスライフを送ることも可能だった。しかし自分がほんの数日でいくつかへまをしたことにも気づいていた。老農夫と警官の罠にはめられたのだ。人生で選んだ進路を寄り道、それにどう対処するかを考えなければいけない。ラカニャールは再び川の曲がり具合に集中した。くねくねと曲がっている箇所では月の光が弱くなる。集中力を失うわけにはいかない。ラカニャールは一瞬スピードを落として後ろを向き、まだちゃんとサーミ人が座っているかどうかを確認した。それからまた運転に集中を戻した。雪から突き出ているものといえば、ちゃんと伸びる元気のない灌木くらいだ。夜闇にもかかわらず、目はかなり遠くまで捉えることができた。高いところにある台地まで上ると、起伏のある景色を眺めた。ここまで一時間以上運転してきたが、人工的な光は一度も見かけなかった。小さな谷を出ると、休憩をとるのに適当な場所にスノーモービルを停めた。エンジンを切ると、完全な静寂が二人を包みこんだ。スノーモービルの熱から離れると、寒さが噛みつくようだった。ラカニャールは一瞬、視線を空にやった。オーロラはまだ始まっていない。無線機を出すと、メッセージを送った。それからサーミ人のほうを振り返った。暗いせいで、相手の目の色は見えない。しかし顔をそらしていないのだけはわかった。

カウトケイノ　十七時三十分

ニーナとクレメットは約束した時間にカウトケイノの警察署で落ちあった。二人はこれから二日間この町から離れることになる。シェリフからは出かける前に彼の部屋に寄るよう命じられていた。トール・イェンセンは自分の部下をしっかり管理したいのだ。

塩リコリスの器がまた登場していた。クレメットは手を上げてシェリフに挨拶をした。シェリフのほうは器を差し出したが、クレメットは断り、ニーナも同じだった。シェリフは額に皺《しわ》を寄せ、リコリスの器をデスクのいちばん向こうへやった。手の届くかぎりいちばん遠くへ。

それからクレメットのほうにファイルを押し出した。

「きみたちがほしがっていたフランス人の写真だ。それと、いくらか集めることができた情報。たいした量じゃない。なぜこの男に興味が？」

「まず、強制わいせつの疑いが。それに、この男は鉱山関係の仕事をしているようだ。だから興味も二倍になる」

トール・イェンセンは不満そうに口をとがらせた。

「それは推測でしかないだろう？」

「強制わいせつのほうは事実です」ニーナがはっきりと反論した。

シェリフはニーナの声色に気づいたが、何も言わなかった。

「なるほど、それで？　マーローには行くのか？」

「一九三九年の写真を確認してみると、金鉱の伝説が関係ありそうで」クレメットが答えた。

「そこを徹底的に調べないと」

シェリフはまた不満そうに口をとがらせた。説得されるつもりはないようだ。身を乗り出し、リコリスの器を自分のほうに引き寄せると、一度に三粒も口にほうりこんだ。

「国連会議がすごい速さで近づいているのはわかってるな？」シェリフは口をいっぱいにしたまま訊いた。

クレメットとニーナはうなずいた。

「それまでに今回の事件を片付けろとはっきり言われたよ。だからこれ以上他のことをおれの膝にのせないでほしい。それと、帰りにキルナに寄ってこい。ここ最近の鑑定結果が出たらしいから」

イェンセンは二人を見つめた。

「なんだ。まだ行かないのか？」

クレメットは一瞬躊躇《ちゅうちょ》してからまた口を開いた。

「この事件の捜査には多くの人間が関わっている。そして右手のやっていることを左手が知らないような気がする。例えば、ついさっきまでブラッツェンがこのフランス人を聴取していたことも知らなかった。なぜ教えてもらえなかった？」

「じゃあ本人に訊いてみようじゃないか。そしてきみ自身はすべてを皆に話しているんだろうな？」

「もちろんです。少なくとも、確信していることはすべて」

シェリフは電話のボタンを押した。

「ロルフ。ちょっと来てくれ」

そして沈黙が流れた。トール・イェンセンはまた器から塩リコリスをつまんだ。

二分後にはブラッツェンが部屋に現れた。クレメットとニーナに挨拶するつもりはなく、なんの用ですかという目つきでトール・イェンセンを見つめた。

「この町に、なんという名だったかな……ラカニャール、という男がいるのを知っているか」

イェンセンはファイルの名前を確認してから言った。

「ラカニャール？　フランス人のことか。ああ、数日前に聴取しました」

「なぜそれをトナカイ警官たちに報告しなかった？」

「なぜ報告する必要があるんです？　よくあるパブでのけんかだ。うちの事件とはなんの関係もない。トナカイ警官たちの仕事を増やすのも申し訳ないしね」ブラッツェンははっきりと皮肉のこもった口調で言った。

シェリフは状況を判断しかねているようだった。

「正確には何が起きたんだ？」

「パブでのけんか、今そう言ったでしょう。そのフランス人とアイロ・フィンマンの間でね。ヨンとミッケルも一緒だった。たいしたことじゃない。フランス人は被害届すら出そうとしなかった。証言させるために説得しなきゃいけなかったくらいだ」

「フランス人はつまり被害者ってことか」クレメットは残念そうな声で言った。

「ああ、そうだが？　なんで驚くんだ？　トナカイ牧夫たちのほうがフランス人に襲いかかったんだ。アイロが飛びかかり、あとの二人もそれに続いた、いつものとおり」

「原因はなんだ」シェリフが訊いた。

「三人はちょっと酔っぱらっていた。そんな理由で馬鹿なことをするやつらなんですよ」

「で、そのフランス人は今どこに？」クレメットが尋ねた。

「そんなことおれが知るわけがないだろう」ブラッツェンが不機嫌に答えた。「測量のためにここに来てるんだ。どっかで測量でもしてるんだろ?」

「たった独りでか」

「知るかよ。だがこのあたりのことをよく知っているようだったから、たった独りでもおかしくはない」

「おまけにそいつは、イングリッドがひとつめの耳を発見する数時間前に市役所にいたというじゃないか」クレメットがたたみかけた。

「それで?」

ロルフ・ブラッツェンは怪訝《けげん》な顔でクレメットを見つめた。

「これは取り調べなのか?」

「市役所にはオルセンに会いに行ったそうだ」クレメットが続けた。「お前はその理由を知らないか?」

「あいつはオルセンには会ってない」ブラッツェンは怒ったように言った。

「なぜ知ってる」クレメットは変わらぬ口調で訊いた。

「そう思うだけだ」ブラッツェンが言い直した。「知るかよ。それがどう関係あるんだ。オルセンに会ったかどうかなんて」

突然シェリフが大きなため息をつき、もう半分になった塩リコリスの器をデスクのいちばん端までやった。ブラッツェンは不機嫌な表情だった。クレメットはシェリフを見つめた。シェリフは返事として、ドアのほうに顎をしゃくってみせた。

クレメットがトナカイ警察所有のトヨタのピックアップトラックのハンドルを握ってから、もう一時間が経っていた。出発前には、今日の任務には必要のない装備までいろいろと積みこんだ。寝袋、野営地用のコンロ、二日分の食料。それをニーナに指摘されたとき、この準備が骨の髄まで染みこんでいるんだ、と答えた。

「トナカイ警察の仕事は」クレメットは運転しながら言った。「時間どおりに上がれる仕事じゃない。むしろ時間にはなんの意味もない。仕事の四分の三はトナカイ放牧のいさかいに関係することで、現場と現場は相当離れている。いったん電話がかかってきたら、四日家に帰れないこともざらだ」

ニーナはウインドウごしに景色を眺めていた。外は真っ暗だった。ヘッドライトが照らしだすのは雪の壁、あとはごくたまにヒメカンバが現れるくらいだ。道路は凍っていた。しかし滑り止めのために砂利が撒かれているのと冬用タイヤのおかげで、ずっと時速九十キロを保てている。道路はほぼ直線で、この暗さなので対向車が来ればずっと遠くからでも見える。ただし、カウトケイノを出てからすれちがったのは乗用車一台とトレーラー二台だけだ。トレーラーは雪煙をもうもうと巻きあげて去っていった。

フィンランドを通過し、スウェーデンに出た。温度計はマイナス二十五度を表示している。クレメットはスピードを落とし、丘の頂上にある停車エリアに車を停めた。エンジンはかけたままにして、少しコーヒーでも飲もうと提案した。

ニーナも車から出て、脚を伸ばした。制服の上に厚手のオーバーオール、毛皮の帽子、厚手の手袋をつけている。ニーナは黙って空を見上げた。

「こんなに寒いなら、今夜はオーロラを見られるはず」

「寒さは関係ないよ。ただオーロラが見えるためには、晴れてなきゃいけない。冬に晴れるのはたいてい寒い日だってことだ」

「オーロラってどこから来るの？」

「さあ……よくは知らないが、太陽が関係あるんだろ？　地元では、オーロラは死者の目だと教えられて育った。だから指をさしてはいけないと」

クレメットはニーナにコーヒーのカップを渡した。

「死者の目か……」ニーナがつぶやいた。「じゃあ、今夜は死者が目をつむっているみたいね」

34

一月二十一日　金曜日
日の出：九時四十一分、日の入：十三時二十分
三時間三十九分の太陽
サプミ内陸部　七時三十分

アンドレ・ラカニャールとアスラク・ガウプサラは、ほんの数時間トナカイ放牧用の小屋で眠っただけで、朝早くに出発した。この時間なら少しは明るくなっていていいはずだが、低く垂れこめた雲のせいでかなり暗かった。二人は一言も交わしていない。ラカニャールは浅くしか眠れなかった。サーミ人を警戒していたからだ。必要とあらば、相手を組み伏せるつもりだった。どうしてもの場合にはチェーンで縛りあげる。面倒を起こすなら、それよりもっと手荒いな対応をすることも考えている。ラカニャールはこれに自分の人生がかかっているのを認識していたし、必要な決断をするのには慣れていた。殺さなくてはいけない場合には、殺す。そうすると任務の遂行が難しくはなるが。老農夫から課せられた期限内に終えることはできないだろう。だがなんとかなるはずだ。ラ・フランセーズ・デ・ミネレが守ってくれるかもしれな

い。会社が腰を抜かすような鉱床を発見すれば。

自分のとった手段が、他人の目にはばかばかしいものに映るのはわかっていた。未熟な地質学者なら、この探検旅行は失敗に終わると予言しただろう。そんなふうに若造がえらそうに説教をたれるのを何度も聞いてきた。航空機による地球物理学的な調査、氷堆石の試掘、ボーリング調査、ラボでの解析、新旧の地質図の精読、地質学者のフィールドノートの読みこみ、現場の報告書分析。根気のいる大変な仕事だ。フィールドワーク、ラボ、資料、そして錬金術を駆使する、それがこの分野の専門家の誇りでもあった。同時に、ラカニャールにとっては嘲《ちょう》笑《しょう》の対象でしかなかった。彼がどんな手段を使うのかを知ったら、上司はそろそろ本人のためにも早期退職させる時期だと考えただろう。しかしそのリスクを負うしかない、一か八かだ。はずれを引いた場合、失うものが極端に大きいのはわかっている。だが当たりを引けば——。

ラカニャールは振り返り、サーミ人がまだトレーラーに座っているかどうかを確かめた。暗くて相手の目は見えなかったが、その視線が自分に向いているのは感じた。景色は前日ほど広広とはしていないが、植生は同じだ。唐檜《とうひ》は生えておらず、押さえつけられたように歪んだヒメカンバが伸びているだけ。調査の一カ所目から、もうそう遠くはないはずだ。雪の積もり具合が薄くなってきているから。スノーモービルの強いヘッドライトの中で、風に雪が飛ばされて地肌が見えている箇所もあった。フィンマルク県内のこのあたりが〝砂漠〟と評されるのもうなずける。降水量が非常に少ないのだ。

ラカニャールはそこからさらに三十分ほど進んでから、テントを張れる場所を探し、川がカーブを描いている土手に決めた。ラカニャールのような人間にとって、川はよき友人だった。サプミというのは巨大な花崗岩《かこうがん》の岩体でできた土地だ。まずは正しい断層をみつけなければいけない。鉱物を含んだ液体がそこを運ばれていくからだ。目の前の川は断層を成している。岩石が途切れた弱い部分に溝が掘られて川になるのだから。

ラカニャールは何をするつもりかをアスラクに説明した。アスラクは簡素な小屋を組み、地面には持参したトナカイの毛皮を敷いた。それから外に出て薪を割り、まもなく小屋から煙が立ち上った。何もかも、太陽の光が最初に現れるまでに終えなければいけない。日光を一分も無駄にしたくないのだから。ラカニャールは空を眺めた。雲が切れ始め、晴れてきた。ちょっとツイていれば一時間以内に、つまりちょうど調査を始めるタイミングで雲がなくなるだろう。

ラカニャールはまた自分たちがいるエリアの地質図を読み、古いほうの地質図ともつきあわせた。その地質図をつくった人間は、あえて正確な位置を隠すことに時間を費やしたようで、何もかもが曖昧《あいまい》で簡潔だった。急いで描かれた地図なのだろうとも思う。なぜそんなに時間がなかったのだろうか。一方で、地質図上の記述が物語っているのは、基盤岩のかけらを解析したり、その結果を書きこんだりするのに長い時間を費やしたことだ。

ラカニャールはちびちびとコーヒーをすすった。地質図をつくった地質学者のことが頭から離れない。そいつの秘密を暴いてやりたかった。何者なのかも知りたい。どういうタイプの女が好みだった？　いや、男が好きだったのか？　あるいはまったく普通の性的指向だったのか。それともその分野においても冒険家だった？　ラカニャール自身は冒険家だと自負している。

新しいことを試すのを恐れない。一般に受容されている限界線を前へ前へと押し出していくのだ。

男の性的指向というのは、新しい土地を開拓する能力の指標にもなる、とラカニャールは考えている。小屋の隅に座るサーミ人のほうを振り向くと、彼は炎をじっと見つめていた。ラカニャールはこの男のコタで見た女のことを考えた。初めてここに来た頃、ああいう女をたくさん見てきた。そしてその全員と楽しんだ。彼女たちは北欧人の女よりも内気だった。このサーミ人も若い女が好きなのだろうか。誰だってそうなはずだ。空が完全に晴れた。ラカニャールは装備を取り上げ、サーミ人に運ばせる分を手渡した。相手は一言も発さずに受け取り、二人は寒さの中へと出ていった。そして川筋にそってゆっくりと進み始めた。

マーロー（スウェーデン）　十時

スウェーデン側のトナカイ警察の宿泊小屋で一晩過ごしたあと、パトロールP9はさらに南へと進んだ。このあたりは密に茂った森が途切れることがない。樹木の種類はほとんどが唐檜か白樺で、ヒメカンバだけが生えるヴィッダの景色とはまったくちがった。ここもサプミの内陸部であり、緯度としても相当北なのだが。まっすぐな道路が森を貫通し、ときどき小さな湖が現れ、しばらく広い川ぞいを走ることもある。川は滝になり、再び穏やかな流れに戻る。ニーナは北スウェーデンのこのあたりに来るのは初めてだった。ノルウェーのサプミと同じくらい人が少ないが、こちらのほうがかなり開発されている。森は道路に貫かれきちんと手入れされている部分もある。見るからに人間が植えた木が並んでいるのだ。鉱山の看板も定期的に出てくる。白樺と唐檜の間に何度も太い送電線が現れ、道路と交差し、また森に深い傷跡を残しながら国じゅうに電気を供給している。ガソリンスタンドに小さなスーパーが併設され、その周りに赤い家が集まった小さな村をいくつも通りすぎた。さらに何十キロも唐檜と白樺の風景を抜けたあと、二人はやっとマーローに到着した。

鉱物情報事務所のオフィスは、ハイウェイからマーローの町に降りたところにあった。通常アーカイブというのは国内の情報が集められるものだが、実際的な理由から、サプミに関しては北欧三カ国のものがすべてここに集められている。サプミの地質は他と比べて非常に特徴的だからだ。この人里離れた小さな町は、ボスニア湾に出る道路を通じて世界とつながっている。ここから百キロ南東にある港には、世界じゅうから鉱山会社が訪れ、サプミで集中的な調査をするための準備を行う。スウェーデンは今から一世紀以上前に、ここマーローにスウェーデン地質調査所の支所を開設した。それ以来、独自のアーカイブを構築している。特に一九〇七年以降に行われた調査のボーリングコアが豊富に集められている。ニーナとクレメットはオフィス棟の受付で自己紹介をすませた。所長の部屋はエントランスからすぐのところにあった。彼女は二人を迎え、受付の一部がカフェテリアになったところへ案内した。所長のエヴァ・ニルスドッテルはSGUに二十七年勤め、五年前から鉱物情報事務所の所長を務めている。うまくいけば、二年後に定年退職するまで所長の地位を守りきれるだろう――エヴァ・ニルスドッテルはそう言って、二人の警官に自分の心の平安を乱さないでくれときっぱり言ってのけた。気難しそうな女性だ。豊かな銀髪が常軌を逸したみたいに奔放に伸びている。それを手なずけるつもりもさらさらないようだ。見事に澄んだ青い目が、整ってはいるが雨風にさらされてきた顔を輝かせている。

「で、どういうご用件?」所長は到底感じがよいとは言えない口調で、ガムを嚙みながら訊いた。「うちの広報部長はウプサラの事務所にいて、ここの仕事については何ひとつわかっちゃいない。さっさとオフィス椅子から尻を上げて働けってのよね。その彼に対応しろと言われたから、会ってあげてるだけ。でもまずは警告させて。わたしは不躾な質問は好きじゃなくてね。ここには人目を引きたくない顧客が大勢やってくる。うちの評判に関わるの、わかる? 顧客は安心して調査できると思ってここに来るんだから。その多くが北アメリカやアジアの上場企業。どういうことだかわかる? ここに来て、未来のために少し調査をするの。その結果次第では巨額の投資が行われる可能性もあるから、目立つのを好まない。だから制服を着た警官が二人やってきたら、こっそり動いてくれとお願いするわけ。あんたたちのことがどんなに可愛くてもね。そもそも、親愛なる管轄省庁がうちみたいな事務所でも利益を出さなきゃいけないと決めたからこうなるのよ。つまり、国の血税を使って外国企業に情報を何もかも無償で与えるのではなく、たんまりむしり取れってこと。だけどあんたたちはラッキーよ。今日は他に来客がないから」所長はそう言ってタバコに火をつけた。公共施設では喫煙が禁止されていることを堂々と無視して。

クレメットとニーナはこんな迎えられかたに心の準備ができていなかった。ニーナは、これほど社交能力に問題のある人がいかにして所長の地位に上りつめ、さらには居座っていられるのだろうかと首をひねった。エヴァ・ニルスドッテルはその考えを読んだかのようにつけ加えた。

「お嬢ちゃん、わたしは枕営業をする必要もなかったのよ。秘密を教えてあげようか。それは、わたしがいちばん優秀だったから。上司たちはずうっと、わたしにどんな小さな責任も与えたがらなかった、フィールドで活躍する地質学者として、そのくらい優秀だったわけ。だけどある日突然それが嫌になったのよね。他の能なしたちが次々と役職についていくのを見ていて。彼らに何か仕事を与えなければいけないからってだけでね。それで急に腹が立って、そいつらの上司になってやるって決めたの。で、どうなったと思う？　わたしはその分野でもいちばん優秀だったみたい」所長はそう言って、タバコをもみ消した。

ニーナは当惑した顔で所長を見つめていたが、クレメットのほうは面白がっているようだった。北の大地の強烈な女たちには覚えがある。社交辞令を言ったり礼儀正しくしたりすることには興味がないのだ。

「それで？　この広い世界でなぜあえてわたしのところにやってきたの？　それにトナカイ警察って、いったい何をやる警察？　聞いたことないけど」

「ちょっと想像力を駆使すれば、なんの役に立っているかはわかるんじゃないですか？」クレメットが答えた。「知っておいてほしいのは、われわれは殺人事件の捜査をしているということ。そして事件は鉱山の歴史に関係があると考えている」

「特に、一九三九年にサプミで行われた探検旅行にです」ニーナがつけ足した。「金鉱の呪いとか……サーミ人たちに大きな不吉をもたらした鉱床、そして……」

「まあ」エヴァはまた新しいタバコに火をつけた。「続けて、続けて！　わたし、宝の地図の話なら大好き。だからこの職業を選んだわけだし」

そこから十五分間、クレメットはこの一風変わった女性に事情を説明した。太鼓が盗まれたこと、マッティスが殺害され、トナカイ所有者たちに疑惑がかかっていること。一九三九年の探検旅行、金鉱の伝説、呪いの噂、すべてを話した。エヴァ・ニルスドッテルはそのひとつひとつを満喫しているようだった。話の流れにそって興奮し、腹を立て、がっかりもした。クレメットの語り口は魅力的で、ニーナも自分が夢中になって彼の話に聴きいっていることに驚いた。

エヴァ・ニルスドッテルは長い間黙っていた。それから急に立ち上がると所長室に入り、よく冷えたシャブリとワイングラスを三本もって戻ってきた。

「わたしたちの新しいプロジェクトに乾杯しましょう。まだ何も訊かれていないけど、つまりあんたたちは謎の金鉱をみつけたいんでしょう、ちがう？」所長は音を立ててコルクを抜きながら言った。その直後には、驚くニーナの目の前で一杯目のグラスを空にしていた。

三十分後、ワインの瓶は空になっていたが、冷蔵庫にもっとあるから大丈夫――と自分で三分の二は飲んでしまった所長が請けあった。それから堂々たる足取りで道路の反対側にある航空機格納庫のような倉庫へ二人の警官を連れていった。数棟に分かれた巨大な倉庫に、何万個という平たい木の箱が収まっている。その一箱一箱に十本ずつ、ボーリングコアと呼ばれる岩石のサンプルが入っている。ボーリングコアのサイズは直径数センチ、長さ一メートル。エヴァが箱をいくつか取り出した。

「もちろん、ボーリングコアにはどれもコードがついている。例えばこれはUというカテゴリー」所長はそう言って、二人にコードを見せた。「Uはウランよ。やだ、興奮させちゃった?」そう言って、タバコのせいでしゃがれた声で大笑いした。

所長はまた新しいタバコに火をつけ、煙を吐き出し、それが空気中の湿気と混じりあった。この建物の中は湿度の高い寒さだった。

「まともな人間なら、この倉庫の中でタバコを吸ったりはしない。ウランが目の前にあるんだからね。古くから存在するこの偉大な鉱石は、実に油断ならないガスを発生させる。無色無臭で味もしないラドンというガスを。自然界にもともと存在するものだけど、こういう空間には放射性希ガスとして蓄積される。鉱山の中なんてほんと最悪。肺がんになるわよ。ここはまあ一応少しは換気してるけど。いちばんだめなのはそのガスと一緒にタバコを吸うこと。そうしたらもうバイバイね。まあとにかく、話をまとめると」所長はさらに続けた。「盗まれた太鼓には、鉱床の場所の情報が隠されていた可能性がある。あんたたちは昔ドイツ人地質学者が鉱床を発見したと思ってるんでしょう。そして今サプミに来ているフランス人の地質学者もそのことを知っているのではないかと。だって最近そいつが現れてからいろいろなことが起きた。で、その鉱床をみつける手がかりはあるの?」

その問いは重い沈黙に迎えられた。

「わかったわよ。ともかく、サプミが四十万平方キロメートル近くあることは知ってるわね? つまりフィンランドや日本といった国より大きいの」

「われわれが把握しているのは、フランス人地質学者が調査しようとしている三カ所の情報だけだ」

エヴァは建物の角にある小さなオフィスへと足を向けた。パソコンを立ち上げ、データベースにクレメットが持参した座標を打ちこむ。画面に出てきた地質図をじっと見つめ、そこに記された棚から見やすい縮尺の地質図を取ってきた。それを巨大なテーブルに広げる。

「これがフランス人がうろつこうとしている場所よ。たった一人でやるつもりなのかしら」

エヴァは地質図に身を乗り出し、指で記号をなぞり、カーブにもそわせた。ため息をつきながら、ぶつぶつ独り言を言っている。

「わかる? 地質学者が地質図をつくるときというのは、その場所で観察された大量の情報を詳細に記入するもの。今わたしたちの目の前にある地質図は、オリジナルマップを簡易化したものにすぎない。調査を予定している人はまずうちのホームページを開いて、このような地質図を眺める。丸のついた場所に関しては、もっと情報がまとめられている。ここのアーカイブにね。それに今わたしたちの周りにあるボーリングコアもある。ここの事務所では、希望者にその情報をセットにして渡すってわけ。どれも第二次世界大戦以前からある資料よ」

「そうだ、探検旅行の写真！」突然ニーナが叫んだ。

ニーナは自分のノートパソコンを取り出すと、スキャンした写真をエヴァに見せた。

「これが一九三九年夏に行われた探検旅行なんです。二人のフランス人が企画し、他にもスウェーデン人の研究者やドイツ人の地質学者、それに……」

「そのドイツ人の名前は？」エヴァが口を挟んだ。

「エルンスト。でもファーストネームしかわからない。あとはズデーテンかどこかの出身だったらしいということくらいしか……」クレメットが答えた。

エヴァは不満そうに口をとがらせながらも、紙に名前を書きとめた。警官二人は黙ったまま、所長の表情を読みとろうとした。彼女はまた新しいタバコに火をつけ、写真を一枚一枚、長いこと見つめている。特にドイツ人が写っているものにはかなり時間をかけた。

しばらくしてニーナが沈黙を破った。

「彼らは金属探知機をもっていたんじゃないかと」

エヴァはゆっくりとタバコの煙を吐き出した。

「金属探知機ね。ええ、そうよ。でもそれだけじゃない。ここに写っているのはガイガーカウンター。世界初の携帯できるモデルね。それでも二十キロか二十五キロくらいはあったはずだけど」

「ガイガーカウンター？　それはつまり……」

「ええ、ええ、何を考えているかはわかる。でも結論を急ぎすぎないで。当時はウランなんて探していなかった。ウランはまだよく知られていなかったという単純な理由でね。一九三九年は原子爆弾もなかった時代」

「だけど最初の原子爆弾は戦時中に使用されたでしょう。実験や開発にはウランが必要だったのでは？」

「ええ、でもそれはコンゴの鉱山から来ていた。ここは全然コンゴじゃない」

「でもじゃあ、なぜガイガーカウンターを？」

「ウランは戦前、黄色い色のために求められた鉱石だった。当時の人々はラジウムに興味があってね。時計の文字盤などの器具に塗る夜光塗料に使われていた。医療目的にも利用されていたけれど。今なら誰だって驚きの声をあげるでしょうけど、当時はまだ放射能の影響は知られていなかった。ヤーヒモフがドイツだったか、つまり偉大なるわたしたちの母はヤーヒモフの鉱石を使っていた。ヤーヒモフがドイツだったか、チェコスロバキアだったか、よく覚えていないけど」

「じゃあドイツ人地質学者はラジウムを探していたのか」

「どちらにしてもドイツは当時からラジウムに興味があった。この機材なら、そのエリアにラジウムが存在するかどうかを識別できたはず。だからといってラジウムだけを探していたわけでもないと思う。他の多くの地質学者のように、同時に複数の鉱石を探していたんじゃない？適当にいろいろ。ラジウムに話を戻すと、放射能というのは、わたしたちの周りに自然に存在することを忘れちゃいけない。ほんの小さな花崗岩をガイガーカウンターで測ってみたらどうなるか知ってる？」

エヴァ・ニルスドッテルはまた写真にのめりこみ、クレメットとニーナもそれぞれの思索にふけった。すると急に所長が言った。

「ドイツ人はかの素晴らしい金鉱を探していたのかもね。とりあえず、彼がどこで消えたかはわかった」

クレメットとニーナがわけがわからないという顔で見つめ返したので、エヴァは笑いだした。

「まあまあ、あんたたち。自分の顔を鏡で見たほうがいいわよ。さあよく見て、よーくわたしの話を聞きなさい。エルンストが最後に写っている写真はノルウェー側で撮影された。背後の山の頂を見て。鉤鼻《かぎばな》みたいな形でしょう。それがちょうど湖の向こう側にある。湖は小型ヨットの帆のような形をしている。疑いの余地はない」

エヴァは立ち上がり、そのエリアの地質図を手に戻ってきた。

「湖がこれよ。そして鉤鼻の山がこれ。角度と距離を考えると、写真が撮られたのは……ここのはず！」エヴァは指でその地点をさした。そこに太い赤ペンでバツ印をつける。

「それがエルンストが写っている最後の写真だったのよね？　そしてフィンランドのイナリ方面から来たと言った？　イナリはここ。だから、どんなふうに進み、どの道を選択したかを考えると、そういうこと。じゃあ次はサーミ人のガイドが戻ってきてからの写真を見てみましょう」

エヴァは戻ってきたニルスが写っている写真を分析し始めた。

「彼らはこの方向に向かった。するとここにサーミ人の野営地があった。今ではもう使われていないけど、わたしも若いときに泊まったことがある。遊牧の移動をする道ぞいにあった。川がここで、ここに三角州があるのはこの地域では珍しいからびっくりするんだけど、つまり……」エヴァが赤ペンを振った。「写真が撮られたのは、ここ！」

この二カ所の間のどこかでエルンストは死んだのだ。鉱床を探している最中に。それとも死ぬ前にみつけたのだろうか。

「それじゃあ」エヴァが続けた。「ニルスとエルンストがどの範囲を移動したか考えてみましょうか。徒歩だったんでしょう？　エルンストが予定の場所に着くのに何日かかったかわからない？　何日間そこに滞在していたかとか」

「ニルスが徒歩で行き来したのはわかっています」

エヴァはまた地質図を食いいるように見つめた。大きなテーブルの周りを動き回り、フランス人が調査する予定だった三カ所のエリアに相当する三枚の地質図を観察している。それから小さなオフィスに戻り、またパソコンの前に座った。何か入力し、画面を見つめ、今度は受話器を取り上げて、電話線の向こうにいる何者かと英語で話し始めた。そして長い間待たされ、その間黙って座っていた。そのうちにまた電話で会話が始まった。エヴァは紙にメールアドレスを書きとめると、受話器をおいた。

「パソコンを開いて、うちのWi-Fiにつなぎなさい」エヴァはニーナに命じた。「このアドレスにドイツ人の写真を送って。写真に写っている人間のうちどれがエルンストなのか、わかるように説明を添えて」

エヴァの口調には反論の余地がなかった。

「困るのは、一九三九年にそのドイツ人が探していた鉱床と、今フランス人が探しているものが同じかどうかがわからないこと。それにあんたたちが言う金鉱とやらも、それと同じかはわからない。つまり鉱床はひとつなのか、それともふたつ、みっつとあるのか」

「おれが思うに、あなたと同じ表現を使うならば、エルンストと同じ鉱床を探していると思う」クレメットは訴えた。「今度ばかりは自分の直感を信じるよ。あの呪われた金鉱……ニルスはそのことをよく知っていた。太鼓がその金鉱のことを物語っていたくらいなんだ。なんらかの形で」

「じゃあフランス人は？」ニーナは考えながら言葉にした。「わたしたちが知っているのは、彼が許可を取って複数のエリアの調査に出たということだけ。エヴァ、この三カ所に共通する要因はありますか？　そこから何か手がかりがつかめれば……」

エヴァはまた地質図に身を乗り出し、しばらく無言のままだった。一言も発することなくタバコを二本吸い終わった。

「見て」ついに彼女は言った。「ひとつめの類似点は、全体的な印象ね。いちばん大きな川がどんなふうにそのエリアを横切っているか。どの地質図でも川は北西に始まり、南に向かって流れていく。それから東に向かって曲がり、最後に南西に」

クレメットは不満げに口をとがらせたが、ニーナはうなずいて、話についていけていることを示した。

「それにこの起伏も」エヴァが続けた。「海抜は異なるし、表面の状態もちがうけれど、三カ所ともかなり標高の高い場所。高原になっていて、その南東に湖が、北東は見るからに絶壁になった地形」

ニーナはまだ勢いよくうなずいている。クレメットのほうは不満そうに口をとがらせたままだが。

「この説明をフラマン派みたいな解剖学的な描写として受け取らないでね。これは印象派の絵画。色のブロックに漠然としたパーツ……わたしにははっきりと類似点が見える。それにまだみっつめの類似点を話していなかった。地質分析のことをね」

「わかったよ。あなたが正しいとしよう」クレメットはそっけなく言った。「フランス人は自分がどこに行きたいかはっきりわかっていなかったということだな。誰かに聞いた情報を頼りに、条件に一致する場所を探していたんだ」

「当たり！」エヴァが叫んだ。「それでもこの三カ所を探しだせたなんて、かなりの凄腕よ。このみっつの要件を満たす場所は、この地域には他にないと誓ってもいい。それでもこの三枚の地質図が示すエリアはかなり広い。三カ所ともくまなく調べるなら何週間、いや下手をすると何カ月もかかる。さて、あなたはそろそろメールの返信が来ていないかどうか確認しなさい」エヴァはニーナに向かって言った。

ニーナは届いていた英語のメールを読んだ。送信者はヴァルター・ミュラーという男性だった。

「エルンスト・フリューガー」ニーナが読み上げた。「ドイツ人の地質学者はエルンスト・フリューガーという名前なんですって。三〇年代中頃にウィーン工科大学の鉱山学科に在籍していた」

「あそこは素晴らしい大学よ」エヴァが言う。「だけど残念ながらそこの学生たちは全員、その後ナチスのために働くことになった。フリューガーの場合はちがったけどね。その前に死んだから」

「それでもすでにナチスのために働いていたかもしれない。一九三三年には政権を握ったんだから」

「だとしたら驚くわ」ニーナがクレメットをさえぎり、メールの続きを読んだ。「フリューガーが大学を卒業することはなかった。一年目を終えたところで退学になった。ユダヤ人だという理由で」

場の雰囲気が一気にこわばった。三人は黙ったまま、なんとコメントしていいかわからなかった。

「……サプミで死ねてよかったのかもな」しばらくしてやっとクレメットがそれだけ言った。

ニーナは急に何か思いついたようで、数分間部屋から出ていた。フランスに電話をかけたのだ。

「アンリ・モンスもフリューガーという名前に覚えがあったわ。フリューガーはガイドと一緒に北へ向かったらしい。戻ってきたニルスの話によれば、二、三日歩き続けて、そこでテントを張り、二日ほど滞在したところで死んでしまったと」

エヴァはまた地質図を取り上げた。

「じゃあ二種類の可能性が残る。ここと……ここ。噂の金鉱がこのどこかにあるとしても、調査するにはまだまだ広すぎる。ああ、その地質学者が地質図さえ描いていれば……」

「描いていたんです。アンリ・モンスが地質図を見たと言っていたから。でも消えてしまったらしくて」

「なんですって? それで何もかもが変わる。それならフリューガーはフィールドノートももっていたにちがいない。地質学者は必ずノートをつけるもの。それを基にして地質図を描くのだから」

エヴァは意志のこもった足取りでまたパソコンに向かうと、検索結果を待った。落ち着きなくタバコをふかしながら。

35

一月二十一日　金曜日
サプミ内陸部　十二時三十分

ラカニャールはもう一キロ以上、凍った川を上流に向かって歩いていた。サーミ人のガイドを従えて。ヴィッダのこのあたりは、予想どおり雪はわずかだった。あちこちで岩肌が露出している。一見したところ、ここは新しい地質図に記された内容と一致するようだ。ただ、古い地質図と一致するかどうかを突き止めるのが難しい。信じられないような幸運に恵まれ、一発で正しい場所にたどり着いたのだとしても、自分たちが今いるこのエリアが古い地質図に記された場所なのかどうか、それを知るにはかなりの想像力が必要だ。

川床は裸の丘に囲まれ、青みがかった光が流れている。ラカニャールはある岩の形に興味を引かれ、ハンマーで叩いてみた。ちょうどよいサイズのサンプルを集めながら、鉱物の色や形を鮮明にするために凍った石を舐めたくなったが、その誘惑には打ち勝った。舌の先を失いたくはない。ヘッドライトで石を照らしてみてから投げ捨てた。さらに川を上り、いちばん高いところまでたどり着いた。急斜面になった土手は下のほうが凍りついているが、高さが二メートルもあるおかげで、その場所の地質が手に取るように読める。十五度に傾斜した厚さ五センチの粘土層があり、その中に花崗岩《かこうがん》が一層、亜優黒質の片麻岩《へんまがん》が複数個、柘榴石《ざくろいし》は粒子の状態で見えている。もっと下のほうに砂と粘土の層が見えている。ラカニャールは順番にノートに書きつけていったが、時間がないために普段ほど詳細には書けなかった。アスラクを呼びつけ、毛布に包んだ小さな機器をもってこさせる。ラカニャールはピストルのような形の測定器を岩に向けた。それがしゅっという低い音を立てる。さらにいろいろな高さに向けたが、差はあまりない。百ベクレル程度だ。測定器のスイッチを切るとアスラクに渡し、アスラクがそれをまた毛布に包んだ。二人は厚い氷が張った川をさらに歩いた。川ぞいの大きな石が目に入る。美しい丸みを帯び、濃い緑から黄色まで様々な色の地衣類が生えている。ラカニャールはまたハンマーを振るい、岩の破片を手に取り、その構造と模様を観察した。しかしその破片も捨てると、さらに先へ進んだ。川ぞいの少し陰になったところに石が集まっている。ラカニャールはそこで膝をつき、小石をすべてひっくり返して観察した。ルーペを取り出し、じっくり時間をかけて調べる。今は美しい光が彼らを包んでいた。雪の反射が二人を鋭く描きだす。しかし長くはもたない。日ごとに日照時間が長くなっているとはいえ。そのとき、何か光るものがラカニャールの目を引いた。ルーペをそのかすかな光に当てる。するとやはり金の粒子だった。素人ならここで大喜びして飛び跳ねるだろう。しかしラカニャールはこの粒子がすごい発見を意味するのかどうかわからなかった。わかるのは、ただここに金があるということだけ。それ自体は驚くことでもない。誰でも知っていることだ。この地域では十社ほどの企業が金を探してきた。特にカナダ系の企業はやる気満々だった。ここの地質がカナダと似ているからだ。ラカニャールは立ち上がり、急な川の土手を登り、ゆっくりと周囲を見回した。目の届くかぎり裸の丘陵が広がっている。ラカニャールはちらりと地質図を見てから、また歩き始めた。やることはいくらでも残っている。見なければいけないものも。そして、成功する可能性は非常に低い。

マーロー　十四時二十分

エヴァ・ニルスドッテルは照明の薄暗い大きな部屋に二人を連れてきた。壁のうち二枚は棚に覆われ、ファイルや保存箱が満載されている。

「ではでは、ここから始めましょうか」所長はそう宣言し、長いほうの壁の棚を指さした。いちばん上の左のほうにファイルが並んでいる。

「わたしの理解が正しければ、フリューガーの地質図は彼とともに消えてしまったわけね。だからといって永遠にこの世から失われたとはかぎらないけど。わたしも自分が勉強や研究をしていた当時によく呪いの話を聞いたものよ。高齢のサーミ人に会ったときなんかにね。夢物語のような鉱床が不幸をもたらすという話だった。でも誰もそれがどこにあるかは知らない。クレメット、あなたの叔父さんもそれ以上は知らなかったんでしょう？　それでも彼なりに知っていることがある。つまり、警戒しなければいけないということを。ちがう？」

「どういう意味？」ニーナが尋ねた。

「わたしは海外でも頻繁に仕事をしてきた。地質学者なら皆そうよ。アジアにもかなり滞在したけど、鉱山の話はどこでもだいたい同じ結末を迎える。つまり国は天然資源の採掘には熱心だけど、そこに住んでいる人たちのことを顧みないということ」

エヴァは踏み台に上り、棚の高いところから保存箱を引き出した。

「ほら、受け取って」

段ボール箱の中にはクラフト紙の封筒が詰まっていた。エヴァはそのひとつを取り出し、表に書かれているコードを確認し、また戻した。そうやって次々と確認していき、探していたものをみつけた。

「座って」エヴァはそう言って、封筒を開けた。

中から古いノートが出てきた。エヴァはそれをそっとテーブルにおいたが、すぐには開こうとしなかった。

「これがエルンスト・フリューガーのノートよ。珍しいことに、たった一冊だけみたいね。地質学者というのは、普通は何冊もノートを使っているんだけど。わたしに言わせれば、一冊一冊が芸術作品みたいなもの。なぜフリューガーのノートがここにあるかって？　それはわからない。お友達のフランス人のおじいちゃんに訊いてみなさいよ。でも、このノートはフリューガーが死んでから一度も開かれていないと考えて間違いない。おそらくは遺品とともに引き取られ、当時の人々はこういうノートはうちに送ってくれればいいと思っていた。そしてそのまま忘れられた。ここに集められた資料にはそういうのが多いの。土や岩のサンプルはなんらかの機会に詳細に調べられることが多いけど、時間にかぎりがあるせいもあって、このノートは分析する価値はないと思われたんでしょう。その一方で、百年後には技術が発達し、需要も変化して、関心が高まることがある。そうすると急に古いお宝を探ろうとするわけ」

クレメットとニーナの顔には待ちきれない気持ちが表れていた。エヴァはにやりと笑うと、硬い革の表紙を開いた。

緻密な手書き文字が現れた。フィールドで観察されたありとあらゆる点が細かく記されている。三人は魅入られたように概念図や地質断面図を眺めた。断層の詳細な描写が、角度分布や様々な柄の図模様で示されている。ノートはドイツ語で書かれていたので、エヴァは適当に選んだ箇所を二人に訳して聞かせた。

「フリューガーは完璧主義で正確さにこだわる男だったみたいね。大学で精密なレポートを書くことは学んだみたい」

エヴァは手書きの文字を目で追っていった。最後のページには一九三九年八月一日という日付が入っている。エヴァはそこで長い間じっと黙っていた。

「専門家の視点で見ると、このノートは非常に特殊だと言わざるを得ない。書くべきことはすべて書かれているんだけど……鉱物の出現のしかた、地質断面図、岩石の年齢、重なりかたなんかね。調査対象になった岩の歴史を推測し、今後やらなければいけない調査の提案もしている」

「だけど……？」クレメットの声にはもう待てないという色がこもっていた。

「フリューガーの概念図や詳細はまったくもって素晴らしいのだけど、ある箇所についてはずいぶん謎めいた所感を残している。フリューガーは前にも一度この地に来たことがあったようね。ノートに書かれていることの多くが、前回の訪問を参照している。こういう類の記録としてかなり奇妙なのは、正確な座標が記入されていないこと。それにはすごく驚くわ。フリューガーの地質図がそれ以外は非常に精密なことを考えると、うっかり忘れたとか間違えたとは思えない。もしかすると座標はこのノートの情報を基につくった地質図のほうに書いてあるのかも。それなら考えられる。でも、じゃあ……」

「エヴァ、今謎めいた所感と言ったけれど、例えばどういうこと？」

ニーナもそろそろ忍耐力が切れてきた。

「基本的には地質学者のノートというのは非常に専門的というか、かなりドライなもの。そこに詩的な要素を加えるには、職人魂がなきゃいけない。美的センスのある学者なら装飾やスケッチを描き、まるで芸術品みたいな仕上がりになる。でも内容自体は簡潔で、今も言ったとおり専門的なもの。略語や専門用語を使うから、それに精通していない人間にはさっぱりでしょうね。なのにフリューガーは、地質学とは関係のない短いコメントをいくつも残している。それをみつけるには目を凝らさないといけないけどね。大量の観察の間に忍ばせてあるから。わたしも最初は気づかなかった。だけど、おかしな場所にあるんだもの。ということはフリューガーは初めて来たときにはもう、またここに来なければいけないのをわかっていた。落ち着いて事後調査をするためにね。それが一九三九年の探検旅行に参加した理由なんでしょう。つまり、はっきりした目的があった。それが例の鉱床――そこに疑いの余地はない」

エヴァはそこで黙りこみ、ノートを読み続けた。紙を一枚取り出し、メモをとっていく。

「地質学者のノートに何が書かれるべきかを知っていれば、逆にあってはいけないものがあればすぐに目につく。例えばスウェーデン語の文章の中にロシア語の文章が引用されているようなもの。フリューガーは数日しかその場所にいなかったから、観察の記録もわずかで、全部でたったの五ページね。そして彼が言いたかったことはある二文に集約されている。二ページの間隔を開けて出てくるこの二文に。〝門は太鼓にある〟それに〝ニルスが鍵をもっている〟」

「ニルスの太鼓か……」クレメットが残念そうな声をあげた。

「鉱山の正確な位置がニルスの太鼓に記されているんだ！」ニーナが叫んだ。「だからニルスは必死で太鼓を安全な場所に隠そうとしたのよ。そして太鼓を盗んだ人間はそのことを知っていた。犯人は知っていたのよ、もちろん！　クレメット、わたしたちは最初から間違った手がかりを追っていた。太鼓はただの太鼓じゃない。金鉱への道しるべだったのよ！」

ニーナはひどく興奮していた。クレメットにもニーナの推理が当然のことのように思えた。

太鼓が鍵だったのだ――。

「ちょっと待って」急にエヴァが言った。「わたしは金鉱だなんて一言も言ってないけど？」

「じゃあなんの話？　意味がわからない」ニーナがちょっと苛立った声で反論した。

「フリューガーはどこにも金という言葉は使っていない。あちこちに小さなヒントはあるけれど。だから金のことかもしれない……けど金とは言ってない。黄色の鉱物、黒く変成した岩塊、何かすごいもの、ありえないものをみつけてしまった、と表現しているだけ。自分が何をみつけたのか、わかっていたかどうかも怪しいわね。彼が大学に最後まで通えなかったことを忘れてはいけない。地質図を描くという技術には秀でていたかもしれないけど、それはウィーンの大学で初めのほうに習うことだったんでしょうし。一方で、各種の岩石を識別する能力はそこまでなかったのかも。論理的に考えても、大学の二年目以降に習得する内容だから。実技の前に理論を学ぶこと自体は仕方がない。豊富な経験というのは、多種多様な荒地で何年も観察を続けてやっと獲得できるもの。気の毒なフリューガーは三〇年代に学業も半ばのままで、その能力は身につけられていなかったと思う。鉱物を特定するときに誤解したり、自分の見解に自信がもてなかったりしたはず」

クレメットはニーナのほうを振り返った。

「ニルスは鉱床をみつけられたくなかった。フリューガーに同行したのは、見張るためだったとか。彼が鉱床をみつけてしまわないように」

「でもじゃあ、ニルスがフリューガーを殺したと言いたいの？　そのあとは関係ないふりをしたとでも？　フリューガーは太鼓のことをノートに書いていたから、その存在を知っていた。ということはニルスが彼に語ったわけでしょう。それならなぜ殺したの？」

「エヴァ、悪いけど少しだけ二人にさせてくれないか。状況を確認しなければ」

「もちろんよ、お巡りさん。もう一本白を冷やしておくから、わたしのオフィスで落ちあいましょう。ウランのボーリングコアと長く一緒にいすぎないようにだけは気をつけてね。痔になるリスクがあるから」そう言ってエヴァは出ていった。

クレメットとニーナは顔を見あわせた。自分たちがからかわれたのかどうかよくわからなかった。

「すごい人ね」エヴァが行ってしまうと、ニーナが感想を述べた。「あの態度じゃこれまでにいろんな人の反感をかっただろうけど、わたしはすごく好きよ」

「問題は」クレメットはコメントを返さずに続けた。「おれたちがあの腹の立つ太鼓に描かれた模様を知らないことだ。おれが思うに、よくある伝統的な太鼓のような感じなのだろう。じゃなきゃ注目を集めてしまうから。オスロのアンティークショップがまだ手がかりとして残っている。太鼓を買いたがっていた店だ」

ニーナがゆっくりオスロのアンティークショップに電話できるように、クレメットは暖かい小さなオフィスを出て、固められた土床の上を行ったり来たりしていた。通路にそって、ボーリングコアの箱が棚に積まれている。多いところでは六、七メートルの高さにもなる。クレメットはある箱の前で立ち止まり、サンプルを取り出してみた。

「あらあら、触っちゃだめ！」そう叫ぶ声が聞こえた。

エヴァ・ニルスドッテルが戻ってきたのだ。白ワインとグラス三本をバスケットに入れて。斜めにずらした毛皮の帽子のせいでいたずらっぽく見える。

「サンプルは正しい箱に入ってなきゃいけないんだから。ちょっとでも取り違えたら、家系図にある先祖の生年月日を取り違えてしまうようなもの。まったく理解不能になり、使い物にならない。独りで待ちたくなかったから、はいどうぞ。代わりにグラスを受け取って」

「じゃあ一滴だけ。このあと車でキルナへ向かわないといけないんで」

「あなたに乾杯」エヴァはそう言って、自分のために白ワインをたっぷりグラスに注ぎ、箱の上に瓶をおいた。

「これは金よ」そう言って、ボーリングコアを軽く叩く。

クレメットは口の中でワインを温めた。ほんの少しの量でも、アルコールがこの倉庫のような寒々しい空間をなんとなく居心地よくしてくれる。

「一見しただけじゃさっぱりわからないな」クレメットはじっとボーリングコアを見つめた。

「ほとんどの岩石は自分の魅力を隠しているもの。ある程度の年齢に達した女みたいでしょ?」エヴァは笑みを浮かべた。「それにあなた、たった一キロの金のためにどれだけの鉱石と労働力、精製する過程やエネルギーが必要か、想像もつかないでしょう」

「だが例の金鉱は何十年もヴィッダの伝説として伝わっているのに、いまだに発見されていないなんておかしくないか?」

「おかしい? いいえ、そんなことない。第一に、時代によって人間の関心を引いた鉱石はいろいろだった。ここのアーカイブだって驚くような宝物でいっぱいよ。特定の鉱石への関心、そこに技術の発達や採掘コストが関わって、ある日突然わたしたちはアーカイブにあるものを新しい目で見るようになる。それに、かくれんぼが大得意な鉱石もある」

「さっきラジウムのことを言ったね」

「あいつは本物の詐欺師ね。ものすごい放射能をもつのに、ウラン鉱石に隠れているんだから、どれだけ狡猾《こうかつ》ないたずらっ子かわかるでしょう。自家発光するものだから昔は引く手あまただった。言ったとおり時計の文字盤なんかに五〇年代まで使われていた。特に第二次世界大戦のときは戦闘機で大いに役立ったの。ラジウムは白いけれど、空気に触れると自分をカモフラージュする。つまり黒くなる。賢いでしょ——親戚のウランと同じで。ウランもやはり油断ならないやつ。ウランは閃ウラン鉱という状態では黒いんだけど、変成すると黄色になる。つまりウランは天然の状態でみつかってから、黒、黄色とカメレオンごっこをするわけ」

「エヴァ、もうすでにこんなに助けてくれて感謝しているよ。だがおれたちはその鉱山をすぐにみつけないといけないんだ。フランス人の地質学者がそこへ向かったと思う理由がいくらでもあるからな。それにもし鉱山をみつけられたら、今捜査している他の事件についてもいろいろと答えが得られると予感している。こんなことを言ってはいけないのはわかっているが、これは事実というよりは直感に基づいたものだ」

「そんなこと心配しなくていいわよ、可愛いお巡りさん。直感のことならわたしもよく知っている。わたしの仕事の八十パーセントは運と直感でできているしね。それ以外のことを言うやつは嘘をついているだけ。そういうやつにかぎって、直感というのは見えているものや経験したこと、つまりキャリアや体験に基づいているなんて言うんだから。だけど鼻がきくかどうかもすごく大事なのよ」エヴァはそう言って、白ワインのグラスをくんくん嗅いでみせ、また一口飲んだ。

クレメットは微笑んだ。

「じゃあ直感がカウトケイノに向いたときは、おれのコタに遊びにきてください。エヴァ、あなたのために必ず白ワインを冷やしておくから」

「サーミのコタで冷えた白ワイン？　それは断れないお誘いね」エヴァはクレメットのほうにグラスを掲げた。「でもあなたの今の悩みに話を戻すと、わたしにわかるかぎりその場所を特定する唯一の方法は、このフィールドノートとセットになっている地質図をみつけること。このアーカイブにはなさそうだけど、まだ存在するのか……それもわからない。ノートだけがここにあること自体が謎だけど」

「ここにないというなら、地質図をみつけるなんてほぼ不可能に思えるが」

「あなたが言ったじゃない。唯一の手がかりは一九三九年の探検旅行の参加者たちを追うことだと」

「あなたの言うとおりだ、ある意味」クレメットも一瞬考えてから認めた。「それが唯一の論理的な手がかりだ。ただ問題はほぼ全員がもう死んでいること。もちろん遺族を訪ねて、遺品の中を探させてもらうことはできるが……正直言って……」

「正直言って、あなたの直感もわたしのと同じことを語っているんでしょう、可愛い警官さん。これは簡単なことじゃない。でもあなたの仕事も、わたしの仕事と同じように、最強の武器は根気よ」

「わかってる。だが今回は時間がない」

「そうね。じゃああとは幸運を祈るだけか……」

エヴァはまたクレメットのほうにグラスを掲げた。そのとき、ニーナが目を輝かせながら小さなオフィスから出てきて、エヴァに謝りながら、同僚をオフィスに連れこんだ。

「まずはオスロの同僚に電話をしてみたの。問題のアンティークショップは、市庁舎と国会議《ストールティ》事堂《ンゲット》の間にある。つまりかなり高級なエリアってこと。極地文学や自然科学、動物相や植物相なんかに詳しくて、店舗とインターネットの両方で営業しているけれど、個別の顧客の注文に応じることもあるそう」

「なぜそのアンティークショップのオーナーがサーミの太鼓に興味を？」

「自分のためじゃないの。仲介役だったみたい。その分野については詳しかった。サーミ人は極地の先住民族なんだから。同僚によれば、このオーナーは今までも怪しい取引に関わっていたことがあったと」

「つまり、ちょっと特別なリクエストがあるときに頼むべき男ってわけか」

「それで、オーナー本人にも電話をしてみたの。するとアンリ・モンスに連絡をとったことは隠さなかった。でもその先がちょっとややこしい。黙秘権を主張し、顧客の名前は言えないと言い張った。アンリ・モンスは太鼓を売りたがらず、取引は成立しなかったわけだし」

「なぜそいつはアンリ・モンスが太鼓を所有していることを知っていたんだ？」

「顧客が戦前に行われた探検旅行のことを知っていたんですって。オーナーはそこから自分で調査をしたんだけど、難しいことでもなかったみたい。ポール＝エミール・ヴィクトルの友人たちが、戦時中に探検旅行のことをまとめた本を刊行していた。そこに太鼓のことも、詳細には踏みこまずにだけど——だって詳細は知らなかったはずだから——書かれている。それだけのこと。オーナーにしてみれば便利な手がかりだったでしょうね」

「もとの注文者は誰なんだろうか」

「新聞に載る前から太鼓の存在を知っていた誰かね」

「あの探検旅行に関わっていた人間か……」

「もしくは参加者の子孫とか」ニーナも続けた。

「マッティスか？　でもマッティスがオスロのアンティークショップに連絡をするとは思えない。他のサーミ人たちもだ。おまけにほとんどがフィンランド側から来ていたんだし。それに、フランス人たちを怪しむ理由はない。フリューガーはとっくに死んでいるし」

「残るはスウェーデン人研究者の二人？」

「それにあの、細い鼻の口髭の男。フリューガーが死んでから、姿が見当たらない男」

「しかもあなたの叔父さんはその男に見覚えがあるのよね」

「アンリ・モンスは他の参加者の現在について何か言ってなかったのか？」

「スウェーデン人二人については何も。連絡はとっていないそうよ。旅行のあとすぐに戦争が起きたから。一人は戦争初期に二年間ドイツにいて、カイザー・ヴィルヘルム学術振興協会の人類学部、つまりベルリンで遺伝子や優生学の研究をしていた。だけど一九四三年にウプサラに呼び戻された」

「ドイツがスターリングラードでやばかった時期だな。中立の概念は状況によって変わる。スウェーデンでは有名な歴史の汚点だ。今でもそれを恥じている」

「数年間、スウェーデン医療庁の理事も務めていたみたい。でも五〇年代に自動車事故で亡くなった。もう一人は医者として輝かしいキャリアを築いたそうよ。ストックホルムのカロリンスカ研究所で老年医学の教授になり、ノーベル賞選考委員会のメンバーでもあった。亡くなったのは八〇年代の終わり」

「残るは口髭の男だけか」

「彼のほうは地元の人間だった。フィンマルク県の出身」ニーナが言う。「ノルウェー人よ、地元の。荷運びの手伝いをしていたみたい」

「地元の人間なら、かなり前に引っ越したか死んでいるはずだ。でなければ叔父はきっと覚えていたはず」

「もう一度叔父さんのところに行って確認してみる価値はあるかも。だって、これが唯一の有力な手がかりだもの」

36

一月二十一日　金曜日
サプミ内陸部　十六時五十五分

　さっきからもう数時間、アスラクは黙って異邦人のあとについて歩いていた。闇が濃くなったものの、月光がヴィッダを照らし、灌木に積もった雪が輝いている。アスラクは反抗することなく従ってきた。様子をうかがっているのだ。この男が自分のコタに入ってきたときから、どうすればいちばんいい形で殺せるかだけを考えていた。あのとき、その場で殺すこともできた。小刀の扱いなら誰よりも秀でている。初めてのナイフは五歳のときに父親からもらったものだ。自分のナイフを手に入れたことが嬉しくてしかたなかった。そのナイフで白樺を彫っておもちゃをつくった。叔父がやっていたように人、トナカイ、アキオなどを彫った。父親は真剣だった。五歳の息子に、〝男のナイフ〟と呼ばれるサーミの伝統的なナイフを与えたのだ。サーミ人にとって大きな意味をもつことだ。アスラクはまだそのナイフを大切に使っている。柄は白樺でできていて、脂を塗って手入れする。トナカイの骨で精密につくられた鞘はあちこちが壊れているが、刃にはなんの問題もなかった。

アスラクは他のナイフももっているが、重要な場面ではいつもその小刀を使った。それは父親への弔いでもあった。母親の記憶はない。だから何も感じない。恋しく思ったこともない。マッティスに一度訊かれたことがあったが、どうやって知らない人を恋しがれというのだ。マッティスの質問の意味がわからなかった。マッティスはときどき不思議なことを言うやつだった。そして結局自分を見失ってしまった。その前からおかしな妄想ばかりしていた。アスラクが感じたことのある唯一の柔らかさは、橇《そり》に敷かれたトナカイの毛皮だ。たった今のように。それは心地よい柔らかさだった。必要な温かさも与えてくれる。命を救ってくれる。一度マッティスが酔っぱらっていたとき、アスラクに柔らかさのことを語る勇気があった。彼は同時に、優しさの欠如についても口にしていた。それもまた、マッティスが自分を完全に見失ってしまった証拠だった。トナカイの毛皮に優しさはない。だが、優しさは命を救ってくれない。トナカイの毛皮が命を救うのだ。父親がトナカイの毛皮の扱いを教えてくれた。どうやって柔らかさをだすのか。この人生で、父親が教えてくれたことの中でいちばん大事なことだった。父親はトナカイに敬意を払うことや、どうやって群のリーダーを選ぶかということも熱心に息子に教えた。父親はいつもトナカイの世話をしに出かけていた。アスラクもときどき同行することがあったが、たいていは独りでコタに残った。そしてある日を境に、父親は二度と帰ってこなかった。父親は神を畏れていたが、その父親を殺したのは人間たちだった。アスラクにはわかっていた。人間たちは善をもってきてはくれない。柔らかさも与えてくれない。一瞬、妻のことを考えた。食べるものはある。薪とトナカイの毛皮も充分にある。だから生き延びられるかもしれない。発作がひどくならなければ。

もう充分すぎるほど長く、生き延びてきたのだ。

数時間途切れることなく悲鳴をあげ続けることもあった。叫びに叫んで、喉が壊れるまで。ひどい発作のときは、両腕をまっすぐに天に突き上げて叫ぶ。そしてさらに叫ぶ。アスラクは自分には何もできないことを知っていた。叫びたいだけ叫ばせてやり、自分がそばにいることを示すだけ。やっと目があうと、彼女は落ち着きを取り戻す。目が長いこと天をさまよってからやっと。まるでついに正しい場所をみつけたみたいに。でもたいてい、妻はアスラクの後ろのほうを見つめている。すると彼の心に不思議な感情が湧く。自分が透明になったような気がするのだ。そして彼女は両腕を天に突き上げて叫ぶ。なぜ叫ぶのかは知っている。なぜ叫ぶのかは理解できる。彼女は叫ばなければいけないのだ。

一度トナカイ飼育管理局の役人がこの地を回っていたとき、アスラクを説得しようとしたことがあった。いいやつだった。父親と知りあいだったサーミ人だ。妻を医者に診せたほうがいいのではないかと言った。父親とのかつての友情に敬意を表し、アスラクは考えてみると答えた。男は何度かやってきたが、これ以上言っても仕方がないと悟った。アスラクの妻の悲鳴はヴィッダの伝説となった。人々を不安にするという意味では金鉱の伝説と同じだ。

アスラクは周囲を見回した。自分たちは今、氷に覆われた川の上にいる。左手のほうでは、空のとても低いところに浮かぶ薄雲の筋が丘と溶けあわさり、薄い灰色の塊にしか見えなかった。風によって、尾根と平行に筋のように地面が露《あら》わになっている。丘のふもとのほうが雪が深く、裸の細い木の幹にも積もっている。トナカイが何頭か、彼らの存在など気にも留めずに、苔《こけ》を探して白い雪を掘っている。トナカイたちは一瞬顔を上げて彼らのほうを見たが、また雪にもぐり、餌を探し続けた。躰が雪の中にほとんど隠れてしまっている状態だ。丘が緩やかに川へと下っていき、その斜面には雪のあちこちに大きな岩が顔を覗かせている。異邦人は凍った川面から斜面を上がり、岩に近づいた。どれも敬意を抱かせるような岩だ。異邦人は岩を真剣な面もちで観察し、ハンマーで叩き、奇妙な機器を当てた。特に大きな岩に興味があるようだ。メモを取り、地質図と相談している。アスラクの目に異邦人はキツネとして映った。五感を最大限に研ぎ澄ませ、周囲を嗅ぎ回っている。いつなんどきでも相手に嚙みつき、逃げられるような体勢で。昨日アスラクに対してやったように。嚙みつき、そして距離を取る。目には見えない脅迫の陰に隠れる。アスラクはまた、妻が地面に描いた記号のことを考えた。

この男はキツネだ。だがアスラクはオオカミだった。オオカミにはこれまで近すぎる距離で何度も会っている。何度もあとを追い、行動を観察してきた。今、異邦人を観察しているように。オオカミは嚙みつくことがある。嚙みついて離さない。アスラクはその瞬間を待ちかまえている。必要とあらばいくらでも待てる。オオカミはキツネよりずっと忍耐強い。キツネは望みのものが手に入らなければすぐにあきらめる。だがオオカミはちがう。

「おい、さっさとしろ！」異邦人が怒鳴った。「その鞄が必要なんだ。今すぐに」

アスラクは歩を速めた。しかし急ぎかたは滑らかで、まるで動いていないかのようだ。胸を突き出し、腕は身体の横に垂らしている。不安になるほど堂々とした姿勢を保っている。異邦人は丸く削られた大岩の横に膝をついた。眠っているトナカイのような大きな岩だ。鞄から石を削るための道具を出し、液体を何種類かかけた。ときどきアスラクのほうを訝しげに見つめる。だがアスラクは煩わしそうな表情は見せなかった。ただ虚ろな目で見つめ返すだけ。それが相手を苛立たせているようだ。異邦人の口が嘲笑《ちょうしょう》の角度になるからだ。口の片端が上がり、邪悪な笑みのように見えた。

異邦人は氷河用サングラスを外すと、ルーペで岩のかけらを観察した。そしてがっかりしたようだ。アスラクにはわからない言葉を吐き捨てると、道具を集めた。それから無線機で短いメッセージを送った。前と同じような内容だ。アスラクにまだあの脅しは有効だというのを示すためだった。

「野営地に戻るぞ。明日またこの川ぞいに進む。さっさとしろ。ほら早く！　もう何も見えないじゃないか。ちゃんと野営地まで案内しろよ。それから薪をつくって食事の用意だ。さっさと動け！」

アスラクは鞄を肩にかけると踵《きびす》を返した。彼にとって二十五キロはたいした重さではない。必要なら五十キロ、六十キロあるトナカイを背負って長い距離を歩くこともできる。自分は強い男だと思っているトナカイ牧夫ですら、それを見て感心する。アスラクは異邦人の前を歩き、楽々と方向を見極めて野営地に戻り始めた。その間にも夜の闇が降りてきて、背後で男が汚い言葉を吐いているのが聞こえる。何を言っているのかはわからない。だがアスラクは、時間が経てばたつほど自分に有利になるのを感じていた。

カウトケイノ　十七時五十分

ベーリット・クッツィは胸の前で十字を切った。オルセン老人の農場で今日の仕事を終えたところだった。オルセンは怒っていて、いつもよりさらに意地が悪かった。ベーリットは長いこと残って牛の世話をした。牛はトナカイと同じくらい臆病だが、撫でられるのを嫌がりはしない。牛とは話すこともできる。牧師に告白する勇気のないようなことまで。そう、牛たちはベーリットの善き友人だった。

この季節には外でできる作業は限られる。オルセンは農作機械の状態を確認したり、修理をしたりしていた。腰の調子がいい日は、スノープラウで道の除雪をすることもあった。朝から晩までぶつぶつと文句を言いながら。しかしベーリットに家の中に入って掃除しろと言いつけることはなかった。老人は潔癖症で、彼がベーリットを母屋に呼びつけるのは、他にやることがないときに怒りをぶつけるためだけのようなものだった。ベーリットはそんなふうに考える自分を恥じていたが、神は彼女が罪深い人間ではないことをご存じのはずだ。

ベーリットは牛舎から出るときに必ず十字を切る。友人たちのもとに神の存在が少しでも長く保たれるように。牛は神の化身ではない、それはベーリットもよくわかっている。それでも彼らの善良さは本当に、少しご褒美をもらうに値するのだ。一度、彼女は牧師に牛舎での儀式のことを打ち明けたが、牧師は怒らなかった。

それでも彼女は初めて牧師に嘘をつくことにした。まだ牛たちのために祈っているのかと訊かれたとき、それはもうやめましたと答えたのだ。そのことでもちろん自分を責め、それ以来牧師と二人きりで長い対話をすることを避けている。牧師の視線にすべてを告白してしまうことを恐れて。あの視線から放たれる厳しさのせいで、告白してしまうのだ。

ベーリットは自分の父親のことも同じように畏怖していた。敬虔なレスターディウス派の信者だった父親が笑っているのを見た記憶はない。いかにも長子（聖書に〝天に登録されている長子たちの教会〟とあり、西レスターディウス派は〝長子たちの教会〟とも呼ばれる）らしく、きれいに形を整えた小さな髭、白いシャツは首元まできちんとボタンが止められていた。厳しくも正しい人だった。

ベーリットの母親は大人になってから改宗した。もちろんその前からキリスト教を信じてはいたが、育ったのはプロテスタントの家庭だった。人生のもっとあとになってから真の信仰と出合ったのだ。母親はベーリットに、改宗する前は自分の信仰が死を前にして耐えられるかどうかいつも恐れていた、と告白した。そんなとき女友達が、強い信仰をもつ男性がいることを教えてくれたそうだ。それがベーリットの父親だった。改宗して結婚したあとは、もう疑念を抱くことはなかった。ベーリットの六人の兄弟は皆レスターディウス派の信者だ。母親の信仰は、そのうちの二人が死んだことによっても揺るがなかった。試練が信仰を強めたと言っていいほどだ。ベーリットは母親が周囲に放つ光を受けながら育った。母親の笑顔――母親は微笑むことがあったから。大げさにでなく、いつも適度に。それに、笑いを押しとどめることもできた。賞賛に値する女性で、早すぎた死が非常に悔やまれる。母親はベーリットに、レスターディウス派の信仰に魅了されたのは、それが罪の赦しを与えてくれるだけではないからだと語った。罪を告白することもできるからだ。カトリックのようにね、と牧師も請けあった。もちろんカトリックは理想とかけ離れているし、レスターディウス派とはちがいが多い、それは皆も知ってのとおりだ。だが罪の赦しと告白は神からの素晴らしい贈り物で、弱き者や悩める人人――つまりベーリットのような――が自分自身に耐えられるように、地獄の炎から適度な距離を取ることを可能にしてくれるのだ。

牧師のラーシュはいつも彼女に、信仰を得るにはまず罪を学ばなければいけないと言い聞かせていた。「創造主イエス・キリストを殺していない者に、救済は必要ないだろう?」ある日牧師は指を震わせながら、そう言った。教会に来もせずに、ただただ悔悟し神に祈る者は、よき信者にはなれない。

父親は牧師が娘の夫にふさわしいのではという考えを抱いていたが、運命はちがった結果を用意していた。牧師はある日、ほぼ何も話さないフィンランド人女性を連れてきた。妻の最初の妊娠中、牧師は何度もベーリットに、信仰を得るには罪を知ることが必要なのだとかたくなに主張した。ベーリットは自分の信仰が本物ではないと示唆されているように感じ、そのことを母親に告白した。すると母親はまったく微笑まず、日曜礼拝のあとに教会に残った。牧師と短い会話を交わすために。そのときに何が話されたのかベーリットにはわからないが、それ以来牧師は二度と、ベーリットも罪を知ることが必要だという話はしなくなった。

牧師の人生にフィンランド人女性が登場してからは、ベーリットに求婚しそうな男性は一人も見当たらなかった。知的障害のある弟に多くの時間を割かなければいけなかったし、ベーリットの目の前で機会が失われていった。神の言葉を畏怖し、両親に服従していたせいでだ。それでも激しい想いに焦がれたこともあったが、そのことを口にすることは絶対になかった。両親の死後も。レスターディウス派の厳格な生きかたを貫き、流行や消費やテレビとは無縁だった。それらと距離をおくのは容易だった。付きあいがあり、彼女が価値を見いだしていた人たちはほとんどがトナカイ牧夫で、過酷な環境に生きている人間だった。レスターディウス派の信仰にそっているわけではなくても、ときには犠牲を払ってまで生きている。アスラクのように。

ベーリットは目を閉じた。そしてもう一度十字を切った。

やっと牛舎を出ると、その瞬間に車が入ってきた。サーミ人を好まないあの警官だ。警官は素早く母屋に入っていった。最近、ブラッツェンは頻繁にオルセンを訪ねてくる。そして毎回のようにオルセンの興奮が増していく。警官と何かもめているのだろうか。何が原因なのかは想像もつかなかったが、ベーリットの理解を超えたことはこの世にいくつもあるのだから。

カウトケイノ　十八時五分

「現場に到着したそうだ。フランス人から無線で連絡があった。アスラクを同行させることに成功したようだ」

オルセンは一瞬考え、それから手をこすりあわせた。

「ふうむ、なんだかんだいってあの男……これは勝ち馬に賭けたのかもしれんぞ」

「そう、そうだな。だが喜ぶにはまだ早い。署ではフランス人は単独で調査に出かけたはずだと言うしかなかった。それにトナカイ警察のナンゴはフランス人があんたに会いたがっていたことを知っていたぞ。あんたには会ってないと言っておいたが」

「それでいい、坊や。実際表向きには会っていないんだから。それにそんなに心配するんじゃない。フランス人とアスラクが一緒になれば火花が散るはずだ。あの二人なら……爆発が起きてもおかしくない。おれの言うことを信じろ」

「どういう意味だ」ブラッツェンは老農夫がどこに話をもっていきたいのかわからずに訊いた。

「お前が初めてフランス人に会ったのは、パブでのけんかのときだろう?」

「ああ、そうだが」

カール・オルセンは根気が切れてきたが、顔には出さないようにした。

「お前が自分で、最初、やつがマッティスを殺したのかと疑ったと言っていたじゃないか」

「ああ、そうだな」

「今はどうだ。わからないのか?」

「今はトナカイ所有者同士のいさかいだと思っている」

「いいぞ!」オルセンが叫んだ。「それに警官はお前だ。そういうことは全部お前のほうがよくわかっているだろう。おれは土の色や匂いしかわからない。ただ、お前のフランス人への疑かるだろう?」

惑——お前が直感に従い、それがあの少女たちの件につながった。ほら、お前が正しいのがわ

「まあそうだな」ブラッツェンも認めた。

「優秀な警官ってのはそういうもんだろう?」

「ああ、まあそうだが」ブラッツェンは相手の意図が読めず、慎重に答えた。

カール・オルセンは警官のほうに少し振り向き、首の痛みに顔をしかめた。

「今お前の直感は、この話がサーミ人のトナカイ所有者同士のいさかいだと語っている」

「ああ、だがトナカイ警察たちはフランス人を怪しんでいる。金鉱と太鼓のせいでね。シェリフもその線を追う気満々のようだ」

「なんだと、そんなの狂気の沙汰だ!」オルセンが爆発した。

しかし素早く声のトーンを下げた。

「なあ、お前の親父さんはだ。当時はアカを追っていたが、何度も偽の手がかりをつかませようとするやつらがいた。だが親父さんは騙されなかった。わかるか? チンピラどもが何を企んでいるかを見破り、必ずぶちこんだ。そしておれがよく覚えているのは、いつも第六感が働くと言っていたことだ。ろくでなしどもを追い詰めるためにね。そうさ、お前はあの男の息子だろう。恐ろしい警察犬みたいな犬だ、お前も。ちがうか? 自分に嘘をつくな。そうだろう? お前にとっては明白な事実じゃないか。この話はトナカイ所有者同士のいさかいだ。おれの言いたいことがわかるか?」

ロルフ・ブラッツェンは疎ましげな顔で老農夫を見つめていた。だからといってわかっていないわけではないだろうが、オルセンは相手が理解したかどうかをどうしても確かめたかった。

「わかるだろう。フランス人を追うことで警察が時間と人手を無駄にするなんてもったいない。それにおれの事業にとってもよくない。お前にとってもだろう？　わかるか、坊や」

ブラッツェンは考えているようだった。オルセンもやっと相手が自分の話を理解したという確信をもった。オルセンは相手の顔に浮かぶ苦痛の表情を見つめ、それからこの男の馬鹿面は父親とそっくりだと思った。こいつは父親のことはろくに知らなかっただろうが、表情がそっくりだ。

「わかったと思う」やっとブラッツェンが言った。「だがおれにできることは限られている。シェリフはまだおれを信用していない」

「ということは、シェリフが問題なのか？」

「ある意味ね。トナカイ警察は命じられたことをやる。それだけだ。だがシェリフは国連会議のせいで圧力をかけられている」

カール・オルセンは考えこんだ。

「ではシェリフが解任されたらどうなると思う？」カール・オルセンが急に訊いた。

「解任だって？」

「ああ、解任だ」

今度はブラッツェンが考えこむ番だった。それから急に、子供のように顔を輝かせた。まったく、なんという低レベルな男――とオルセンは思ったが、同意に満ちた笑顔を浮かべておいた。

「そうしたら、なんとかなるだろうな」

「いいぞ、坊や。なあ、親父さんはお前のことを誇りに思っただろうよ。さて、ひとつアイデアがある。素早く行動を起こさなくてはいけないが、うまくいくはずだ」

国道九十三号線　十九時

ニーナは助手席で身体を丸めて眠っていた。オーバーオールから出ているのは顔だけで、頭をヘッドレストにもたせかけている。金髪は毛皮の帽子に隠れている。暖房が最大出力でかかっていた。外はまだ極寒だ。シベリアからの風が新たに力を増している。根性のあるニーナだが、鉱物情報事務所を出て車の座席に座るとクレメットに感謝しつつ寝てしまった。クレメットは車をキルナに向けた。明日の朝、パトロールP9はトナカイ警察の本部に呼ばれている。中部サプミ全体を統轄する本署も、何もないツンドラの只中にある鉱山の町キルナに位置していた。クレメットはその町で生まれた。大人になってからも何年か住んだことがある。ここの規則的な丸い山のシルエットが好きだった。階段のように段々になっている。六〇年代以降、採掘は外からは見えない地下で行われている。進化し続ける採掘技術のおかげで、坑道は四百キロにも及ぶラビリンスのようだった。周辺のサーミ人はこの鉱山のせいで昔からの生活を奪われ、遊牧路を切断され、騒音公害の被害を受け、放牧地も失われた。

クレメットの父親は一時期キルナの鉱山で働いていた。ノルウェー側のサプミの農場で労働力が必要なくなったときに。鉱山労働者の多くが、彼のような季節労働者だった。サプミでは季節ごとにちがう仕事に就くのは珍しいことではない。長い距離の移動も恐れない。極地の人間は放牧生活が血に流れているのだ。クレメットはその特質を消そうと努めてきた。クジラ漁師になりたいなどという思いあがった夢――それがまた頭に浮かんだ。ニーナにも話したことだが、夢に終わった夢だ。今まででいちばん海に近かったのは、二年続けて夏にロフォーテン諸島の水産工場で働いたときだった。払いはよかったが、夢の仕事にはほど遠かった。それにそこの人々は、この仕事はサーミ人には向かないというのをはっきり口にした。だが自分は本当にサーミ人なのか？　サーミ人――本物のサーミ人というのはトナカイを所有するサーミ人だ。少なくとも、父親からは自分がサーミ人だと思わされたことはない。

サーミ人の世界は閉鎖的だった。トナカイ所有者がひとつのグループを形成し、選民に属している。貴族のようなものだ。トナカイを所有する立派な一族。彼らが支配し、物事を決める。トナカイ飼育管理局にトナカイを何頭所有しているのかを報告できる立場にあり、罰則を恐れない。その次の階層が、学業の道を選んだ若者たちだ。まだ数少ないし、傾向としても新しい。それでも今ではいくらかサーミ人の弁護士や医者がいる。そのあとに、名もなき大勢のグループ。今となっては自分がサーミ人なのかスウェーデン人なのか、ノルウェー人なのかフィンランド人なのかもよくわからない人々。そして最下層が、トナカイ放牧の世界から追い出されなんとか生き延びようとしている人々。堕ちた者たち。締め出された者たち。敗者なのだ、クレメットの祖父のように。その中でいちばん大変だったのは誰だろうか。祖父は、よく考えた上でやめる選択をした。トナカイ放牧ではもう家族を養えなくなったからだ。そして自分から農業や漁業の世界に飛びこんだ。クレメットが人生最初の数年を過ごした小さな湖のほとりで。それとも父親のほうが大変だっただろうか。子供の頃はサーミ人の誇りであるトナカイとともに自由な放牧生活を送った。それが突然、理由もわからないまますべてを奪われ、他の少年たちからの軽蔑に耐えなければいけなくなった。身分が下がったのだ。クレメットが充分に大きくなると、父親は学校に行ってノルウェー語を習うべきだと主張した。息子を本物のノルウェー人にしたかったのだ。恥をしのんで生きなくていいように。トナカイ所有者たちが支配する世界、自分たちが軽蔑される世界からずっと離れたところで生きてほしかったから。それも楽な道ではなかった。寄宿学校ではまだ遊牧生活をしているトナカイ所有者の息子たちに再会した。アスラクにもまた出会った。

クレメットは疲れが身体に広がるのを感じた。車はキルナに近づいている。なじみ深い鉱山の光を見分けることができる。遠くから見ると、その光が町のシルエットを描きだしている。クレメットはそんな光が好きだった。子供の頃、丘陵の反対側にあった農場からカウトケイノの町に来たときのことを思いだす。季節によってひたすら歩くかボートでの移動だった。何時間も歩くのは辛く、真っ暗な闇も恐ろしかった。そうやって歩き続けると、必ず光の魔法が彼らを出迎えてくれた。

二人はちょうど、毎晩鉱山の中で岩を爆破する時刻にキルナに入った。ニーナはまだ眠っている。クレメットは町の反対側にあるトナカイ警察の宿泊小屋へと車を向けた。二人がそこで眠りについて数分後に、小屋全体が軽く揺れ始めた。ここの鉱山ビジネスはまだうまくいっているようだ。

37

一月二十二日　土曜日
日の出：九時三十五分、日の入：十三時二十七分
三時間五十二分の太陽
キルナ（スウェーデン）　九時

　トナカイ警察で働く警官はおかしな労働時間に慣れている。そしてときには、他の警官を自分たちのペースに巻きこむこともある。トナカイ警察の本部は旧消防署の建物にあった。この地方にしては珍しい白の木造建築で、美しい塔がついている。キルナのランドマークとも言える赤い木造教会からほど近い場所だ。

　トナカイ警察所属の他の警官たちは不在だった。サプミのどこかをパトロール中なのか、残業時間を消化するために休みをとっているのだろう。クレメットはコーヒーを淹れ、ポットを会議室のテーブルにおいた。窓は教会に面している。数年後には解体されることになっている教会だ。というのも、町全体が移動するのだ。地下で行われている鉄鉱石の採掘に支障をきた

さないように。ニーナは窓ごしに教会の写真を撮った。「露出を長くして撮るの」とクレメットに説明しながら。カウトケイノから何百キロも南なのに、キルナもこの時間はまだ極地の闇に包まれている。法医学者は九時きっかりに現れた。凍えきった顔で、裏に毛皮のついた大きなアノラックを着こんで丸々としている。ちょうど入ってくるときに氷で転んだらしく、脚を引きずり汚い言葉を吐きながら登場した。

「ちゃんと靴の上にお姑さんにもらった滑り止めをはかないと」とクレメットがからかった。

「クレメット。そこまで自分を貶めたくないというストックホルム人の気持ちを理解できた日に、きみは初めて賢くなれるんだろうな」法医学者は痛みに顔をしかめながら言った。

クレメットはこの法医学者が好きだった。知りあったのはストックホルムで、パルメ首相暗殺事件の捜査に関わっていたときだ。彼ほど偏見のない人間は滅多にいない。二人はときどき〈ペリカン〉や〈クヴァーネン〉でビールを飲んだ。そして法医学者はクレメットをストックホルムを拠点とするサッカーチーム・ハンマルビィのファンに改宗させようとした。しかしクレメットはサッカーにはまったく興味がなく、法医学者もすぐにそれに気づいた。彼といると、クレメットは身構える必要がなかった。だから大きく譲歩したのだ。夜になるとスポーツバーに繰りだし、大騒ぎする緑と白の縞々のマフラーをした人々——法医学者も含めて——に囲まれて、大きなスクリーンで試合を観戦した。

今日の会議に出席予定の鑑識官フレデリックは開始時間までに現れなかったが、クレメットは驚かなかった。フレデリックは土曜日にミーティングに呼ばれるのを嫌がっていて、遅刻するという形で不満を示すのは非常に彼らしかった。

「ああ、やっとフレデリックが来た」ニーナが言って、窓ごしに手を振った。

クレメットは時計を見た。まだ五分も過ぎていないじゃないか、この意気地なしめ。部屋に入ってきたフレデリックは、役者のような大げさな仕草でカシミアのマフラーとキャメルの帽子を脱いだ。髭は剃りたてで、高級そうなアフターシェーブローションの香りがする。そしてニーナにチャーミングな笑顔を向けた。

「始めさせてもらおうか」クレメットは苛立った声で言った。そして長いことじっと自分の腕時計を見つめた。「このあとカウトケイノまで戻らなければいけないんだ」

「ええっ、今夜は泊まらないのかい？　それは残念」フレデリックはそう言って、思わせぶりな視線をニーナに送った。「もう国連会議の訪問団がいくつも到着していて、今夜は公民館でコンサートがあるのに」

ニーナは礼儀正しく微笑み返すと、クレメットのほうを向いた。話を始めたのは法医学者だった。

「それではだ」法医学者はフォルダを開いた。「マッティスはこのタイプのナイフで刺されてから約一時間後に死亡した」そこで写真を一枚テーブルに滑らせた。「耳は死亡してから約二時間後に切り取られた。その点については何も変わっていない。ふたつめの耳も、予想どおりマッティスのものだった。耳に入った切れこみを拡大しておいたよ」そう言って、また何枚か写真を警官たちのほうに送った。「切れこみの形について何かわかったか？」

クレメットは顔をしかめた。

「ひとつめの耳だけだと当てがあったんだが。ふたつめの形のせいで、ひとつめの手がかりまで無意味になった」

「つまり、二人別々のトナカイ所有者を指しているということか？」医者が訊いた。

「本来なら、両耳の形をセットにしてトナカイ所有者を特定するんだが」

「だが本来なら、トナカイ所有者の耳を切り落としたりもしない。だからその形を普通に解釈するべきではないのかもしれない」フレデリックがそう指摘し、クレメットを出し抜いたことに満足気な様子だった。

「そのとおりだ」クレメットは相手の顔も見ずに言った。「ふたつめの耳の切れこみはどのトナカイ所有者にも該当しなかった。ひとつめは該当したのに。それで、耳の形はトナカイ所有者とは関係がないのかもしれないと思い始めたんだ」

「トナカイ所有者と言えば、ヨハン・ヘンリックから押収したナイフの分析が終わった。どのナイフにも血の痕があった。トナカイの血だ。一本だけ人間の血がついたものがあったが、マッティスの血ではなかった」

法医学者はクレメットに書類を渡した。

「で、GPSはどうだったんだ？」苛立った様子のクレメットが乱暴な口調で訊いた。

「ああそうだ、GPSね」フレデリックは背筋を伸ばした。「そこにすべてプリントアウトしておいたよ。かなりの量のデータを取り出すことができた。いい仕事ができたと思う」

「取り出したというのはどういうデータ？」ニーナが尋ねた。

「マッティスがいた位置。その情報で、ここ半年間彼が動いたルートを再現できる。プリントアウトしたのは死ぬ一週間前からのものだが。ニーナ、もっと必要ならいつでも言ってくれ」

「もう一週間分プリントアウトしてくれ」クレメットは鑑識課の男が自分を無視してニーナにばかり話しかけることで頭にきていた。「今すぐにだ。この会議のあと、待たされずに出発できるよう」

相手が怒りで耳まで赤くなるのが見えた。しかしすぐに言われたとおりに部屋を出ていったのを見て、クレメットは二重の満足を感じた。

クレメットとニーナは我慢できずに書類に飛びつき、内容を確認した。GPSのデータは数字ばかりだった。あまり状態がよくなかったせいで地図を出すことはできなかったが、生データのファイルから座標と時刻を取り出すことはできていた。これを読みこむのは時間のかかる大変な作業だ。データが完全だという確証もない。座標は地図に描きこんでみなければさっぱり意味がわからない。フレデリックは五分後に戻ってきて、ホッチキスで止めた書類を何組かテーブルに投げた。

「そうだ、そういえばマッティスの毛皮のことを忘れるところだった。綿密に調べてみたんだ。あらゆるものがくっついていたが、そのリストも書類の中にある。オイルに興味があったんだが、エンジンオイルだったよ。だがマッティスがスノーモービルに使っているものではなかった。そういうことだ。他に質問がなければ、失礼させてもらう」

フレデリックは気分を害していて、それを隠すそぶりもなかった。お利口な言動に関するスウェーデンのルールではクレメットが譲歩して謝るべきところだが、そんなつもりは一切なかった。フレデリックのように尊大で自信満々なタイプにはどうにも我慢がならない。フレデリックが部屋を出ようとしてもクレメットは一言も発さずに、ニーナがお礼を言うはめになった。フレデリックが行ってしまうと、法医学者はにやりとした。

「この頑固者め。相変わらずだな」

「ああいうタイプは自分が何をやっているかわかってない。あいつにとってはあれで当たり前なんだ。わかるか？　ああやってえらそうに他人を見下して……ストックホルム人だったとしてもおかしくないな」

「おやおや、そこまで言うかい。ニーナ、気にするな。きみも同僚が怒りっぽすぎるんじゃないかと思っているだろうが、こいつはある種の人間に対して恨みがあってね」

「勝手なこと言うな」クレメットが怒った。「おれは誰にも恨みなんかない！」

「そうかそうか」法医学者が笑いながら言った。「まあともかく、ニーナ、きみは素晴らしい警官と仕事をしているんだよ。大規模な捜査を形づくるためのいちばん小さなディテールに夢中になるタイプの警官だ。証拠をみつけることに誰よりも熱意を燃やしている。そうだ、マッティスの目の下のくまのことを覚えているかい？　それを調べてくれと……」

「そのとおりです」ニーナが割って入った。「死体を見たとき、わたしも思った。目の下のくまが、ずいぶんひどい苦痛を受けたように見えて」

「あれはくまではなかった、ニーナ」法医学者はそう言って、クレメットをじっと見つめた。

「血だった」

サプミ内陸部　九時三十分

翌朝早く、二人はまた前日と同じ方向へ出かけた。ラカニャールは定期的に無線でメッセージを送っている。この朝はサーミ人のライフルを持参していた。前日に見かけたトナカイが今夜のメニューを盛り上げてくれると思ったのだ。他に選択肢もないし。

出発する前にじっくり時間をかけて地質図を読みこみ、アスラクに質問もした。この谷やあの丘、その川のことなどを。アスラクは実際、この地域の何もかもについて、まるで百科事典のようによく知っていた。驚くべき観察眼をもっていて、知っているわずかな単語で石の形や色を説明することができた。地質学者にしてみればフィールドに出ての研究には替えられないが、ともかく目指すエリアをわずかに狭めることができた。

野営地を発って以来、アスラクは相変わらず無口だったが、ラカニャールにとってはどうでもいいことだった。ラカニャールは宇宙飛行士のように歩いている。厚手のオーバーオールに最新のトレッキングブーツ。顔はほぼ全体をマフラーで覆っている。探検に出かけるときはいつも、口に出して独り言を言う癖があった。今はアスラクがちょうどよいリスナーだった。何もかも聞いてくれて、反論もしないのだから。

「おい、サーミ人、今夜はちょっとトナカイ料理といこうじゃないか。トナカイを食べさせてやるから、ちょっと待ってろ！　いったん測量に出たら二、三週間、いや四週間かかることもある。だが、一カ月分の食料をもっていかないことくらいわかるだろう？　本物の地質学者ならうまくやる。おれに釣竿を渡してくれれば、村じゅうが腹いっぱいになるくらい魚を釣ってやるよ。だが小さなトナカイも悪くない。お前も異論はないだろう？　何も言わないのか。まあそれでいい。おやおや、あのエスカーが見えるか？　見事じゃないか。よし、ちょっと行ってザクザクやってみるか。お前はちっともかまわないだろう？　よしよし、ではハンマーを取り出すとするか——なあ、これがスウェーデン製のハンマーだって知ってるか？　おれはそれをガツンとくらわせる——そうだろう？　それで仕事は終わりだ。なあ、ラップ人、聞いてるのか？　エスカーくらいで大騒ぎはしない、そうかそうか、なるほど、お前はエスカーが何かわからないんだな。鉱物がいっぱいに詰まったきれいな岩塊だ、わかるか？　おやおや、わからないか。いや、わかるのか。そうかそうか、じゃあお前は聞いているだけでいいんだな。ともかく、きれいな小さな火成岩。きらきらしているのが見えるだろう。美しい石英だ。だがお前はそんなことどうでもいいだろう？　それで正しいんだ。これは要らない。美しいが、要らない。だがわかるか、あの厄介な農夫の金が、こういう石英の中にみつかるんだ。さあ、じゃあ、さっさと動け。行くぞ。あそこの川のカーブまで行ってちょっとガンガン割ってみたいんだ。一日じゅうここにいるわけにはいかないんだから」

爽快な気分だった。水を得た魚のような、自分の王国に戻った王のような。狩りの最中のように五感をすべて研ぎ澄ましている。記憶の奥底の小さな皺《しわ》まで駆使して岩石の種類を特定する。これは以前、そう、二十年前にも見たことのある地質だった。その記憶が目の前にあるものを解釈するのを助けてくれる。他の地質学者には想像もつかないようなことまでわかるのだ。すべてラカニャールの確固たるセンスと記憶のなせる業だった。そのおかげで、これまでに征服した女たちを記憶の中で再生することもできる。彼女たちを順番に、詳細までつぶさに、征服した過程を再生できるのだ。肌の感触、髪のなめらかさ、尻のふくよかさ、胸の丸み。そして目つき、あの目。ラカニャールは幾多もの目を見てきた。まるで目の展覧会だ。いくつもの目が彼の目の前を流れていく。怯えた目、あきらめた目、感情を失った目、征服された目。反抗的な目。懇願する目。恐怖に見開かれた目。そしてまた征服された目。毎回、征服された目。

二人は川がカーブを描いている場所にたどり着いた。

「ほら」ラカニャールはアスラクにハンマーを渡した。「そこの氷をちょっと壊せ。中を見てみたいから」

ラカニャールは寒さから身を守るために簡素な小屋をつくり、地面にアスラクが運んできたトナカイの毛皮を敷いた。キャンプ用のコンロを取り出し、湯を沸かす。それで小屋の中が少しは暖かくなった。ハードな一日になりそうだ。寒さが驚くほどの速さでエネルギーを奪っていく。ラカニャールは手袋の中に新しいカイロを入れた。外に出て、周りを見回す。このあたりの川はそれほど幅が広くない。東を向くと何百メートルも向こうまで、積もった雪が見るからに少ないのがわかる。少しでも盛り上がっている箇所は地面が露わになっているし、寒さに凍りついたヒースが覗いている。生えている灌木の本数を数えられるほどだった。そのくらい数が少なくて貧弱でもあった。少し離れたところでは小さな丘が地平線を覆っている。そのふもとが均一に平らで白いところを見ると、湖のようだ。景色は穏やかでわずかに丸みを帯び、今のように太陽が昇ると全体が輝き始める。気温が上がるわけではないが、予備調査のための一日がいよいよ始まったのだと実感させられる。日数は残りわずかだ。考えれば考えるほど、なんとかして不可能とも思えるこの任務を完遂させなければと思う。なにしろ、警察の捜査対象になるわけにはいかないのだ。そんなことになったら、あの征服された目たちがことごとく非難の目に変わってしまうかもしれない。

38

一月二十二日　土曜日
スウェーデン・ラップランド地方　九時五十五分

クレメットとニーナのキルナ滞在時間は短かった。町は国連会議の訪問団を歓迎する準備が行われている最中だった。大きなサーミのテントが張られ、そこで展示やセミナーが行われる。ホテル・フェルムのロビーにはスピーカーが設置されている。二人の車が屋根に鉄塔のついたレンガ造りの市庁舎を通りすぎた。ニーナはスウェーデン・ラップランド地方の首都を驚きの目で見つめていた。三カ月前の極夜の時期にトナカイ警察で働き始め、ここで研修を受けたが、太陽が昇るだけでこの町ならではの特徴が一気に露《あら》わになった。市庁舎の前でクレメットに写真を撮らせることもできた。ただし今朝のクレメットは普段よりさらにご機嫌斜めだったので、ニーナと市庁舎がなんとか写真の中央に収まるまでに、三度も撮り直しを頼むことになった。

町を出るとすぐにツンドラの大地が現れた。昨日の雲はなくなり、太陽が輝いている。どこに目をやっても鋭い反射光がまぶしかった。丘から丘へと反射していくようだ。目の届くかぎり、サプミが輝かんばかりの魅力を振りまいていた。こんな瞬間にはサプミの雄大さを改めて感じる。ここの地平線は無限だった。ニーナが育ったフィヨルドの奥地とはあまりに異なる。そこでは海に向かって崖がそびえ立ち、斜面にしがみつくように小さなヒースの野原があった。サプミのような広さを感じるにはフィヨルドの河口、大海に面したところまで行かなければいけない。ニーナはここのツンドラも秘密を隠しているのだろうかと考えた。海が秘密を隠しているということはすでに思い知らされた。子供の頃は知る由もなかったが、母親が、父親のことを語るまでは。父親は海の底へ行って以来、別の人間になってしまった。海——それは一見わかりやすく、すべてをさらけ出しているようなのに、目に見えないパワーを隠しもち、それがあやうく父親の命を奪いかけたのだ。

ニーナはマッティスの毛皮に関する鑑定報告書をフォルダから取り出した。

「エンジンオイル。でもマッティスのスノーモービルではない」

「ああ。もう一台のスノーモービルのものかもしれない。カウトケイノに戻ったら調べてみよう。この事件の関係者がどういうスノーモービル、燃料、オイルを使っているかというリストがあったから、それを確認するべきか……。いや、近郊のガソリンスタンドを回ってみよう。そのほうが早そうだ」

「クレメット、目の周りに血がついていたことはどう思う?」

クレメットはつるつるに凍ったまぶしい道路に完全に集中しているようだった。

「目の周りの血……切り取られた耳……ますます儀式殺人の様相を帯びてきたな。だが……」

クレメットはそこで言葉を切った。ニーナにも彼が先を続けられないのがわかった。ニーナも同じだった。

「儀式？　サーミ人の慣習は、北欧の他の地域とそんなにちがうの？　サーミ人の儀式はそこまで野蛮だってこと？　極めて平和な印象をもっていたけど」

「そうだよ、普段はね。サーミ語には戦争という言葉がないことを、誰からも聞いてないか？」

二人は交代でハンドルを握り、何時間も運転した。休憩のあとにラジオをつけると、フィンランドにいるのにノルウェーのラジオ局の電波が入った。ＮＲＫ（ノルウェー放送協会）のフィンマルク県ニュースが流れてきた。ニーナは自分とクレメットのためにコーヒーを注いだ。

ニュースは天気予報に始まり、それからアルタで大きな自動車事故があったというレポートが続いた。二人死亡、うち一人はカウトケイノ在住の若者だった。

ニーナはクレメットを見つめた。クレメットは亡くなった若者の名前を聞き、悲しそうに頭を振った。

「若いトナカイ所有者だ。いい子だった。家族にとっては悲劇だ」

ＮＲＫのアナウンサーはさらにニュースを読み続けた。ハンメルフェストからの大ニュース。ガス田のある港で、巨額投資の交渉がまとまった。これで何百人分もの仕事が生まれる。それから国連会議の準備の進捗状況。県内のあちこちで文化イベントが企画されている。イベントには自分たちの活動を見てもらいたい団体も登場する。

「見渡すかぎり砂漠のような光景なのに、そんなにたくさんイベントが開催されるなんて想像がつかない」ニーナが言う。

空の一部が珍しいほど激しい、真っ青なトーンを帯びた。ニュースを読み上げる声もまた、激しさを帯びた。

「たった今入った情報によりますと、カウトケイノ署の署長がハンメルフェストにある県警察本部に緊急招集されたということです」

クレメットが急ブレーキをかけた。カップからコーヒーがこぼれたが、ニーナはそれがオーバーオールにかかるのも気づかなかった。その驚くべきニュースに、二人とも夢中になった。

「カウトケイノのヨハン・ミッケルソン記者によると、署長がこのような形で急に呼び出されるのは通常はありえないことで、フィンマルク県の首脳陣が、カウトケイノの太鼓盗難事件に介入する意思を固めたのだと推測されます。国連会議が始まるまであと数日、しかし太鼓はまだみつかっていません。太鼓の展示は、国連加盟国における先住民族との和解のシンボルとなるはずでした。また、カウトケイノでは先日トナカイ所有者のマッティス・ラッバが殺害される事件も起き、それもまだ解決に至っていません。その恐ろしい殺人事件が町の住民を震撼させています。被害者が拷問のように耳を切り落とされていたということもあり、警察の捜査が遅々として進まないことに地元では驚きの声があがっています。トール・イェンセン警部が犯罪事件との闘いにおける責任者であり、批判を受ける立場にありました。匿名の情報源によれば、ハンメルフェストへの呼び出しは警部の解任につながる可能性も……」

カウトケイノ　十時

ベーリット・クッツィは驚きを隠せなかった。牛舎にいたところ、思ったより早くカール・オルセンに呼びつけられたのだ。ベーリットは土曜日でもいつも数時間だけ働きに来る。ちゃんと乳搾りがされ、牛たちに必要なものがすべてあるように。オルセン老人に呼ばれたとき、まだ乳搾りは最後まで終わっていなかった。それでもベーリットはあわてて牛舎を出た。厳しい寒さだが、コストを抑えるために牛舎は最低限しか温められていない。ベーリットはオーバーオールの上からさらに古い紺色のウールの上着を着ていた。伝統的な格好とはとても言えないが、この寒さの中で牛の世話をするには非常に実用的だった。いつも二人一緒のヨンとミッケルが、自動車整備士のオーバーオール姿で納屋から出てくるのが目に入った。この若いトナカイ牧夫たちは、地元の農家を回って農耕機械の整備をすることでも収入を得ていた。ピックアップトラックに乗りこみ、農場から走り去る。

「おいベーリット、勘弁してくれ。少しは急がないか！」老農夫が怒鳴った。

気の毒なベーリットは玄関までひたすら走った。長方形の積み木を一個おいたような形の木造の大きな黄色い家で、窓やドアの周りは白い木で縁取りされている。玄関の庇《ひさし》には大工職人の悦びと呼ばれる木の装飾が入っている。トナカイの毛皮のブーツをはいたベーリットだが、あやうく氷で滑りそうになり、なんとかバランスを立て直し、庇の下の石段を上り、玄関に走りこんだ。暖かい屋内に入れたのを嬉しく思いながら。ベーリットはブーツを脱いで、キッチンに入った。オルセンはいつもの椅子に座って彼女を待っていた。

「いったいどれだけ時間をかければ気がすむんだ。一生待たせるつもりか？　ここも掃除してもらわないといけないんだ。客が来るんだから。あと二階も少しやってくれ。最後にやってもらったのは大昔だからな。だが十七時までには終えてくれ。さあ、さっさとやれ。じっとしてないで！」

ベーリットはくるりと向きを変え、キッチンの一部が小部屋になったところに入り、箒などの掃除道具を取り出した。オルセンの古い木造の家はきちんと維持されている。床は明るい色の木で、キッチンやリビングのわずかな家具もそうだ。マーケットで売られている村の年寄りが織った裂き布のマットが差し色になっている。一階にはオルセンの人間味が感じられるようなものはなかった。思い出の品もなければ、家族がいた形跡もない。わずかにオルセン自身の事業に関するものがあるくらいで。装備、工具、業界誌、修理するつもりのもの。オルセンは滅多に客を呼ばないし、リビングは社交スペースというよりは修理工場だった。客が来れば大きなキッチンに案内するし、オルセン自身もほとんどの時間をキッチンで過ごしていた。掃除はすぐに終わった。ベーリットはリビングを少し片付けたが、工具や解体されたものに触れる勇気はなかった。何か動かしたりしたらオルセンが怒り狂うのはよく知っている。ベーリットは雑誌やノルウェー進歩党のフライヤーをきちんと重ねてテレビの横においた。

二階の掃除のほうが好奇心を刺激された。ここ十年で、上にあがったのは一度だけだ。そのときもオルセンに頼まれてのことだった。彼の妻が亡くなってすぐの頃、オルセンがベーリットに妻の服を引き取りに来るよう言いつけたのだ。好きにしていいからと。「燃やしたければ燃やしてくれ。ともかくおれが二度と見なくてすむように」オルセン氏とオルセン夫人の結婚生活が三十年間ずっと不協和音を奏でていたのは公然たる事実だった。一人息子が独立してからは、二人は別々の寝室を使っていた。息子はエンジニアになるためにトロムソの大学に進学し、この町には戻ってきていない。

オルセン夫人は夫よりさらに癇癪《かんしゃく》もちで、まさに雌虎だとささやかれていた。視野が狭く、信者に罪を償わせるレスターディウス派の牧師を全員集めたよりも厳しく道徳心が強かった。ベーリットはあの日、オルセンの家族写真を目にした。ベーリットは会ったことのない親戚の写真。そんなに長く見ていたわけではない。いかめしい顔の並ぶポートレートをオルセンがあっという間にすべて箱に入れてしまったからだ。「あのカササギのようなばあさんは、おれの親戚の写真は壁に飾るのも嫌がった」カール・オルセンは苦々しげに言った。「真の信仰を失っているからなどと言って。不道徳だとまで言われたんだ！」そしてオルセンは箱を屋根裏へもって上がった。「ここで全員窒息すりゃいい」バタンとドアを閉めながら、そう吐き捨てたのだ。

ベーリットはその日のことをよく覚えていた。それ以来二階は見ていない。だから廊下や寝室に額がかかっているのを見て、好奇心が湧いた。それらはベーリットの記憶にあるものではなかった。廊下の写真は地元の景色がモチーフだった。急いでいるのに一枚一枚前で立ち止まった。ベーリットにもそれがオルセンの農場だというのがわかった。幾何学的な形に手入れされた畑は所有者の誇りだ。階段のいちばん上には、オルセンが初めて購入したコンバインの写真があった。ベーリットは布で額のふちにたまった埃をぬぐった。それからオルセンの妻の寝室のドアを開けたが、そこは覗いてみるだけで充分だった。家具はなく、マットレスが床に投げおかれているだけ。片隅には段ボール箱が積まれている。この部屋は妻が亡くなって以来使われていないのだろう。それでもきちんと掃除はされているようだ。ベーリットは十字を切ると、ドアを閉めた。

「おい、まだかかるのか?」オルセンが一階で声を荒らげた。

「もうすぐです、もうすぐ。あとはあなたの寝室だけ」

ベーリットは逃げるように廊下を進み、カール・オルセンの寝室のドアを開けた。老農夫は質素に暮らしていて、寝室も例外ではなかった。入ってすぐのところにベッドがあり、あやうくぶつかりそうになった。ベッドは昔ながらの、壁に取りつけるタイプだった。下が引き出しになっていて、上からカーテンを吊るしている。レスターディウス派は窓にカーテンをかけることを禁じているが、オルセン老人はカーテンをベッドの周りに吊るすことで妻の禁止事項をすり抜けようとしたのだ。一日じゅう明るい夏の光から自分を守るためでもあった。妻の死からこれほど経っても、オルセンは窓にカーテンをかけていなかった。彼らしいと言えば彼らしい。何よりも節約重視なのだ。壁に取りつけられたベッドは色が塗られ、民芸調のモチーフが描かれている。ベーリットは古い木のベッドをスポンジと雑巾で拭き、皺《しわ》だらけの布団を伸ばし、カーテンを引いた。オルセンの服がかかっている明るい木の大きなクローゼットに向かうと、そこも雑巾で乾拭きした。聞き耳を立てながら、クローゼットの扉を見つめる。中は半分空のような状態だった。厚手のセーターが数枚、カジュアルなシャツ、ジーンズが数本。どれもきっちりたたまれている。ベーリットは素早くあちこちを雑巾で乾拭きした。周りを見ると、他の壁には額に入った写真がかかっている。そこへ向かい、一枚一枚じっくりと眺めた。写真はポートレートだったり、グループ写真だったりした。オルセン側の親戚にちがいない、とベーリットは思う。そして怒り狂ったオルセンが妻の親族の写真を箱に入れて屋根裏へ追いやった日を思いだす。ここの写真の一枚はオルセンの息子の高校卒業パーティーのものだった。それより新しい写真は見当たらない。古い写真はオルセンの両親にちがいなかった。彼らもまた苦々しい顔の夫婦で、父親はおかしなカウボーイハットをかぶっている。この地方の農夫にしては非常に珍しい。ベーリットは老オルセンとは会ったことがなかった。噂によれば一風変わった男だったらしい。他の写真には父方そして母方の祖父母が写っている。ベーリットはまた額の埃を拭いた。

「ベーリット！　この役立たずめ！　まだ終わらんのか？」

ベーリットは動きを速めた。額と、わずかにしか本が並んでいない棚を終えると、また周りを見回した。いちばん奥の壁に、クローゼットのドアのように見える背の低い扉がついている。今までそれに気づかなかった。ベーリットは耳をそばだて、ドアの前まで行くと、音を立てないように扉を開いた。中は暗かった。照明のスイッチを探す。すると、目の前に照明の悪い狭い部屋が現れた。ごく小さなデスク、そして壊れかけたスツール。小部屋にある家具はそれだけだった。その代わりに、狭い空間は箱や紙をロール状に巻いたものや古い雑誌でいっぱいだった。ベーリットは雑巾でそこを拭き始めた。ロールをどけたときに、小さな金庫が見えた。オルセン老人はもちろん銀行を信用していないのだろう。ベーリットはスポンジで掃除を続けたが、この不思議な小部屋に当惑していた。ロールや箱の中身を見る勇気はない。オルセンが静かに背後から近づいてくるかもしれないから。わたしは何も悪いことはしてないわよね？じゃあなぜ怯えているの？ベーリットは肩をすくめると、もう少しあちこち拭いてから、小さなドアを閉めた。そのとき、目の前に人影が現れた。ベーリットは驚いて飛び上がり、悲鳴をかみ殺した。二メートル先にオルセンが立っていたのだ。厚手の毛糸の靴下をはいた老人は、音を立てずに階段を上がってきた。脚を大きく広げ、腕をまっすぐに下ろし、黙って立っている。

39

一月二十二日　土曜日
カウトケイノ　十四時

Ｐ９のピックアップトラックがカウトケイノの目抜き通りを走っていく。太陽は沈んでも、濃い青の光がまだ町を囲む丘の頂上に残っていた。カウトケイノは冬場は氷の下に眠るアルタ川の両岸に広がっている。太陽が消えて空に濃い青さだけが残る側は、川から丘の頂上までの傾斜がひどく急だ。その急斜面に博物館、アウトドア・センター、新しくできた大学、ガソリンスタンドなどがある。対岸の土手のほうが広々としていて、川からかなり離れた丘の頂上まで穏やかに隆起していく。そちら側はすでに闇に沈み、教会や、斜面に点在する美しい邸宅をのみこんでいる。オルセンの農場はそちら側のいちばん端にあった。地元の人々は、オルセンの農場が南を、教会が北を支配していると言う。サーミ人たちは大昔から博物館がある西側に暮らしてきたが、今では大勢が東側にも移り住んでいる。

通常は土曜の午後の警察署に人影はない。予算の関係で二十四時間常駐するシフトにはなっておらず、開館時間は他の役所と変わりなかった。月曜から金曜の九時から五時。夏場には、金曜の午後ですら多くの警官が働いているのを期待してはいけない。ましてやヘラジカやライチョウの狩りの時期には、欠勤率が極端に高くなる。しかしこの日クレメットが入口のドアを押すと、警察署は開いていた。トール・イェンセンがハンメルフェストに呼び出されたというニュースが、ここの小さな捜査班に衝撃を与えたようだ。地元の記者、ヨハン・ミッケルセンのことならクレメットもよく知っているので、報道にはなんの間違いもないことくらいわかる。ミッケルセンは嗅ぎ回るのが得意で、この町の全員と知りあいで、地元の労働党の有力者とも通じている。だから裏で計画されている陰謀のことも耳に入るのだ。クレメットはミッケルセンに電話してみようかとも思ったが、やめておくことにした。そのとき、署の秘書が目に入った。彼女はすっかりしょげかえり、クレメットを見つめる目に涙を浮かべていた。

「ああ、クレメット……」

そして嗚咽《おえつ》を洩らして泣き始めた。クレメットは彼女を抱き寄せ、優しく肩を叩いた。

「何があったんだ?」

「ああ、クレメット……」秘書はそう言ってまた激しくしゃくりあげた。言葉がどうしても喉で詰まってしまう。

クレメットは秘書の肩を優しく撫でてから、廊下を進んだ。ニーナも秘書を抱きしめてから、クレメットを追いかけた。シェリフの執務室のドアを開けてみたが、その部屋はリコリスの器と同じく空っぽだった。キッチンから人の声が聞こえてくる。そこでは警官が何人か話しこんでいて、クレメットの姿が目に入ると黙りこんだ。いったいなんなのかと問いただそうとしたときに、またキッチンのドアが開き、ロルフ・ブラッツェンが勢いよく登場した。彼は部屋の中に視線を走らせると、熱々のコーヒーサーバーに目を留め、ゆっくり時間をかけてコーヒーを注いだ。クレメットは警戒を強めた。ブラッツェンがずいぶん自信満々な様子だったからだ。他の警官たちも会話を再開しようとはしない。爆発しそうな沈黙が部屋にたちこめた。大きなテーブルには黄色のビニール素材のテーブルクロスがかかっていて、カップやクッキーの缶がのっている。皿のひとつにはデニッシュのかすだけが残っていた。誰かが独りでいくつも食べたのだろう。ニーナが沈黙を破った。

「シェリフに何があったの？」

ブラッツェンは立ったままコーヒーカップを両手でもち、それに軽く息を吹きかけながら、視線を一人、また一人と移していく。ある警官がちらりとブラッツェンを見てから、ニーナに視線を移した。

「いやどうも、ここから始まったようなんだ。カウトケイノからね。この署から、という意味ではなくて」警官はあわててそうつけ足すと、またブラッツェンの顔色をうかがった。ブラッツェンはまだ立ったまま両手でカップをもち、コーヒーに息を吹きかけている。

「シェリフは今朝ハンメルフェストに向かった。何もかもあっという間だったよ。今朝早く彼のところにハンメルフェストのボスから連絡があって、即座に来るよう命じられたらしい。シェリフが言うにはかなり厳しい口調だったとか。ハンメルフェストの同僚たちに聞いた話では、政治的な問題が絡んでいるそうだ。昨晩の県会議で何かあったらしくて……まったく予想していなかったようなことがね。議題にもなかったのに保守党、進歩党、キリスト教民主党がシェリフに要請したんだ。国連会議を前にして、極めて特殊な事件がこの県に汚点を残した。その捜査になぜこれほど時間がかかっているのかを説明しろと。なあ、そう言っていただろう？　この県に汚点を残した極めて特殊な事件……」警官は演台に立った議員の口調を真似た。しかしブラッツェンの目つきを見て黙りこんだ。

「議員が？　でもなぜ彼らが口を出してくるの？」ニーナが尋ねた。

「あいつらは自分に関係があると思うことすべてに口を出す」ブラッツェンが冷ややかな口調で言い、黄色いテーブルクロスの上に乱暴にカップをおいた。「この事件の影響が水紋のように広がっている。国連会議のことを考えると、ここの議員たちが痺れを切らすのもわかるだろう。おれは最初からそう言ってたじゃないか。この事件において警察は遠慮しすぎていると。サーミ人に気を使いすぎなんだよ。おれたちは警官なんだぞ！　人類学者でも、動物園の飼育係でも、紛争解決の斡旋員でもない。ときどきそうなんじゃないかと思いそうにはなるがな……ともかく、何か行動を起こさないと！」

「どういう意味よ⁉」ニーナが爆発した。「捜査は進んでいると思ってるくらいだけど？　まだ容疑者を捕まえられてないとはいえ」

「そうかい、お前らは前進してるのか。それは初耳だな。だが、皆がおれたちのことを笑いものにしている。それが現実だ」

「で、お前の提案は？」クレメットはブラッツェンから目をそらさずに訊いた。「だってお前の頭の中にははっきりしたビジョンがあるんだろう、ブラッツェンさんよ」

カウトケイノ　十四時三十分

老人の沈黙はベーリットをますます不安にさせた。オルセンお得意の怒りの爆発よりもよっぽど不安になる。オルセンはベーリットのことを精査しているような目つきだった。ベーリットは自分が透明になったような気がした。魂や頭の中まで見透かされているような。ベーリットは目を伏せ、床を見つめた。弱々しい声でこう言う。

「ちょうど今終わったところです」

ベーリットが横を通りすぎるのを、オルセンは身体は動かさずに目で追った。首をひねると痛みが走り、急に頭がはっきりした。

「まったく、なんて女だ。さっさと出ていけ。二度とここを掃除するんじゃない。もうお前など要らん！」

ベーリットはオルセンとは話しあいたくもなかったので、あわてて階段を下りた。最後に玄関を雑巾で拭いていると、オルセンも一階に下りてきた。ぶつぶつ文句を言っているが、立ち止まりはしない。ベーリットが車で走り去るのを確認してから、オルセンはキッチンに入った。

これからロルフ・ブラッツェンが来ることになっている。最新情報を聞くためだ。昨晩はあちこちの知りあいに連絡することになった。そのおかげであの傲慢な美男子にまで、この事件は進歩党の株を上げるための絶好の機会だとわからせることができた。オルセンが熱心にこう提案したのだ。カウトケイノとアルタの保守党の友人に連絡を取り、現在行われている県議会でこの事件のことをもち出してもらえ。躊躇《ちゅうちょ》などせず、少しばかりドラマチックに演出すればいい。オルセンは同僚にお世辞を言って、次の市議会選挙が近づく頃には自分はもうカウトケイノの進歩党議員リストのいちばん上にはいないかもしれないという印象を与えた。相手はその意味を理解し、もう市議会の議長のような口をきき始めた。勝手にしろ——とオルセンは思いながら、熱心な表情をつくって、今まで聞いたこともないようなばかばかしいアイデアに耳を傾けてやった。それから同僚は電話に飛びつき、全力で他党の知人たちを説得しようとしたが、その前にオルセンは慎重にやるようアドバイスをしておいた。理想的なのは——とはっきり説明したのだが——署長の尋問の音頭は保守党にとらせることだ。間抜けな美男子はもちろん、なぜ自分たちが陰で行動しなければいけないのかを理解できなかった。まあそれ以外の反応は期待していなかったが。だって、そうすればまずは残りの党がどう出るかを確かめられるだろう？　その反応がわれわれに好都合なものなら、そこで大砲を取り出せばいい。いちばん先に解決策を提示し、名誉と賞賛を独り占めにするんだ。

しかし相手がさっぱりわからないという愚鈍な顔で見つめ返してきたので、オルセンはあやうく愛想のいい表情を崩してしまうところだった。解決策って、どんな解決策だ？　同僚は懇願するような声で訊いた。

あとで説明する、とオルセンはごまかした。だがこれがおかしな方向にいっても、困るのは保守派のやつらだけだろう。わかるか？　お前は面目を保てるんだ！
するとと相手は即座に理解した。とりわけ、自分の面目を保てるという部分を。そのあとは、美男子のくせに稲妻《いなずま》のように素早く行動をしたと認めざるを得ない。オルセンの意図をしっかりと周囲に拡散した。そして県議会が最後の議題〝その他の質問〟にたどり着いたとき、矢が放たれた。その矢はカール・オルセンが狙った以上に絶妙な点を射抜いた。老農夫はキッチンに座り、電話を切ってから三十分は満足そうに手をこすりあわせていた。独り笑みを浮かべ、首の後ろをもんだ。保守党の議員が議会で炎のように燃えて、格別の嫌悪感をこめて熱弁をふるったというのを聞いたからだ。というのもその議員は、その三十分前にNPO助成金のことで労働党のメンバーからこっぴどく絞られたところだった。そのあとも、いい感じにことが進んだ。さて、そろそろ計画の第二段階に進まなくては。オルセンは意気揚々と首をもんだ。時計を見て、うすのろブラッツェンが約束の時間に遅れていることに気づき、罵《のの》りの言葉を吐いた。

カウトケイノ　十八時三十分

クレメットは苛立ちを募らせていた。ブラッツェンが何を言いたかったのかが気になる。さっき「何か行動を起こさないと！」と言ったのは、どういう意味だったのか。しかしブラッツェンは不機嫌な顔でキッチンから出ていってしまった。そのあとに残された警官も一人、また一人と帰っていった。これ以上情報を得るには月曜まで待たなくてはいけない。クレメットとニーナはこの週末もすでに丸一日働いてしまった。月曜にシェリフのことがもっと判明したら、また捜査を再開しなければいけないのに。クレメットは捜査漬けだった一週間をニーナと一緒に締めくくりたかったが、こんなに早くまた自分のコタに招待する心の準備はできていなかった。先日の夜の行きすぎた行為を考えると。

「ニーナ。アウトドア・センターでちょっと食べて帰らないか?」

「わたし、死にそうに疲れた。だから今夜は無理。帰ったらベッドに直行するつもり。GPSのデータは半分もち帰るから、残りはあなたがお願いね。じゃあまた月曜に!」

クレメットは署内に一人きりになった。若いときからそれには慣れている。歳をとるにつれ、孤独に対する抵抗を強みに変えてきた。理解したのだ。他人ではなく、自分自身を頼らなければいけないということを。自分自身で櫂《かい》を握るのだ。他の皆には一匹狼だと思われている。人嫌いなやつだと。自分ではそうは思わない。むしろかなり社交的なほうだと思う。人とはよく話すし。それに周りからどう思われていても別にかまわない。

コタで一杯やるのに、今夜は誰を誘おうか。エヴァ・ニルスドッテルに電話をしてみてもいいかもしれないと思った。コタに呼ぶためにではない。それにはあまりに遠すぎる。だけど少しおしゃべりをしてみたい。まったく強烈な女だった。あとは? クレメットはオフィスの照明を消した。廊下で一瞬立ち止まり、向かいのドアを開けて、地図を保管している部屋に入った。そこでは冷凍庫に証拠品が詰まっている。クレメットは大きな冷凍ボックスを開いた。冷凍されたマッティスの両耳がそれぞれ、ラベルのついたプラスチックの袋に入って、紐でつながれている。これなら十袋くらいあるトナカイの耳と取り違えられるリスクは少ない。クレメットはマッティスの両耳を取り出し、いろいろな角度から観察してみた。切れ目は発見されたときとはもう同じ形ではなかった。クレメットはしばらく考えに沈んだ。それから冷凍庫に耳を戻し、部屋を出た。自分のオフィスに戻り、棚からトナカイの耳のマークの本を取り出す。これは楽しい日曜になりそうだ。いや今夜にはもう読み始めるつもりだった。疲れていて、誰にも電話などしたくなかった。

道路を渡ったとき、空の青い光は完全に消えていた。突き抜けられないような黒々とした天空を背景に、緑の光が教会の上で舞っている。それほど高い位置ではないから、まるで丘から放たれた光のように見えた。丘の上では今夜ごたごたが起きるのかもしれない。

数分後、クレメットはアウトドア・センターの入口をくぐっていた。一人で入るのには少し躊躇があったが、マッツに娘の様子を尋ねたかった。このレストランはいつも、土曜日の午後は客でいっぱいだ。レジからいちばん遠い奥の隅には大きなテーブルがあり、二十人ほどの男が座っている。クレメットは彼らが採石場で働く労働者だと気づいた。フィンランドとの国境で稼働している採石場だ。土曜のディナーのメニューはいつも同じだった。トナカイとアンズタケの煮こみとじゃがいもだ。

カウトケイノが一望できる窓辺のテーブル二台には、サーミ人の家族が二組座っていた。どの世代も伝統的な民族衣装を身につけている。他のテーブルにも数人の客が集まっている。ミュージシャンが楽器や機材の準備をしている。マッツが厨房から出てきて、クレメットの姿をみつけると手を振った。クレメットはレジにいちばん近いテーブルに座った。このレストランにいる人のことは基本的に全員知っていた。窓辺の二家族は、カウトケイノの西のシーダ(共同でトナカイの世話などをする親族グループ)に属する人たちだ。三世代が一緒にテーブルを囲んでいるから、何かのお祝いなのだろう。男たちはこの午後だけ町に戻ってきて、ディナーのあとはまたヴィッダへと出ていくのだ。家に帰ってシャワーを浴び、スノーモービルのガソリンを満タンにし、ポリタンクもガソリンでいっぱいにし、一週間分の食料品を買いこんで、また新たな週をグンピで過ごす。妻に会い、子供たちにキスをしてから。クレメットは子供たちを見つめた。そのうち二人は彼自身がカウトケイノの寄宿学校に入ったのと同じ年頃だった。七歳——その歳で、知らない言葉を話す知らない人たちの世界にほうりこまれた。クレメットはパノラマウインドウの景色を見つめた。カウトケイノの町の光が眼下に広がっている。集落が谷ぞいに伸び、右手のほうでは教会がスポットライトの光に浮かび上がっている。ここから寄宿学校は見えない。もっと下流の、町の中心に近いところにあるのだ。アルタ川の急な土手の近くに。学校の建物を目にしなくても、すべてを思いだすことができた。

マッツがやってきたので、クレメットはわれに返った。マッツがクレメットのほうにトナカイの煮こみ料理の皿を押してよこす。テーブルにビールのグラスを二本おき、警官の向かいに腰かけた。男二人は無言で乾杯した。クレメットはグラスをおき、料理を食べ、とろけるようなキノコを舌で味わった。美味しいと伝えるためにうなずきかける。マッツが相手の賞賛に対してグラスを上げた。

「ソフィアは？」

「自分の部屋だ」

「様子はどうだ」

マッツは少し考えてから、頭を右から左に傾け、なんと答えていいかわかりかねているようだった。このあたりの人間にしては珍しく、濃い栗色の口髭を生やしている。顔は丸っこく、頭は禿げていた。噂によれば、祖父がイタリア人だったとか。

「少しは元気になったようだ。こないだ来てくれたのはいつだったかな。今日が土曜だから……ええと……」

「木曜だ」

「そう。ソフィアはあの日、一日部屋に閉じこもっていた。何も食べずに。ああ、なんてことだ、クレメット、おれは何も気づかずに……」

「わかるよ」

「昨日の朝も同じ状態だった。学校に行かせるべきか迷ったんだが、行ったほうがいいのだろうと思った。部屋に閉じこもって暗いことばかり考えているより」

クレメットは食べながら、同意のうなずきを返した。

「正しいことをしたと思うよ」

「ああ、そうだと思う。午後に学校から帰ってきたときには、少し元気になっていたから。それから夜は友達の家に遊びに行った。今日はその子が朝から遊びに来ているよ。おしゃべりが弾んでいるようだ。秘密の話らしいが、まあとにかくいろいろ話してるみたいだ」

「そうか、それはよかった」

「それで……あの男だが。捕まえられたのか？」

「いや、まだだ。ヴィッダのどこかをうろついているらしくて……。資源調査をしているんだ。だがどこにいるのかがよくわからなくて、今探しているところだ。だが必ず捕まえる。ただ、先に警告しておこうと思ったんだ。ニーナはあのとき怒り狂って大きく出たが……いやそれが正しいことではあるんだが……あの男が何もしていないと主張すれば、おれたち警察にできることは少ない」

マッツはあきれたように頭を振り、ビールを一口飲んだ。ひとつめのギターの和音が食堂に響いた。クレメットは空になった皿を遠ざけた。

「ソフィアにちょっと挨拶してもいいかな？」

マッツは立ち上がり、クレメットの皿とグラスを下げた。そしてクレメットをつれて厨房に入る。そこではマッツの妻が食器洗い機から食器を出していた。ベーリットも立ってじゃがいもをむいている。クレメットはベーリットに手を振り、月曜には彼女にも話を聞きに行かなければと思った。ただ、今はそのことを言うタイミングではない。無駄に心配させては気の毒だから。二人はマッツ一家の住居部分に入った。マッツが娘の部屋のドアを叩く。答えはない。もっと強く叩く。するとドアが開いて、ソフィアが首をかしげ、父親に苛立った表情を向けた。しかしクレメットの姿が目に入ると、不思議そうな顔になった。

「やあ、ソフィア」

「こんばんは」

「ちょっと挨拶したくて」

ソフィアは首をかしげたままドア口に立っている。そして微笑んだ。

「ふうん。じゃあもう挨拶できたじゃない。友達のところに戻っていい？」

「一分だけ話せるか？」

ソフィアはため息をついた。

「ええ、ええ、もちろん」

彼女は部屋のほうに振り向いた。

「一分で戻るから」

しかし友人には聞こえなかったようだ。ソフィアは音楽を聴いている友人に向かって、声を張り上げた。

「ウールーリーカ！　一分で戻るから！」

そしてソフィアは廊下に出てきた。まだドアの取っ手をつかんでいる。わざとドアを少し開けたままだ。

「レーナの妹か？　パブで働いてる」クレメットが尋ねた。

「うん、それがどうかした？」

「きみの様子を確認したくて」

「二人でゆっくり話してくれ」マッツが言った。「おれは食堂に戻るから」

ソフィアは父親が廊下に消えるのを見送った。

「あのブタは捕まえたの？」

「まだだ、ソフィア。だが探してはいる。あいつは今ヴィッダにいてね。わかるだろうけれど、探すのに骨が折れる。だが必ずみつけるし、取り調べる」

「取り調べる？」

「ああ、向こうの話も聞くんだ」

「なんでよ。わたしの話だけじゃ足りないの？」

「いやあ……全員の話を聞くものなんだ。それから決める。いや、決めるのは検察官で、いや、そもそも検察官が出てくることになればだが……。なんて言えばいいか……知っておいてほしいんだ。こういう種類の事件というのは……ちょっと複雑なんだよ」

「何が複雑なのかよくわかんないけど？　あの男はブタよ。それがどう複雑なのよ、意味わかんない」

「ソフィア、司法というのはそういうんじゃないんだ。いや、ただきみには知っておいてほしくて。きみの事件のことはこの上なく本気で捉えている。それは保証するよ。ニーナもきみと同じだけ怒っている」

「へえ、で、あなたはそうじゃないってわけ」ソフィアは冷たく言い放った。

「ソフィア、聞いてくれ。おれが言っておきたかったのは、残念ながら検察官はそのブタがきみの身体を触ったくらいでは有罪にできないかもしれないんだ」

ソフィアの顔色が一瞬にして変わった。素早く部屋の中に目をやると、そっとドアを閉めた。そしてクレメットの目の前に立った。顎を上げ、目をまっすぐに覗きこんでくる。

「あの男はブタよ。ブタなの！　捕まえて、牢屋に入れて」

そしてくるりと向きを変えると、部屋に入ってしまった。ドアが閉まった。クレメットは驚き、当惑したままその場にとり残された。言いかたが悪かったのだろうか。確かにこの種の任務が得意だとは言えない。それは認めよう。自分もこの上なく本気で捉えていると言うべきだったのだろう。クレメットはドアの取っ手に手をかけた。一瞬、躊躇する。謝るべきだろうか。クレメットは人に謝るのが嫌いだった。だが相手はまだ若い少女だ。そのくらいやってもいいだろう。大人に見られているわけでもないし。クレメットは大きく息を吸い、取っ手を握り直した。しかしまた躊躇する。もしかしてソフィアはすべてを話していないのか？　あのフランス人は身体を触るよりもっとひどいことをしたんだろうか。それともウルリカから何か吹きこまれたのだろうか。クレメットはそっと手を離し、ドアの取っ手を見つめた。ニーナと話してからにしよう。

クレメットはまた食堂のほうに戻り始めた。民族音楽が聞こえてくる。ベーリットはまだ立ってじゃがいもをむいていた。彼女は朝から晩まで働き詰めだ。クレメットよりずっと年上というわけでもないのに、別の世代に属している。時代の犠牲になり、教育を受けられなかった世代に。ベーリットは肩ごしに視線に気づいたのか、急に振り返った。クレメットが目に入ると、しばらくじっと見つめていた。それからうなずくと、またじゃがいもの皮むきに戻った。

クレメットは食堂に戻った。マッツは労働者のテーブルから皿を下げている。男たちは演奏に聴き入ったり、談笑したりしている。子供たちが手を叩いている。クレメットはエントランスのクロークルームで自分のアノラックを着ると、外に出ようとした。

そのとき若者の一団がレストランに走りこんできて、クレメットにぶつかった。彼らを通すために、クレメットは身体を壁に押しつけた。十人ほどいただろうか。若い女の子も数人交ざっていた。若者たちは笑いながら、寒さに悪態をついている。アノラックの下に超ミニのスカートしかはいていないのだ。この寒さなのに。厚手のブーツを脱ぎ、革のショートブーツに履き替えるところだった。若者のほとんどはトナカイ牧夫だった。アイロ・フィンマンがこの一団のリーダーのようだ。女の子を一人バンドの前の小さなダンスフロアに引っ張っていき、踊り始めた。それに他の若者たちが手拍子をする。クレメットはその中にミッケルもいることに気づいた。ミッケルに言いたいことがあったはずだが、思いだせない。ヨンもいる。あの二人は必ず一緒だ。あとは今まで見たことのない若者も二人混ざっていた。一人は革のジャケットを脱いでいる最中で、もう一人はオイルのしみがあちこちについた作業着のオーバーオールを脱いでいる。その刺青《いれずみ》が目に入ったとき、クレメットはひらめいた。あの交差点で、高齢の女性たちに汚い言葉をかけたトラック運転手だ——。クレメットはオーバーオールを脱いでいる最中のミッケルに近寄り、その腕をつかむと、隅のほうに引っ張っていった。

トナカイ牧夫は怯えたような表情で、自分をつかむクレメットの手から視線を離せないようだ。

「ミッケル。あの刺青の男とは友達なのか？」

「いや、友達ってほどじゃない。ちょっと知ってるだけで」

「お前の友達なら、そいつのために言ってやれ。今度お年寄りと話すときには言葉に気をつけろと」

ミッケルはほっとした顔になった。

「なぜさ」

「あいつはスウェーデン人のトラック運転手、そうだろう？　この間、お前もあいつのトラックの助手席に座っていただろう。デモをやっていた日だ。あの男がおばあちゃんたちになんて言ったか覚えているか？」

ミッケルは頬を赤らめた。まるでいたずらの現場を押さえられた子供みたいに。

「お前には、誰かがそんなことをするのを黙って見過ごしてほしくはないな。あれがお前のおばあちゃんだったら平気でいられるか？」

「わかった、言っておくよ、クレメット。任せてくれ、約束する。もう二度とさせないから」

「よし。約束だぞ、誓え。おれを騙そうなんて思うなよ」

クレメットは毛皮の帽子をかぶると、外に出た。ある意味、ミッケルはマッティスに似ている。ぎりぎりのところで生きるトナカイ牧夫。そこから足を洗うこともできないし、いつ落ちぶれてもおかしくない。その類のトナカイ牧夫には辛い時代だった。クレメットは車に乗りこむ前にまた空を見上げた。オーロラはあれからどうなっただろうか。オーロラは大きく膨らみ、空の半分を覆って揺れている。不思議な模様を形づくっていた。宇宙からのメッセージか？まるでマッティスの耳と同じくらい不明瞭なメッセージだ――そう思いながらクレメットはエンジンをかけた。

40

一月二十四日　月曜日
日の出：九時二十四分、日の入：十三時三十九分
四時間十五分の太陽
カウトケイノ　八時十五分

トール・イェンセン、通称シェリフは部下の話をよく聞く上司として好かれていた。彼が不自然な形で姿を消したことに部下たちは気をもんでいた。

誰にも連絡はない。携帯電話は電源を切られている。どうやらまだハンメルフェストから戻ってきていないようだ。今朝はいつもより早い時間に、捜査に関する緊急の告知があるとして全員が招集された。クレメットは日曜の大半を費やしてトナカイ所有者のマークを改めてひとつひとつ確認したが、ストレスは増すばかりだった。ありえないような組みあわせも試したものの、最後にはその本をリビングの隅に投げ捨てた。コタで少しリラックスしようとすら思えなかった。

ニーナのほうはマッティスのＧＰＳ座標を地図に写し始めていたが、それは根気のいる作業

だった。まだあと数時間はかかるだろう。クレメットが二日前にソフィアを訪ねたときの話をし終えた瞬間に、ロルフ・ブラッツェンが登場した。たくさんクッキーを並べた盆をもっていることに、全員が注目した。

「全員いるな?」ブラッツェンは満足気な声を出した。「よし」

ブラッツェンは見るからにこの状況に満足していて、じっくり時間をかけた。クッキーを一枚つまみ、コーヒーを一口飲む。キッチンの中で緊張が高まった。十五人ほどの警官や職員がひしめきあっている。

「皆知ってのとおり、イェンセン警部はハンメルフェストの県本部に招集され、警察の首脳陣や担当議員に報告を続けている。それには時間がかかる。だがそれは表向きの理由だ」

ブラッツェンはそこでまたコーヒーを飲んだ。そしてクッキーを口にほうりこむ。

「誰も食べないのか?」ブラッツェンはちょっと機嫌を損ねた顔で尋ねた。

ブラッツェンは自分が好かれていないのは知っていたが、それがなぜだかは一度も理解できないでいる。粗暴で、他人を見下していて、行儀がなっていないし、根にもつ性格で、不公平で、人種差別主義者で……クレメットが数え上げるなら他にもいくらでもある。しかしブラッツェン自身は自分のことを率直な性格だと思っている。確かに本音を言いすぎることはあるかもしれない、それは認めよう。でもとにかく行動力があるし、必要とあらば面倒な決定だってしてみせる。正直言って——とブラッツェンが一度だけクレメットとひどい口論になったときに言ったのだが——なぜ皆が自分に対してこんなに不満をもっているのかが理解できない。ブラッツェンはそういうことを理解するには鈍すぎた。そしてまたクッキーを一枚つまんだ。

「では実際の状況がどうなっているかを話そうか。シェリフは追い払われてしまったんだ。ゴーン。バイバイ。タイムアウト。どっかで楽しいバカンスを、ってね。もちろんバカンスは必要だろう？　おやおや、お前らの表情ときたら。心配するな、彼は戻ってくるから。だがこの事件が解決してからだ。わかるか？　この捜査は時間がかかりすぎている。ツンドラの大地をうろつく馬鹿者どもを丁重に扱いすぎたせいでな。なあ、決めるのはおれたちなのかあいつらなのか？　ここはまだノルウェーなんじゃないのか？　どうだ？」

ブラッツェンは視線でクレメットを挑発した。

「そうだろう、クレメット。ここはまだノルウェーだよな。ちがうのか？　おれは何か見逃したのか？　それともここにいるおれたちはお飾りなのか？」

クレメットは心中怒り狂っていた。しかし皆の前で挑発を受けて立つつもりはない。隣に座るニーナも怒りを募らせている。そしてニーナが針を刺して膿《うみ》を出す役になった。

「ロルフ、あなたにそんなこと言う権利はない！　わたしたちだってあなたたちと同じように立派に仕事をしている。捜査に参加して、すでに県内を何千キロと移動した。でもトナカイ放牧の世界は難しくて、サーミ人の文化はわたしたちの文化とはかなりちがう。そこに敬意を払わなくちゃいけない。それに捜査は進んでいる。あのフランス人地質学者が捜査上重要な存在だと思う理由は確実にある。ヴィッダに行って捜さなければ。強制わいせつの被害届も出ているのだから」

「強制わいせつか……。被害届は見たよ。どきどきするなあ。実に典型的な件だ。ホルモンバランスの不安定な十代の少女が、身体を触られたと妄想する。これは当然有罪になるだろうなあ。何をふざけてるんだ！　おれたちの目の前には殺人事件と厄介な盗難事件がぶら下がっているというのに、お前らは十四歳の少女が膝に手をおかれたからと言って捜査の邪魔をするのか？　それもたまたまかもしれないのに」

ニーナは怒りで顔を真っ赤にし、椅子から跳ね上がった。

「あなたにそんな言いかたする権利はない！　ロルフ、あなたは公平にものを見ていない。おまけに男女が平等だとも思っていないのね。あの子はもっと真剣に対応されるべきよ」

ブラッツェンは顔に軽蔑した笑みを浮かべたまま、ニーナにしゃべらせておいた。相手に理性を失わせて満足しているようだ。これはいい兆候ではないとクレメットは思った。ニーナは勢いにまかせて話し続けている。

「それに、サーミ人を他のチンピラと同じようには扱えない。ノルウェーの法に守られているんだから。彼らの特別な権利を尊重しなければいけないでしょう」

「すごいじゃないかニーナ。キルナで授業を真面目に聞いていたようだな。素晴らしい。実に素晴らしい状況だな……」

ブラッツェンは何が言いたいのだろうかと、警官たちは顔を見あわせた。クレメットはブラッツェンがこの状況を楽しむためにわざと長引かせているように感じた。この出し物を準備し、効果を狙っているのもわかる。最適なタイミングを待ちかまえているようだ。しかし忍耐はブラッツェンの得意とするところではなかった。

「捜査は前進しているでしょう、ロルフ。してるじゃない。でもこれは大昔のことも関係あるかもしれなくて。鉱山の伝説が……」

「何を馬鹿なことを言ってるんだ！」ブラッツェンが怒鳴り、その顔に意地の悪い表情が浮かんだ。「おれたちはここで人類学の論文を書いているわけじゃない！　後生だから、鉱山やら地質学者やらは忘れろ。これがトナカイ所有者同士のいさかいだというのがわからないやつは、目が見えていないのと同じだ。ヨハン・ヘンリックとオラフはこの事件に深く関わっている。そんなことくらい子供でもわかるだろう。さあ全員しっかり目を開くんだ。ハンメルフェストからはすぐに結果を出せと言われている。オスロの責任者、お役人さまたちもこれ以上待てないらしい。だからヘビの穴に手をつっこんで、ちょっとかきまわしてみようじゃないか。どう思う？　今日は月曜だ。水曜までにヨハン・ヘンリックとオラフ・レンソンをここにしょっ引いてこい。拘束して、取り調べてやる。やつらの到着にあわせてマスコミも呼んでおけ」

そのときついにクレメットが怒りを爆発させた。立ち上がり、テーブルを拳《こぶし》でどんと叩く。

「お前に、誰を拘束するかなんて決められないだろう！　ましてや今、手がかりは全然ちがう方向を指しているんだぞ！」

ブラッツェンはもう軽蔑の笑みを隠すこともなかった。この状況を満喫しているようだ。声にはわざとらしい同情がこもっていた。

「おやおや、そういえば言うのを忘れていたな……これをまず言っておくべきだったよ。いや、うっかりしていた。ハンメルフェストは新しい責任者を指名した。それがおれだ。だからおれが決めるんだよ、クレメット。そして今この瞬間から、トナカイ警察は殺人や盗難事件に関わらないことも決めた。お前らにはそんな事件を捜査する能力もないしな。さあツンドラに出て、トナカイの数でも数えてこいよ。わかったか？　おれは優しいから、お前らにトナカイ所有者のお友達を捕まえてこいとは命じない」

そういうことか——クレメットは心の中でつぶやいた。こいつは最初からこの瞬間を待ちかまえていたのか。卑劣な頭で、効果的なセリフを考えていたにちがいない。クレメットは相手の興奮した顔を見つめた。あの顎を一発殴ってやりたい。たった一度だけ——。しかしその考えを顔に出さないよう努めた。相手に満足感を覚えさせるつもりはない。ニーナのほうは見ずとも、彼女も侮辱されたことで爆発寸前なのがわかった。普段から自分の感情に正直なニーナなのだから。

部屋の中は静かだった。警官たちは顔を見あわせ、クレメットのほうを盗み見た。ブラッツェンは確かにシェリフの補佐ではあるが、だからといって自動的に後任になるわけではない。補佐というのは、治安という名の下に分類された任務のいくつかに責任をもつだけだ。皆、クレメットが代理を務めるのが当然だと思っていた。クレメットなら皆に尊敬されているし、実務的な知識もある。だが何かが起きたのだ。ブラッツェンがそのチャンスを逃さなかっただけで。そのブラッツェンがクッキーの盆を取り上げた。

「では親愛なる同僚たちよ。仕事に出る前にクッキーでもどうだ？」

警官たちは躊躇《ちゅうちょ》したが、それからクッキーを取り、部屋を出ていった。ブラッツェンはそれに大満足の様子だった。クレメットは一人そこに残った。ブラッツェンはしばらくクレメットを見つめていたが、部屋を出ていく前に残ったクッキーをすべてごみ箱に捨てた。

クレメットが部屋に入ってきた瞬間に、ニーナは爆発した。

「信じられない、クレメット。なぜ言い返さなかったの？　ブラッツェンはわたしたちを侮辱したのに！　しかも捜査から外すだなんて！　なのになぜ何も言わなかったの？　まるでそれでいいみたいに」

「ニーナ、その言いかたはないだろう」

「聞きなさい、クレメット。最初の最初から、あなたはまるでこの件を解決したくないみたいだった。本気で捜査する勇気がないみたいに」

「それは誤解だ、ニーナ。だがおれは事実だけを追いたいんだ。それには時間がかかる。スピードを重視するならブラッツェンの側につけばいい。あいつはおれほど細かい性格じゃないからな。まずは拘束して、それから質問するタイプだ。確かにおれはそれとは逆のやりかたで進めたいと思っているさ」

「クレメット、あなたのことを嫌いだと思ったことは一度もない。だけど正直に訊くわ。本当にやる気はある？　はっきり言って、あなたは本当はトナカイ所有者たちとうまくやりたいだけじゃない？　彼らがあなたの立場を脅かすような騒ぎを起こさないかぎり」

クレメットはニーナの攻撃に言葉を失った。あの優しい、いつも笑顔で陽気な同僚がこんなふうに毒矢を放つなんて。まずはブラッツェン、それからニーナ。何もわかっちゃいない甘やかされた小娘に、おれは自分の正当性を証明しなきゃいけないのか？　起きている出来事を大きな青い目で眺め、おれがこういう人間だと決めつける。パルメ首相暗殺事件の捜査にも関わり、三十年以上も県内の警察署を転々としてきたおれを？　クレメットは踵《きびす》を返すと、乱暴にドアを閉めた。

サプミ内陸部

アスラク・ガウプサラはフランス人の地質学者のあとについて、凍った丘の斜面を一歩一歩登っていた。異邦人はときおり岩のサンプルに数字を書きこみ、それを投げてよこし、アスラクがリュックサックに入れる。フランス人は岩に全身全霊を傾けていた。怒ったように岩を割り、自国の言葉で罵倒《ばとう》語を吐き、顔の周りには白い息が雲のようにたちこめている。何かに苦しんでいるかのようにすぐに理性を失う。アスラクは異邦人たちがこの地の石に興味をもつことは前から知っていた。アスラクがガイドとして同行したのはこの異邦人が一人目ではない。ただ、今までの異邦人よりも興奮しているように見える。アスラクはずっと昔からガイドを務めてきた。その中で、彼らがガイドとして雇った他のトナカイ所有者とも知りあった。異邦人たちは石のことや鉱石、そして鉱山のことを口にした。富のことも。成功も。彼らは皆、それがサーミのトナカイ所有者たちを狂喜させると思いこんでいた。それなのに無表情な顔に迎えられ、驚いていた。異邦人たちには理解できないのだ。彼らが富と成功の象徴として見ている鉱山に、トナカイ所有者たちは別のものを見ていた。遊牧道を断ち切る道路、トナカイを怯えさせる大型トラック、トナカイたちが道路を渡ることを余儀なくされて起きる事故。

すると異邦人たちは肩をすくめる。そして金のことを口にする。トナカイを失っても一頭ごとに補償金が支払われるだろう？　それでもトナカイ所有者の顔はどれも無表情なままだった。異邦人たちはそれに苛立った。サーミ人は自分がどれだけ恵まれているのかわかっていない。それに、すべてを失う危険を冒すのか？　鉱山はどちらにしてもできるんだぞ？

アスラクは他のトナカイ所有者ともよくその話をした。春と秋にトナカイを集めて所有者ごとに分離するときに。アスラクのコタまでやってくるトナカイ所有者たちが何人もいた。オラフも来たし、ヨハン・ヘンリックも来た。マッティスもよく来たが、彼はわかっていなかった。彼らはアスラクのところにやってきた。アスラクがいちばん無関係なのを知った上で。だから来たのだ。アスラクは彼らに言った。お前たちはトナカイの数が多すぎる。そのせいで大きな放牧地が必要になる。だからこんなにいさかいが起きる。だが彼らは、経費を払うためにたくさんトナカイを飼わなければいけないと答える。スノーモービル、四輪バギー、自動車、家畜輸送車、ヘリコプターのレンタル代。アスラク、お前は何もわかっちゃいない。お前は二百頭のトナカイしかいないだろう。

アスラクは彼らを見つめ返し、こう言った。「おれには二百頭のトナカイがいて、それで暮らしていける。おれには二百頭のトナカイがいて、巨大な放牧地は必要ない。おれには二百頭のトナカイがいて、独りでその世話ができている。おれはヴィッダで彼らと一緒にいる。雌のトナカイから乳をもらう。トナカイたちはおれのことを知っている。おれを見ると近寄ってくる。おれはツンドラでトナカイを探すのに何日もかける必要はない。スキーがあって犬たちがいれば充分だ。お前らより少ない数のトナカイしかいないから、スノーモービルをもってないからといって、おれはトナカイ所有者として劣るのか?」

アスラクがそう言うと、いつも彼らの顔に悲しみがベールのようにかかり、暗い表情になる。彼らは何も言い返さなかった。いちばん長くやっている連中は、自分たちもその時代を経験したことを覚えている。いちばん若い連中は、でもスノーモービルも大好きだと言う。一週間身を粉にして働いて、土曜の夜くらいは町に出て楽しみたいと。そういう場合はスノーモービルがあると便利だ。アスラクはうなずくだけで、何も言わない。若いトナカイ所有者たちも何も言わない。だが彼らはときどきやってくる。昔どうだったのかを理解したくて。全員がアスラクを恐れていた。それでもやってくる。ただし距離をおいて。しかしアスラクはずっと遠くから彼らが見つめているのに気づいていた。スキーでトナカイたちと一緒にいるときに、彼らは長いことアスラクを見つめている。寒さに耐えきれなくなるまで。

カウトケイノ

誰かがドアをノックしている。それも執拗《しつよう》に。

「誰だ？」まだ機嫌の悪いクレメットは声を荒らげた。

ニーナが入ってきて仁王立ちになった。手を腰にやり、苦々しい決意の表情だ。オーバーオールを着てリュックサックを背負っている。それにショルダーバッグまで。出かける準備は万端だ。

「ブラッツェンに合流するのか？　それともトナカイでも追いかけるつもりか？」クレメットは皮肉のこもった声で訊いた。

「クレメット、さっさと荷物をまとめて。全部よ。任務に出るんだから。ここにいてブラッツェンに見張られていても仕方ないでしょ。さあ急いで。ガレージで待ってるから」

ニーナはあっという間に出ていってしまった。クレメットはあきれて天を仰いだ。ちょうどトナカイ所有者同士でもめた最新の件を確認し始めたところだった。普段のルーチン作業のひとつだが、太鼓が盗まれ、マッティスが殺されて以来手をつけられていなかった。それをやらなければというよりは、心を落ち着け、理性的になるためにとりかかったところだった。それでもクレメットは怒り狂っていた。ブラッツェンのことはもともと軽蔑しているが、今回は巧みに裏をかかれた。クレメットはパソコンのキーボードを叩いた。おまけにブラッツェンみたいなやつにしてはちょっと巧妙すぎるくらいだ。クレメットは一瞬、ヨハン・ヘンリックとオラフに警察が来ることを知らせてやろうかとも思ったが、すぐに考えを変えた。そんなことをしても彼らの状況を悪くするだけだ。自分自身の状況も。クレメットはキーボードの両側を拳で叩いた。ともかく、ここに座っていても無駄だし、なんの役にも立たない。ニーナが正しい。自分たちはヴィッダに出たほうがいい。なんの指令も受けていないが。

クレメットは荷物をまとめ、十分後にはガレージで待つニーナに合流した。ニーナはすでにポリタンクに水を満タンに入れ、車のトランクを整理し、新しいシーツを積みこんでいた。いったい何を企んでる？ ニーナは一言も発さずに助手席を指さし、クレメットが乗りこむとすぐに車を発進させ、レーサー並みの速度でバックした。外では太陽がまた輝いていて、光が鋭かった。クレメットは目をつむった。窓の隙間から氷のように冷たい空気が右の頰に嚙みついてくるが、そのままにしておいた。ニーナのリーダーシップに引きこまれていたのだ。そのおかげでブラッツェンから離れることもできる。誰も二人がヴィッダに出ていくとは思っていないだろう。トナカイ警察はパトロールのために外に出っぱなしのときもある。ベースである警察署からずっと遠く離れて。今週は休憩の週にしてもよかったのに、予定がすべて狂った。だが数日間任務に出ていても何もおかしなことはない。署にはときどきどうでもいいような連絡を入れておけば平気だ。運がよければ、ブラッツェンには気づかれない。どうせあいつは他のことで忙しいはずだし。ニーナはスーパーの駐車場に車を停めた。エンジンを切り、クレメットと同じ問いを発した。

「問題は、どうすればブラッツェンの手下と鉢あわせしないですむかね。もし会ってしまったら、謹慎処分になる」

「ブラッツェンはトナカイ所有者を拘束することに全力を注ぐだろうからな。あいつのことなら知っている。まるでまっしぐらに突進するイノシシだ。同時に他の手がかりも追うなんて考えつかないはず。それにここぞとばかりにサーミ人たちに厳しい仕打ちをしたいとも思っている。あの馬鹿者は絶対に地獄に落ちるはずだ」

ニーナはクレメットがそんなことを言うのを初めて聞いた。不満が大爆発を起こしているようだ。

「なぜあんなやつがこの町にずっといるのかが理解できないんだよ。そんなにサーミ人に我慢ならないなら……。もっとも、どっちのほうが嫌いなんだろうな。サーミ人とパキスタン人と」

「ちょっと言いすぎじゃない？　スウェーデンでは人種差別に対して厳しいのは知っているけれど……」

「言いすぎ？　あいつは進歩党の広報官になったたっておかしくない。しかも今では人種差別をこそこそやる必要もない。ああまったく、あの人種差別政党は国会に二十パーセントも議席を占めているんだぞ。なのに国民はそれを野放しにしている。何も考えずに、石油の恩恵にあずかっているだけ」

クレメットは大きなため息をついた。

「シェリフの件は政治的なしがらみだと思う？」

「思うかって？　そう確信してるよ。だがまもなくわかる。それにきみは正しい、ニーナ。確かにおれはやる気を失くしかけていた。定年が近すぎるんだろうな。だがおれたちがここまでやってきたことをブラッツェンに潰させやしない。それに事件を解決しなければ」

ニーナの顔が輝くのが、クレメットにも見えた。まったくこの子は素直で、おまけにたいした闘志を秘めている。

「新しい本拠地が必要だな」

「いい場所があるわよ。あなたのコタ！　わたしの記憶が正しければ、美味しいワインも何本かあるでしょう。それが仕事に彩りを与えてくれる。まだ残っていればだけど」

ニーナの顔が満面の笑みに輝いている。ニーナはクレメットに手を伸ばした。クレメットもそれを握り返し、笑顔になった。

午後は買い出しをして、スノーモービルやそれをのせる小型トレーラー、予備のガソリンなどを調達して終わった。車の後ろに小型トレーラーを連結した状態でクレメットの家の前に停め、そのままコタに入った。クレメットが薪をくべると、炎はあっという間に燃えだした。中はまだ寒かったが、ニーナはすぐにリラックスした。クレメットは見事にこのコタの中に温かな雰囲気をつくりあげている。ニーナはトナカイの毛皮に座り、すぐにフォルダを取り出した。クレメットも彼女の隣に座り、自分のフォルダを取り出した。コタには二人ともくつろいで座れるくらいの広さがあった。クレメットはクッションや箱を動かし、作業できる環境を整えた。目につかない位置に設置されたコンセントにパソコンをつなぐ。ニーナはそれを見て微笑んだが、何も言わなかった。

「GPSからやるか」クレメットが提案した。

二人はそれぞれ自分のクリアファイルからGPS座標のリストを取り出し、クレメットが五万分の一の地図を広げた。それから二時間、コタの中には沈黙が流れた。地図に点が打たれ、赤い線が引かれていく。二人とも作業に熱中し、捜査から外されてからむしろやる気が二倍になった気がした。それに初めて、完全にお互いを理解できているという感覚が二人を結びつけていた。

41

一月二十四日　月曜日
カウトケイノ　二十時十分

最初に兆候を捉えたのはクレメットのほうだった。ＧＰＳの情報を整理するのは想像よりもずっと大変な作業だった。燃えたせいでデータは一部壊れていたが、最後には二人で規則性をみつけ、座標を時系列に並べることに成功した。そのあとは比較的早かった。情報を地図に描き入れるだけだ。クレメットはニーナにも同じやりかたで作業するように頼み、三十分後にはルートが判明した。ざっくりとはいえ、いろいろなことを語ってくれる情報だ。クレメットはそれを警察が使っている位置情報プログラムに打ちこんだ。こうやって日曜も月曜も数字と戯れた結果、マッティスが死ぬ前の日々、まだ生きていてスノーモービルで移動していたときの様子が目の前に浮かび上がったのは感動的なほどだった。

画面に現れた赤線のほとんどが、マッティスが自分のグンピの周辺を移動していたことを示している。トナカイの世話をしていたのだろう。いろいろな方向に行っては戻っていたのがわかる。その赤線をさらに伸ばせば、隣接する各放牧地にたどり着く。それに、グンピにいる時間が日に日に長くなっていたのも読みとれた。

「近隣ともめていたわりには、あまりに長い時間をグンピ内で過ごしていた」クレメットが指摘した。「どうにも長すぎる。ほとんどの時間、トナカイを放置していたわけだ。少なくとも、死ぬ前の数日は。近隣のトナカイ所有者たちが怒り狂うのもよくわかるよ」

そこにあってはいけないルートに気づいたのはニーナだった。少なくとも、そのタイミングであってはいけないルートだ。

「ベーリットが朝の五時にスノーモービルの音を聞いたと言っていたでしょう」

「ああ、五時頃だ。ヘッドライトが寝室を照らしだしたと。運転手は鮮やかな黄色の作業用オーバーオールを着ていた。最後のGPSデータを見てみろ」

ニーナは地図を拡大した。

「四時二十七分、それが最後にグンピの前にスノーモービルを停めた時間。夜遅くまでトナカイの世話をしていたと言ってたけど」

「そのとおりだ。つまり、朝の五時に博物館にはいなかったことになる。マッティスのグンピからあそこまで、少なくとも二時間はかかるからな」

「ということは……」

「ということは、グンピとカウトケイノを往復したこの移動はどういうことだ？　それも日曜の夜……」

「盗難があったのと同じ夜」

「ああ。スノーモービルはカウトケイノを一時五十二分に出発している。つまり帰るのに二時間半かかったわけだ。あの夜の吹雪を考えると、普通より時間がかかったのも不思議はない」

「つまり結論としては」ニーナが続けた。「マッティスはあの夜、トナカイの番などしていなかった。わたしたちにはそう言ったのに」

「あんなに疲れていたのも説明がつくな」

二人はまたルートを見つめた。

「マッティスが真実を話していたという可能性はある？　誰か別の人間が彼のスノーモービルを借りたとか？」

「まずグンピに来てから借りたということか？」

クレメットが不満そうに口をとがらせた。

「わかっているのは」ニーナがまた口を開いた。「もう一台、二人の人間が乗ったスノーモービルが存在したこと。それが何時にグンピに来たのかはわからない。何をしにきたのかも。もしかするとマッティスを手伝いにきた他のトナカイ所有者かもしれない。自分の領地からマッティスのトナカイを追い返す手伝いをするため？　なのになぜかけんかになったとか？」

「マッティスは手伝いのことなど話していなかった。よく考えてみると、一晩じゅう独りで番をしていたとはっきり言ってたじゃないか。手伝ってもらったならなぜ隠す？　それはおかしいだろう。そう、おれが思いつく説明はひとつだけ……」

ニーナを見つめると、彼女も同じことを考えているようだった。それでも口にするのが憚られるのだ。

「ベーリットが時間を間違えたってこと？」

「そう、間違えた。もしくは……嘘をついたか」

「嘘？　ベーリットが？　そんなことありえない！　朝五時に聞いたのは他のスノーモービルの音かもしれない。泥棒のだったとか」

「確かに、そういう推測もできる。だがマッティスのスノーモービルが、乗っていたのがマッティスかどうかは別として、博物館の近くにあったことは間違いないだろう？　つまりベーリットの家のあたりに。日曜夜の十時頃からだ。そのあと深夜までそこから動かなかった。何もかも怪しいな」

クレメットは急に時計を見た。

「八時三十分か。ニーナ、まだ平気だ。ベーリットのところへ行ってみよう」

クレメットとニーナはその十分後、ベーリットの家の前に車をつけていた。二人ともしばらく車の中で座ったままだった。ベーリットの小さな木造の家は、博物館の入口からほんの数十メートルしか離れていない。家の中には明かりが灯っている。ベーリットは普段早く床に就くが、今日はまだ起きているようだ。ここからも博物館のエントランスが見える。二階の窓辺に立てば、もっとよく見えるだろう。今は外が真っ暗だし、盗難のあった日の朝五時も同じくらい暗かったはずだ。ユースホステルも見えた。細い道路の反対側に。同じ夜、騒がしいパーティーがあった場所だ。

ベーリットの家は壁ぎわまで雪が積もっていた。雪の一部は屋根から滑り落ちたものだ。屋根にも厚く積もった雪が街灯の光に輝いている。ベーリットは玄関の前は雪かきをしていたが、家の周りは手をつけていないようだ。雪が窓の高さまで積もっている。ベーリットの車は小さな庇《ひさし》の下に停められていた。庇の下には薪置き場もある。キッチンの窓の中にゆっくり動く人影が見えた。ある窓の下には平行なスキーの痕が何本か雪に残っている。二人が歩くとクリスタルのような雪が軋《きし》んだ。気温はまたマイナス三十度近くまで下がっていた。クレメットがドアをノックすると、中からかすかな音が聞こえ、ドアが開いた。

ベーリットは驚いた顔で二人を出迎えた。その視線が一人、そしてもう一人に移動する。ニーナだと気づいたときに、ベーリットの顔がほころんだ。

「さあさあ、こんなところに立ってないで入ってちょうだい。凍え死んでしまうでしょう」

二人は中に入り、ブーツを脱いだ。ベーリットは彼らをまっすぐにキッチンへと案内し、小さな唐檜《とうひ》のテーブルにつくよう勧めた。真っ青なウール地の美しいコルトを身に着けている。スカートの裾は劇場の幕のようなひだの入った赤いビロードの布で、スカートとの境目に細い黄金色の帯がついている。肩にはサーミの伝統的な色使いである赤、黄、緑、青のカラフルなショールをかけ、胸のところの小さな飾りで留めている。穴の開いた極小の金属の円盤を幾何学的な模様に組みあわせた飾りだ。頭には赤いウールの帽子、それにも黄金色の帯がついていて、半分まぶたに隠れた茶色の瞳と皺《しわ》のよった顔を照らしている。ベーリットは両手を組みあわせたまま、不思議そうな顔で二人を見つめた。

「コーヒーはいかが？」

答えも待たずにベーリットは向こうを向き、コーヒーメーカーをセットした。キッチンの家具は地味なものだった。小さな家全体がそうだ。クレメットは二階にあるのはせいぜい二部屋だろうと推測した。リビングもこのキッチンと同じくらいのサイズしかないのだろう。まあ少しは大きいのかもしれないが。洗濯部屋は家の中にあるようで、おそらく古い冷蔵庫の左手にあるドアの奥がそうだ。床は茶色のリノリウムマットで、キッチンの家具は唐檜にニスを塗ったものだ。日用品はそれぞれずっと前に与えられた場所に鎮座している。コーヒーのパッケージと、白樺の皮を編んだ小さなバスケットの中にリンゴが二個ある以外に、食料は見当たらない。小さなテーブルではランチョンマットが一枚、テーブルクロスの代わりを務めている。古いマットはでこぼこで、ナイフ痕がいくつもある。ベーリットはニーナの母親が見たら感動するような質素さの中に暮らしていた。部屋の薄暗さは居心地のよさを醸《かも》しだしているというよりは、哀しみとあきらめを強めているように感じられた。ベーリットは人生の祝福を味わうことのなかった女で、最低限必要なものだけで我慢している。そういう人生のくじを引いたというだけではこれほどの質素さの説明がつかない。しかし彼女のレスターディウス派の信仰は富や華美さを奨励してもいない。

ベーリットはまた二人に微笑みかけ、カップを二個取り出した。キッチンにあるたった二個のフルーツをナイフで薄く切り、二枚の皿にのせると、二人の前においた。小さなキャンドルをひとつだけ灯し、それをテーブルの真ん中におく。自分はグラスに水を注いだ。クレメットとニーナは黙って座ったまま、その厳かな瞬間に敬意を払った。何も言わずとも、それぞれに老女の一挙一動を読みとろうとし、質素なキッチンの中にカラフルなコルトが浮かび上がる中、皺のよった善良な顔の表情を見極めようとした。

沈黙を破ったのはベーリットだった。

「わたしに何かお手伝いできることでも？　マッティスの事件のことは何かわかった？」

「捜査は進んでいる」クレメットが答えた。「それに、あなたが助けてくれるのを心から願っているよ、ベーリット。いや本当に、あなただからできると思うんだ」

ベーリットは両手を組んだまま微笑んだ。

「ええ、もちろん。神の御心《みこころ》のままに」

クレメットはうなずいた。自分が落ち着いて理性的に見えるように、リュックから地図を取り出す。ベーリットが水のグラスを手にテーブルに近づいてきた。

「ベーリット、あなたはスノーモービルの音を月曜の朝五時に聞いたと言った。だが、それを裏づける証拠は何もみつけられなかった。おかしいと思わないか？　その一方で……別のスノーモービルがその数時間前にここに来ていたことがわかったんだ」

クレメットはそこでいったん言葉を切った。ベーリットはまだ熱心な顔に笑みを浮かべている。しかしクレメットにも、彼女が少し強くグラスを握ったのが見えた。

「そうなの？　本当に？」

「あの晩、ユースホステルでパーティーがあったのはご存じ？」ニーナが尋ねた。

「パーティー？」

「そのときの時刻は覚えていないかい？」クレメットはベーリットに答える時間を与えずに問いかけた。

ベーリットは次々と繰りだされる質問に不安と緊張を感じているようだった。バランスを取るかのように、目の前の椅子の背につかまった。

「パーティー、時刻……全然わからないわ。ごめんなさい、もう歳で」

半分垂れたまぶたと、急に当惑した様子は、誰でも気の毒になるようなものだった。

「ベーリット、スノーモービルの音で目が覚めたと言っただろう？　今夜、おれたちの車の音は聞こえたか？」

「え？　ええ……いや、どうかしら。考えてなかったから。部屋を片付けていて……」

「ベーリット。あの晩は雪嵐だった。すごい風だった。スノーモービルの音が聞こえたはずはない。強風がそれをかき消したはず。そういうことだ」

ベーリットは答えなかった。椅子の背を強くつかみ、口が不思議な動きをした。まるで下唇を噛むような。それでも答えなかった。クレメットはそろそろしっかり圧力をかけるタイミングだと思った。

「もうひとつある。ベーリット、マッティスのスノーモービルは夜じゅうここに停まっていた。日曜の夜二十二時から翌日の未明までだ。午前二時まで。それって不思議だと思わないか？

それにあの、積もった雪についたスノーモービルの痕。誰かがここにやってきてうまく止まれなかったみたいだな。それもやはり、実に不思議だ」

「ああ神様、神様……」ベーリットがそう叫び、震える手で水のグラスをテーブルにおいた。水はぎりぎりこぼれはしなかった。

ニーナが立ち上がり、ベーリットの肩を抱いた。椅子を引き出すと、優しく座らせる。ベーリットは素直に従った。

「ベーリット」ニーナは老女の右手を、自分の両手で包みこんだ。「マッティスはあの夜、ここへ来たの？」

「ああ神様。神様、どうか……」

ベーリットは絶望した瞳でニーナを見た。ニーナは相手を安心させようと微笑んだ。するとベーリットはニーナを見つめ返してから、クレメットの顔を見た。クレメットはテーブルに身を乗り出し、少し近づいた。ベーリットはまたニーナに視線を戻し、ニーナは相手から視線をそらさなかった。

「ああ、神様。どうかわたしをお助けください」ベーリットはそう言って急に泣きだした。涙が滝のように溢れたが、止めるつもりもないようだ。泣きながら神に祈り、頭を振り、無意識にニーナの手を強く握っている。ニーナは床に膝をつくと、両手でベーリットの手を強く握り返した。クレメットはペーパータオルを探したが、キッチン用のタオルしか見当たらず、立ち上がってそれをベーリットに手渡した。ベーリットは頭を振りながら嗚咽《おえつ》を洩らしている。ニーナはタオルのきれいな部分でベーリットの目の下を拭いた。するとベーリットは現実に戻ってきたようだった。涙だらけの顔を一瞬輝かせた。それから悲しげに微笑み、震える手でニーナの頬を撫でた。鼻をすすり、クレメットを見つめる。

「ええ、あの夜マッティスは来たわ。それが最後になった」

ベーリットはさらに激しく泣きだした。クレメットとニーナは顔を見あわせた。ニーナはベーリットの反応にうろたえ、目に涙を浮かべている。クレメットはうなずいてニーナを促した。

「ベーリット、わたしたちに話してみて」

「ああ神様。ああ、神様……」

それでも声が少し落ち着いてきた。ベーリットは軽く頭を左右に振ってから、こう言った。

「気の毒なマッティス。人生で一度も幸運に恵まれなかった。あの晩は絶望していて、それにお酒も飲んでいて、ああ神様――すごく酔っていたんです」

「いったい何があったんだ？　なぜそんなに酔っていた」

ベーリットは涙を拭いた。

「あの太鼓よ、クレメット。太鼓。マッティスは太鼓にとり憑かれていた、それは知っているでしょう？　ヘルムートの博物館の太鼓は特別だった。あれは本物だったでしょう。誰かに吹きこまれたようなの。あの太鼓が、父親より立派なノアイデになれる力を与えてくれると。ああ神様……クレメット、わたしがどれだけ説得しようとしたかは神様がご存じ。でもあの夜、マッティスはお酒を飲み始め……外に出ていった。しばらくして戻ってきたときには、毛布に包んだ何かをもっていた。それをもったままうちの二階に上がり、部屋に入った。ヨイクを唄うのが聞こえてきた。愚痴をこぼし、怒鳴り、ヨイクを唄うの繰り返しだった。そして怒りだし、何かが割れる音が聞こえた。泣き声も。二時間くらいその状態だった。恐ろしかったわ、永遠に終わらないかと思った。一度など本気で心配になり、二階に上がってみた。でもドアを開ける勇気はなかった。鍵穴から覗いてみたの。ああ神様、善良なる神様、ひどい光景だった……。わたしはすぐに一階に下りたわ」ベーリットは怯えきった様子で語った。「そしてまたここに座り、まさにこの椅子にね、神に祈った。祈ったのよ」

ベーリットはそこで水を一口飲んだ。表情が落ち着いてきている。もう泣いてはいなかった。

「やっと下りてきたときには——ああ、かわいそうなマッティス——あの子は恐ろしく不幸に見えた。ひどく絶望していた。周りが何も見えていないようだった。そんな様子は今まで一度も見たことがなかった。キッチンに入ってきたときも、まだ少し泣いていた。それからさらに激しく泣いて、わたしに抱きついてきた。まるで子供みたいに。だけどすぐに身体を離し、こう言った。あの男にはきっちり償わせてやる、これを返してほしければな、と。言ったのはそれだけ、でも覚悟を決めた顔つきだった。それからまたオーバーオールを着ると、行ってしまった」

ベーリットはまたキッチンタオルをつかみ、しばらくそれを口に当てていた。感情のたかぶりが彼女を黙らせていた。

「そのあとはもう二度と会えなくなった」声を詰まらせてそう言った。そしてまた大声で泣き始めた。

クレメットとニーナはベーリットを泣かせておいた。ニーナがまた優しく手を握った。

「そのとき何時だった？ マッティスが帰ったのは」

「さっきあなたが言ったくらいの遅い時間だったと思う。二時か二時半くらい。わたしは死ぬほど疲れていて」

「つまり真夜中に一瞬、マッティスはどこかへ行ったんだな？ だがどこへ？」

ベーリットはクレメットを見つめた。

「あなたはよく知っているでしょう、クレメット。マッティスは博物館に行ったのよ。太鼓を盗んだのはあの子。太鼓が力を授けてくれると誰かに吹きこまれたせいで。ああ神様、あの夜じゅうマッティスは太鼓を操ろうとしていた、それはわかったわ。従わせようとしていた。だけどうまくいかなかったのよ、もちろん。騙されたとわかったときに完全に打ちのめされた」

「さっきの、あの男にはきっちり償わせてやる、これを返してほしければな、というのは誰に対して言ったんだと思う？」

「それは知らない。でもそのせいであの子は死んだのよ！」

42

一月二十四日　月曜日
カウトケイノ　二十一時五十分

　新しい署長代理の方針は、意外なほどの速さで浸透した。ブラッツェンがはっきりと皆に周知したのだ。躊躇《ちゅうちょ》はするな。力ずくで迅速に実行しろ。求められるのは結果だ。「本気でいくぞ」できることなら警官たちを武装させていただろう。だがそれはやりすぎだと判断したようだ。情報筋によれば、オラフ・レンソンはキルナにいるらしい。ブラッツェンはスウェーデンの同僚たちの注目を集めるのは賢くないと考えた。ことを複雑にするだけだ。それにお役所的なしがらみも大嫌いだった。サーミ人やパキスタン人よりも。レンソンがカウトケイノに戻るのを待ったほうがいい。サーミ議会の会議は今日の午後に終わっている。ブラッツェンはこっそり嗅ぎ回り、レンソンが明日の朝にはカウトケイノに戻ってくることを突き止めた。

　二チームがヴィッダに出ていき、明日の朝にはヨハン・ヘンリックを抜き打ちで訪問するつもりだった。ヨハン・ヘンリックがトナカイのもとへ出かけていく前に。グンピからできるだけ近いところで野営をして、夜明けとともに行動を起こすことになっていた。慎重な行動が求められるが、トナカイ所有者が抵抗するとは思っていない。権力者に敬意を払うサーミの慣習を考えるとだ。むしろ問題になりそうなのはレンソンのほうだった。レンソンはメディアにも連絡して、怒りのポーズを決めるだろう。昔からそれが大得意だった。スウェーデンで鉱山機械を爆発させようとした容疑がかかった当時から。

すべて予定どおりにいけば、火曜にはその二人を錠のかかった部屋に閉じこめることができる。いや、もっと早いかもしれない。いい仕事をしたぞ——とブラッツェンはつぶやいた。オルセンは間違っていなかった。それにこのまま計算どおりに進めば、そしてフランス人とアスラクがツンドラの大地でおれと同じくらいの優秀に立ち回れば、まもなくおれは金持ちに……。

サプミ内陸部　二十二時十分

アスラクは異邦人とともに野営地に戻ってきた。今日という日はいつもよりさらに長かった。フランス人はテントの隅に引っこみ、もち帰った岩のかけらを眺めている。ノートに何か書きとめながら、地質図を見つめ、印をつけ、本で調べものをし、ルーペで観察し、大きさを測り、またノートにそれを書きとめ、その間じゅう汚い言葉を吐いている。

アスラクは目の前にいる男ほど石に関する知識はなかったが、どの石が柔らかくて彫りやすいかは知っていた。トナカイの角に彫るのも同じくらい好きではあるが。彫る技術は遊牧生活の中で祖父から教わった。祖父はもうトナカイの世話をするには歳をとりすぎていて、ふたつの場所の間に張られた野営地で過ごしていた。その二カ所の距離は、トナカイたちがどこにいるかによって変わる。遊牧生活では、トナカイとともにこうした移動を年に二回行う。トナカイたちは春になるとサプミの内陸部にあるヴィッダを出ていく。仔を産んだあとに、沿岸ぞいを北に向かうのだ。緑豊かな北極圏の島々を目指して。ヴィッダの暑さや気が狂いそうな数の蚊から逃げるためだった。トナカイの群に同行する旅は一カ月にも及ぶ。またヴィッダに戻るのは秋だった。夏の餌がなくなると、トナカイたちは自分でヴィッダへ戻る道をみつけて帰っていく。冬の食生活は質素なものだ。地衣類だけ。それが可能なのは地衣類が充分な雪に守られているおかげだ。

アスラクは覚えている。ゆっくりと進む長い移動の間に、今まで感じたことのない感情を体験したことを。大人になってからは一度も感じたことのない感情だ。ときどき彼を訪ねてくる若いトナカイ牧夫は、幸せという言葉を口にする。アスラクにはその言葉の意味がわからない。わかるのはただ、子供だった自分は祖父から、人間の人生でとても大事なことをすべて学んだということだけ。

祖父はとても足が悪かった。それでも野営地での長い滞在の間に、ずっと離れた場所で移動中の群が餌を食べられているかを牧夫たちが確認しに行っている間に、散歩に出かけることがあった。一度祖父はアスラクを丘の頂上まで連れていった。それほど高い丘ではなかったし、てっぺんは平らだった。そこからは目の届くかぎり他の丘が見えていた。アスラクはあの日、祖父がこう言ったときに丘を愛するようになった。「わかるか、アスラク。丘はお互いを尊重しているんだ。どの頂も、相手より高くあろうとして相手を陰にしたり、隠したり、美しくないなどと言ったりはしない。ここからならすべての丘が見えるだろう？　お前が向こうの頂に上がったとしても同じことだ。周りの丘がすべて見えるのだ」それまで祖父がこんなに長く話したことはなかった。その声はいつものように落ち着いていた。少し悲しげだったかもしれない。「人間も丘と同じならいいのに」老人は言った。アスラクは何も言わなかった。ただ祖父を見つめ、自分の周りに広がる景色を見つめた。サプミの丸みを帯びた丘の連なりがこれほど美しく見えたことはなかった。果てしなく広がるヒースの海は炎と血と土のグラデーションのようで、太陽に輝き命に溢れている。その丘の頂上で、二人は何時間も黙って座っていた。やっと祖父がナイフを取り出し、それを彫り始める。そこには二人のイニシャルと、今日の日付が刻まれていた。祖父はふたつの大きな石の間に角を差しこんだ。祖父は、疲れた様子だったが、野営地に戻る前に、アスラクに角を見せた。道中でトナカイの角を一本拾った。「わしが死んでも、人々は今日、わしが孫と一緒にここにいたことを知るだろう」

カウトケイノ

　クレメットとニーナは少しの間、二人でリビングに引っこんだ。ベーリットの話を信じたからだ。マッティスの農場とグンピは家宅捜索したが、太鼓はそこにはなかった。キッチンに戻ると、淹れたてのコーヒーと新しいキャンドルが二人を待っていた。ベーリットは涙を拭き、目の周りを赤く腫らしている。彼女をよく知るクレメットは、彼女がずっと苦しんできたのを感じた。クレメットはベーリットに歩み寄り、肩を抱き寄せた。

「ベーリット、なぜ時刻のことで嘘を言ったんだ？　警察に嘘をつくのはだめだって知ってるだろう？」

ベーリットは果てしない悲しみが宿った瞳で彼を見つめ返した。

「マッティスはわたしにとって弟のようなものだった。まだ若いとき、彼が生まれるときにお産を手伝ったの。家族ぐるみで付きあいがあってね。ヴィッダのグンピで暮らす時期には、マッティスはときどきうちにやってきて食事をし、上の部屋に泊まっていった。町のずっとはずれにある小さな農場に帰るよりも便利だったから。洗濯もしてあげた。食べるものも渡した。話も聞いてあげた。わたしが彼のことを批判したりしないのを知っていたから、ここではつかの間の平和を感じられたのね」

クレメットはうなずいた。

「ベーリット、マッティスが死ぬ前の数日に誰と会っていたかを知りたいんだ。彼が帰る前に話していた人間を探し当てることがすごく重要だと思う」

ニーナはオフィスから持参した写真の束を取り出した。二件の事件――とはいえ今この瞬間から確実に一件になったのだが――の主要な登場人物の写真をいくつかの山に分けた。強盗犯が誰なのかはわかった。あとは、マッティスが一人でやったのかどうかだ。ニーナは写真を並べた。顔が次々と流れていく。マッティス。アイロ。ヨン。ミッケル。ヨハン・ヘンリック。オラフ。牧師。博物館のヘルムート。ベーリット自身。そしてアスラク。まだラカニャールの写真はない。ニーナはアウトドア・センターの娘ソフィアの写真も入れた。そして誰一人洩らさないように、それに何より記憶に残しておくために、アスラクの妻とNRKの記者、ヨハン・ミッケルセンの写真も混ぜておいた。

ベーリットはしばらく何も言わずに写真を見つめていた。クレメットとニーナは彼女の反応をこっそり観察していたが、ベーリットは何よりも悲しげだった。そしてアスラクの妻の写真に触れた。

「気の毒な子……」

ベーリットはさらに写真を見ていった。そして申し訳なさそうに頭を振った。

「なんと言えばいいのか……。マッティスはこの人たち全員を知っていた。ヘルムートには観光客向けの小さな太鼓を買ってもらっていたし。ほらね、いつも太鼓の話が出てくる。太鼓から逃れられなかったのよ、かわいそうなマッティス。牧師は、そうね……マッティスは教会には行かなかったし、神様のことも信じていなかった。大きな助けになったかもしれないのにね。マッティスは独自の世界に住んでいた。すべてのものに魂があると。小さな岩や、木や、何もかもに」

ベーリットは反射的に十字を切った。最初の山にあった写真は向こうへやり、次の山に進んだ。まずはアスラクの写真を脇へよけた。ゆっくり丁寧《ていねい》な手つきで。その写真からしばらく視線を離さなかった。それからオラフの写真を手に取った。

「オラフとはあまり付きあいはなかった。オラフはマッティスを少し見下しているところがあって。マッティスがあまりにも……変わっているからと。マッティスは一度オラフが主催した政治的な集まりに参加したことがあった。マッティスもそういうことに興味をもっていたから。サプミの歴史や自治、サーミ人独自の価値観なんかにね。マッティスはそういうものを愛していた。本人もそう言ってたし。サーミ議会の選挙では、オラフに票を入れていたんじゃないかしら。でもオラフがマッティスの手を借りたいとき、例えばマーケットが開かれる日にフライヤーを配るとかなんだけれど、マッティスは毎回行くのを忘れた。オラフはそれに嫌気がさして、マッティスのことを批判するようになった。太鼓づくりに没頭するなんて、サーミの地を観光客向けの文化テーマパークにしたがっている政治家たちを有利にするだけだと。オラフがそう言ったのを覚えている。すごく意地悪だと思ったから」

ベーリットはオラフの写真をアスラクの上におき、次の写真を手に取った。アイロ・フィンマンだ。また口を開く前に、ニーナが彼女の手を取った。

「ベーリット、アスラクについては何も言わなかったけれど……マッティスとはかなり親しかったんでしょう？　そうじゃない？」

ベーリットはずるをした現場を押さえられた少女のような顔になった。まぶたがさらに目を隠した。

「ああ、アスラクね。そう、そのとおり。二人は親しかった。お互いを尊敬していた。でもヴイッダで会っていただけ」

ベーリットはまたアイロの写真を手に取り、アスラクについてはなるべく話したくないようだった。ニーナはその態度に驚いたが、ベーリットが先を続けるのを止めはしなかった。

「この男は、マッティスがいちばん付きあいづらかった相手ね。この男と、あと二人。いつも一緒にいる三人。アイロ・フィンマンとその一族……。なんでも自分たちの思いどおりになると思っている。ヴィッダの全員を脅し、肘で押しのけてのしあがってきた」

「マッティスはアイロたちとも付きあいがあったの？」

「付きあいがあったも何も……まあそう言っていいでしょうね。ときどき小さな仕事を一緒にやっていた。マッティスが彼らを手伝うこともあった。トナカイを分離するときなんかにね。マッティスには言ったんだけど、あんなやつらと付きあうなと。でもマッティスは人の意見を聞かなかった。アイロたちはマッティスの太鼓を闇で売ってあげてもいた。怪しい取引もしていたけれど、わたしは絶対に知りたくなかったから。でもクレメット、あなたは知っているでしょう？　ノルウェー、フィンランド、スウェーデンとサプミを横断する長距離トラックの運転手たち。彼らの手を借りて密輸入が行われていることを」

「日曜にここに来る前に、マッティスはどこに行っていたと思う？　GPSの履歴によれば、カウトケイノには二十二時には来ていた。だがここに来たのはもっとあとだろう？」

「ええ、そうかもしれない。もう時間は覚えていないけれど。GPSがそう言うならそうなんじゃない？　でもマッティスが誰と会っていたかは知らない。誰かと会っていたのかどうかも。

ひとつ確かなのは、ここに来たときにはすでに酔っていたこと。驚くことでもないけれど。ここにはお酒がないことを彼は知っていたしね。ここでは誰にも飲んでほしくないから。でもわが主は、あの夜……ああ神様、マッティスはいくらでも飲み続けて……」

クレメットとニーナが礼を言い、ベーリットは最後の写真を山に戻した。そのまま視線が横へそれ、ニーナが外しておいた写真を捉えた。アンリ・モンスから借りた、一九三九年の探検旅行の写真だった。

「あらまあ」ベーリットがおもむろに言った。「この男がここで何をしているの？」

警官二人は写真に身を乗り出し、近くにあったキャンドルに近づけた。

「誰のこと？」ニーナが尋ねる。

「この男よ。小柄で口髭のある」

「誰だか知ってるのか⁉」クレメットが思わず叫んだ。

「いいえ、でも先日オルセンの家の二階をすごく久しぶりに掃除したときに、寝室で写真を見て……そこにこの男の顔があった。オルセンの父親なんじゃないかと思うけど」

カール・オルセンの父親――。なるほど、それでこの男が探検旅行に参加していたことに説明がつく。老オルセンは当時もう農業をやっていて、探検隊に装備や乗り物、あとは家畜、つまり馬や驢馬《ろば》なんかを提供したのだろう。しかしなぜニルス・ラッバとエルンスト・フリューガーが別行動をとったときに彼も消えたのかがわからない。カール・オルセンはまだその頃は生まれてもいなかった。だが父親からその旅行のことを聞いているかもしれない。

「オルセンを訪ねてみよう」クレメットが言った。「何かわかるといいが。オルセンは普段、何時頃なら農場にいる?」

「朝は必ずいると思う。今はミッケルとヨンが来て、農業機械のメンテナンスをしているから。あの二人はいつも朝に来る。そうするとオルセンは彼らがちゃんと仕事をするかどうか見張っているの」

「ヨンとミッケル? あの二人は前からオルセンのところに来ているのか? 車の修理工場を手伝っているだけだと思っていた」

「あの二人はどこにでも現れる。もう数年になるかしら。ええ、そのはずよ。オルセンの農場に来るようになってからね。それにマッティスもときどき農場に来ていた、あの二人に会うために。そして一緒に機械いじりをしていた。マッティスはオルセンから道具を借りたりもしていた。さっき言った怪しい取引も、そこでやってたんじゃない?」

クレメットの携帯が鳴った。画面に浮かび上がった名はトール・イェンセンだった。シェリフが帰ってきた! クレメットはリビングに戻ると、電話に出た。通話はほんの数分で終わった。シェリフはトナカイ警察が捜査から外されたことを聞き、今夜じゅうにクレメットと会いたいと言った。その口調は真摯《しんし》だった。やっとシェリフが戻ってきた――クレメットは嬉しかった。

キッチンに戻ると、ニーナが輝くような笑顔を放っていた。なんとも満足そうな、ちょっとからかうような笑顔。小さなキッチンのテーブルには、毛布の上に黒っぽい楕円形のものがのっていた。それがなんなのかクレメットにも一目でわかった。目の前にあるのはマッティスが盗んだ太鼓だった。マッティスの死を招いた太鼓――。

43

一月二十四日　月曜日
カウトケイノ　二十三時三十分

クレメットのコタに戻る間、車内は興奮状態だった。さっきニーナは突然、いちばん大事な質問をベーリットにしていないことに気づいたのだ。マッティスは太鼓をこの家の寝室に残し、預かってくれるよう頼んだのだった。ベーリットはそれをしまっておいた。キッチンの棚に。警官たちは即座にそのお宝に飛びかかった。そしてベーリットには、このことは誰にも言ってはいけないと厳しく命じた。まだ継続中の捜査なのだから。すでに虚偽の証言と盗品の保管罪を犯してしまったベーリットを説得するのは難しくなかった。

「太鼓をどうしたらいい？」ニーナが尋ねた。「正式にはわたしたちはもう捜査に関わってはいない。今頃ヴィッダでトナカイの群を数えてなきゃいけないのに」

「わかってる。だがもう楽しみを終わらせるつもりか？　おれはブラッツェンに太鼓を渡すつもりはないが」

「でも、ブラッツェンはトナカイ所有者たちを拘束しようとしている」

「ブラッツェンは、マッティスを殺したとしてあいつらを拘束しようとしているんだ。太鼓の盗難容疑じゃない。さすがのあいつも、がさ入れを決行すれば奇跡みたいに何もかも解決すると思っているわけじゃないだろうし。奇跡を起こすには神様に頼るしかない」

「でも、太鼓をみつけたことを秘密にしておける？　しかも国連会議まであと数日」

「わかってる、ニーナ。何もかも完璧に確実にことを進めなきゃいけない。まずはこの太鼓が何を教えてくれるのかだ。ブラッツェンには墓穴を掘らせておけばいい。それからだな、すべてが秩序を取り戻すのは」

「うーん……わたしは駆け引きは気に入らない」ニーナはそう言った。クレメットも彼女が不満をもっているのが声でわかった。「それにシェリフは？　彼のことは巻きこむ？」

クレメットはまだ心を決めかねていた。トール・イェンセンは自分たちの味方のはずだ。しかし彼がどういう心づもりでいるのかを確認するまで待ちたかった。

「まもなくわかるだろう。コタに来たら」

「じゃあ太鼓は？　守らなくちゃいけないんじゃない？　博物館のヘルムートは、展示する前に保護加工を施すつもりだったと言っていた。うっかり傷つけたりしたら取り返しがつかない」

「明日の朝いちばんに叔父のニルス・アンテのところに行こう。叔父ならどうすればいいかを知っているはずだ」

コタに入ると、二人は太鼓に飛びついた。炉の炎がコタの壁に幻想的な影を広げている。それが太鼓に描かれたシンボルに命を吹きこむかのようだった。一本の線が太鼓の上部に引かれている。アンリ・モンスが覚えていたとおりだ。確かに何頭か、シンプルな形のトナカイがいる。洞窟の壁画のようなタッチの絵だ。それにまさしく十字も描かれている。しかしそれだけではなかった。

ニーナはまず反射的にカメラを取り出し、太鼓を今度こそ写真に収めた。その存在を後世に残すためにも。それから、きつく革を張った太鼓の表面、ところどころひび割れた革に描かれた柄を観察し始めた。

線の上にも下にも、トナカイがいるのがわかる。魚もだ。二羽の黒い鳥はカラスだろうか。鳥の種類を特定できたところでなんの手がかりにもならないだろうが。大きなヘビは、他の動物と比べるとかなり太いヘビだが、ここでは縮尺はあまり大事じゃないのかもしれない。だって鳥も魚もトナカイも同じ大きさなのだから。インドのもののような文字も見える。とはいえなぜインドだと思うのかは自分でもわからない。唐檜《とうひ》の木、太陽、それとも太陽の中に人？十字の左下には、円の中にボートのようなものが見える。上下を分けた線のすぐ下には鶏小屋の金網を思わせるような柄がある。同じ線の上にさらにひし形が。右のほうには太鼓の端に奇妙な波形が描かれている。ニーナはモチーフが非対称であることに驚いた。しかしなんと美しいデザインだろう。ここに描かれたものすべてが、ここの人たちにとって意味をもつのだと自分に言い聞かせる。でもこれはどういう記号システムになっているのだろうか。ニーナの視線が十字に戻っていった。幅の広い二重十字で真ん中にひし形がついている。十字の各部分にもシンボルがついていて、ひし形の真ん中にもうひとつ十字がついている。ニーナはクレメットを見つめ、その目の中に一筋でも理解の光があることを願った。

「どう思う?」

クレメットもさっぱりわからなかったが、それを認めたくなかった。少なくとも、すぐには。しかし太鼓の複雑な模様を見たとき、自分とサーミ文化の間に横たわる溝がどれだけ深いかに気づかされた。これまでもずっとそうだった。何十人もの研究者が、誰かの死体をまたいででもこの太鼓を手にしたいと思うのだろう。なのにクレメットには何も見えてこなかった。悲しいかな、サーミ文化からずっと離れたところで育ってしまい、ニーナと同じくらい無知だった。この太鼓は文化の心臓部とも言えるものなのに。そしてその歴史——その瞬間、叔父の言葉がよみがえった。サーミ人は宗教戦争の犠牲者になった。正真正銘の宗教戦争。そして負けた。クレメットはその典型的な産物だった。太鼓を前にして激しい感情が湧いてもいいはずなのに、心が空っぽなだけだった。

クレメットはまた太鼓を見つめた。上下を分ける線はずいぶん上のほうにある。十字はその線に分けられた大きいほうのエリアの真ん中にある。十字にはたっぷり装飾が施されているが、珍しいことなのだろうか。クレメットにはまったくわからない。トナカイ、魚、鳥、唐檜の木はわかったと思う。おそらく丘も。そしてこれはサーミのテントだろうか。それすら定かではなかった。詳しいふりなんかするな、と自分に言い聞かせる。おれはサーミ人の劣等生だ!

「シェリフに電話しないと」ニーナが言う。

「ああ。彼も巻きこんだほうがいいな。だがニーナ、サーミ人ではなく、サーミの文化を知らないきみにはこの太鼓に何が見える？　初めて見る場合のほうが明瞭に……」

ニーナはすでに当初の言葉も出ないような驚きは克服して、今は感動に酔いしれていた。

「そうね、そうかもしれない。いくつかのものが見えている気になっている。でもそれは太鼓にまつわる歴史に影響されてしまっているのかも。いくつもサーミ人のコタが見える。どうして？　わからない。これは境界？　それとも何かを分け隔てる線？　水面の上と下を分けている線だという気もする。ひし形は簡単ね、氷山でしょう。水に浸かっている部分のほうがずっと大きいし。じゃあこれは何かを隠している湖？　ダム建設か何かで沈んだ村？　クレメット、あなたここで働き始めた頃、アルタでデモがあったと言ってたわよね？　それってダム建設じゃなかった？」

クレメットは立ち上がり、また太鼓を手に取った。裏返し、いろいろな角度から見てみる。

「いい仮説だ。ほら、おれはつい、叔父の曖昧な記憶みたいなものに考えが引っ張られてしまうから。それに叔父の話、生きた者と死者の王国の境界線とか……消えた村、それとも鉱山……」

「それか両方！」

「それか両方……」

「この鶏小屋の金網みたいなのが線と交差していて、まるで水の中から上の世界に上がるための梯子みたい」

「梯子か……そうかもしれない」

「このシンプルな人の形は十字をふたつもっている。牧師？　それにこの十字は太陽を表している。でも別の考えかたをすれば、例えばあなたの死者の王国というやつ……だったら太陽とはまったく関係ないのかもしれない。わたしにはどちらかというとコンパスに見える。それとも風配図？　あとこの円。もうひとつコンパス」ニーナがアイデアを出した。

「でもなぜコンパスがふたつ？」

「なぜかって？　それはわからない。太鼓に模様を描いた人はきっと、隠したいことがたくさんあった」

「もしくは語り継ぎたいことが」クレメットが暗い顔で言った。


シェリフはその十分後にやってきた。ちっとも疲れた顔はしていない。ハンメルフェスト帰りのシェリフは、腿のところにポケットがついたズボンにマリンブルーのアノラックを着ていた。見るからに戦闘態勢だ。野外で活動するための装いを見るのはずいぶんと久しぶりだった。リコリスダイエットの効果が出ているようだ——服がちょっときつそうだから。だからどうだってんだ！　クレメットは上司が、いや元上司が、本気で反撃を考えているのがわかった。太鼓はきっちり箱に隠しておいた。まずはシェリフにビールを勧める。

「ハンメルフェストで何があったんです？」クレメットが訊いた。

「ハンメルフェスト！　あんなところ詐欺師ばっかりだ。町じゅうにスパイがいる。おそらく真面目な労働党員はクローゼットに隠れているはずだ」

「あなたみたいなね」クレメットが笑顔で指摘した。

「おい、からかうなよ。もしくは進歩党が意識を操って右派を支配している。オスロはそうだ。だがフィンマルク県のような僻地でもまったく同じだということを言っておくよ。首都と変わらず馬鹿なやつらばかりだ！」

ニーナは警部の話しぶりにショックを受けていた。しかしトール・イェンセンはそんなことは気にもとめていない。

「進歩党？」

「そうだとしてもちっとも驚きはしない。この県でも勢力を増している。ここでだぞ、この赤い北部で！　スノーモービル・ロビイストたちを味方につけているんだ」

「スノーモービル・ロビイスト？」

シェリフはニーナの質問に苛立ち、彼女に向き直った。

「トナカイ警官なら、そのくらい知ってて当然じゃないのか？　スノーモービル・ロビイストだよ！　クレメット、説明しろ。お前の仕事だ」

シェリフは本当に虫の居所が悪いな、とクレメットは思った。でも彼がこんなふうに暴言を吐くのを聞いているのも面白い。

「スノーモービルを所有しているやつらは、バカンスの時期にヴィッダで乗り回したいんだ。例えば春のイースター休暇なんかにね。それがこの地方がいちばん美しい時期だし。雪がまだたくさんあって、太陽が輝いている。沿岸のノルウェー人は家族でスノーモービルに乗って、三、四日かけてツンドラの只中の川ぞいにある小さな別荘に向かう。でもそれはちょうどトナカイの雌が仔を産む時期で、絶対に群の邪魔をしてはいけないんだ。じゃないと母トナカイが仔を見捨ててしまい、トナカイ所有者にとっても大きな打撃になる。つまりもめごとが増える。スノーモービルのことだけじゃないが、スノーモービル・ロビイストというのがどういう人たちなのかを簡単に説明すると、まあそういうことだ」

「その困ったスノーモービル・ロビイストたちは沿岸の町でえらく勢力をもっているんだ。進歩党は大勢の支持者を得た。いとも簡単にね」

「スウェーデン側でも同じことだ。キルナで」クレメットがつけ足した。「あそこにもすごい数のスノーモービル・ロビイストがいる。自分たちの余暇を、家族旅行を、あるいは狩りや釣りだかなんだか知らないが、それを制限されたくないやつらがね」

「その上、ブラッツェンがあちこちで騒動を引き起こす」シェリフの怒りの声が響いた。

クレメットはしばらく黙って、炎がシェリフの怒った顔を照らしだすのを眺めていた。それからニーナのほうを振り向いた。ニーナはじっと座っている。二人は何秒か見つめあった。それからニーナが促すようにうなずいた。クレメットは心を決めた。

「いいニュースと悪いニュースがある」

「もう少しおれの神経を気遣ってもらえないか、クレメット。今はそんなことを言ってる場合じゃない！」

クレメットは聞こえなかったふりをした。

「まずはいいニュースから。捜査に大躍進があった。本物の大躍進だ。皆がほっとして大きなため息をつくような。悪いニュースのほうは、それ以外の捜査がすべて止まってしまう危険性があること。つまり、首脳陣はブラッツェンが率いているトナカイ所有者の拘束で満足し、国連会議が始まる前日に事件が解決したと公表するかもしれない」

「きみたち、太鼓をみつけたのか⁉」

「あなたの後ろの箱です」

トールはくるりと後ろを振り返った。

「気をつけて」ニーナが注意した。「貴重な品ですから」

シェリフは毛布の包みを取り出し、そっと開いた。そしてかなり長い間、ただじっとそれを見つめていた。

「こんなもの、今まで見たことがない」

クレメットはどういう状況下で太鼓がみつかったのかを説明した。シェリフはうなずいた。

「ベーリットは盗品の保管罪に問われるな。それ以外にこのことを知っている者は？」

「誰も知りません」

「ふうむ……」シェリフがうなり、また太鼓を手に取った。「それでこの偉大な太鼓がわれわれに何を語ってくれるんだ？　それはわかったのか？」

警官たちの表情が答えを代弁していた。

「ふうむ、そうか……このあたりにたくさん動物が……ヘビ？　何か危険な存在なんだろうな。ここにはアザラシが……」

「わたしは鳥かと思いました。カラスかも」ニーナが言う。

シェリフは不満げに口をとがらせた。

「アザラシ、カラス、どれも虫けらみたいなもんだ。右のほうには鳥、もしくは丘なのか？　左にはコタ、十字の上にも。それからこれはトナカイが引く橇《そり》に見える。橇には点がいくつものっている。なんだろうか。子供？　それとも蚊か？　いやちがう、鉄鉱石じゃないか？　なあ、どう思う。そしてこっちのシンプルな人間は……まるで銃をもっているように見える」

シェリフは長いため息を吐いた。

「他に何か思いついたのか？」

「うーん、今は仮説がひとつあるだけ。ニーナが考えたものです」

クレメットは同僚に説明するよう促した。

ニーナの話を聞いてから、シェリフはうなずいた。

「消滅した鉱山か村、悪くないな。そういう可能性もあるかもしれない。ともかく知りたいのは、この太鼓は伝説を語っているだけなのか、それともその村や消えてしまった金鉱の場所を教えてくれているのか。それになぜマッティスが殺されたかも」

「マッティスはこの太鼓の力をほしがっていた。金には興味はなかった」

「金には興味はなかっただろうな。あの男がもらい慣れているような少額の話なら。観光客向けのミニ太鼓や、トナカイの肉。だが大金となれば人は変わる。そういうものだ、クレメット。金にはいちばん興味のなさそうなやつらでさえね。ともかく、今太鼓はここにあるわけだ。それだけでも素晴らしい。事件はまだ解決していないが、太鼓が戻ってきただけで皆が少しは理性を取り戻すだろう」

「でもわたしたち、すぐに太鼓を表に出そうとは思っていません」ニーナが指摘した。

トール・イェンセンは自分の耳が信じられないという顔でニーナを見つめた。クレメットを見ると、彼のほうもニーナを百パーセント支持するという顔つきだった。この二人、正気なのか――。

「ニーナは正しい」クレメットが言った。「太鼓がみつかり、トナカイ所有者たちが拘束されれば、この捜査は終わりを迎える。だって会議直前にこの混乱に終止符を打てれば、皆大満足だろうからな。だがそんなの馬鹿げてる。もっと時間が必要だ。それにおれたちにはあなたが必要だ」

「おいおい、勘弁してくれ。おれはもう何者でもない。それにお前らは捜査から外されたんだろう。忘れたのか?」

「やるかやらないかだ。負けたとしても、今よりもう少し負けるだけ。だが事件を解決できれば、あなたにも益があるでしょう。厳しい状況の中でもあなたが全責任を負い続けたと皆に評価されるはずだ。あなたが勇気の要る決断を下したのだと。そして誰もが、うまくやりおおせたと満足する。こんな小さなルール違反くらい、どうせすぐに忘れ去られる」

「だが、もしやばいことになったら……」

「もしやばいことになったら、あなたがスピッツベルゲン島に飛ばされるくらいかな？　しかも僻地手当はなしで」

シェリフはまた太鼓を見つめ、それを手で撫でた。

「帰るよ。おれは太鼓を見ていない。きみらもだ。ベーリットの様子をしっかり見張っておけ。明日、きみらのために取り寄せておいたフランス人地質学者の情報をもってくるよ。クレメット、ニーナ、三日間やる。それ以上は無理だ」

44

一月二十五日　火曜日
日の出：九時十八分、日の入：十三時四十五分
四時間二十七分の太陽
サプミ内陸部カウトケイノ　ヨハン・ヘンリックのグンピ

ヨハン・ヘンリックの拘束は、夜明けに滞りなく行われた。ロルフ・ブラッツェンの計画どおりに。普通ならトナカイ所有者は荒野に逃げだそうとしたはずだが、警察はあらゆる逃走路を封鎖しておいた。そこで思わぬ問題も起きた。寒さが前日より厳しくなったのだ。空には数えるほどしか雲がなく、温度計はマイナス四十度近くまで下がった。だから逃走したとしても、長くはもたなかっただろう。こんな寒さではトナカイ所有者でもグンピの外に出たがらないものだ。警官が一人凍傷を負い、他の皆も長い静かな待機に凍えきった。幸いなことにヨハン・ヘンリックは逃走路が封鎖されているのに気づき、運試しをしようとはしなかった。警官たちを罵《ののし》ると、唾を吐き、脅し文句を言った。トナカイが近隣の群と混ざってしまったら、警察が責任を取れと。しかし警官たちは動揺することなく、きっちりと手順に従った。早く終わらせ

てしまいたいから、ヨハン・ヘンリックには息子に指示を与えることも許した。彼が不在の間、しっかり群を監督するように。

オラフ・レンソンの拘束はもう少し厄介だった。だがそれもブラッツェンの想定内のことだった。レンソンはマスコミ慣れしており、何かあればすぐに駆けつける便利なネットワークをもっている。ブラッツェン自身もその作戦を見守っていたが、表には出なかった。オルセンから、あまり姿を見せないようにとアドバイスされていたのだ。そのほうがきれいに退却できる。「うまくいけば」と老農夫は言った。「あとで姿を現して、自分の手柄だと強調する時間はいくらでもある。仲間たちはお前を賞賛する方法を知っているさ」そう、オルセンはすべて考えてくれているのだ。

警察がやってきたとき、レンソンはトーン・ホテルで朝食を食べていた。警官が拘束の決定を伝えると、レンソンは予想どおり激高し、わめきだし、ホテルのスタッフや周りのテーブルにいた客たちに目撃証人になってくれと頼んだ。自分は民衆によって選ばれた議員であり、これは人種差別だ、スキャンダルだと叫んだ。ブラッツェンは事前に警官たちにブリーフィングを行っておいた。「断固として拘束しろ。だが暴力は絶対にだめだ。会話をするのはもっといけない。あいつと議論になるのだけは絶対に避けろ」レンソンがホテルのスタッフにマスコミに連絡するよう頼んだときも、警官たちはどうすることもできなかった。そのあとのレンソンは賢く振舞った。文句をつけられるような抵抗はせずに、NRKラジオのミッケルセンが同僚を連れて到着するまでそこから動こうとはしなかった。マスコミが到着するとレンソンは警察に自分を拘束させ、これは正義の殺人だと叫び、警察の低能ぶりと人種差別を批判し、サーミ人の地においてサーミ人の正義を貫く本物のサーミ人警官がいないという事実を指摘した。「ノルウェーの社会制度と連携できるサーミ人がいなければいけない。わたしは今、受け入れてはならない不平等の犠牲者となった。やはりサーミ人自治の拡大が決定的な意味をもつ。またしてもそれが明らかになったのだ！」

ブラッツェンは大喜びだった。レンソンは自分が不当に拘束された責任を、自らクレメット・ナンゴになすりつけたのだから。オルセンは正しかった。もしこれが失敗しても、皆の目にはナンゴに責任があるように映るだけだ。

スオパトヤヴリ

古い赤のボルボがスオパトヤヴリにあるニルス・アンテの家の前に停まったとき、二人はちょうどラジオで怒り狂ったレンソンがサーミ人の連携について発言するのを聴いたところだった。クレメットの車を使ったのは、人目を引きたくなかったからだ。制服も家においてきた。今回はミス・チャンが車の音を聞きつけ、フリースのブランケットをはおって玄関口に立ち、二人を歓迎した。

「こんにちは、クレメット。あなたの彼女？」

「同僚だ」クレメットは微笑んだ。叔父の彼女が、すでに昔からの友達みたいに振舞うのがほほえましかった。「叔父はいるかい？」

「入ってちょうだい。今朝食を食べ終わるところ」

三人はキッチンに入った。そこからはクレメットが聞いたこともない楽器のはっきりしたリズムが聞こえてくる。

「中国の楽器だ。天国のような響きだろう？」ニルス・アンテが感極まったように言った。

「ミス・チャンのおばあちゃんのためにつくっているヨイクと組みあわせようと思うんだ。おやおや、ついに彼女を連れてきたのか？」

「ニーナは同僚だ。一緒にパトロールをしている」

「わしの家までパトロールしにきたのか？」

「ひとつ訊きたいことがあって」

「ああ、まったく。それよりもわしのヨイクを聴いてくれ」

ニルス・アンテは音楽を止めると、メロディー豊かなヨイクを唄い始めた。両手を若い恋人のほうに差し出しながら。

一日は長くなる
わたしの心を受け取った
彼女に会えないと

ニルス・アンテはそのまま長いヴォカリーズに移行し、歌詞の中の単語を何度も繰り返し、転調させてはまた繰り返した。ミス・チャンは愛情をこめて手を握り返し、魔法のような歌詞を満喫している。長い数分の間、ヨイクの練習が続き、クレメットはそろそろ根気を失いそうだった。

「これはもちろん歌詞の最初の数行だけだ」ニルス・アンテがやっと言った。「どうだ、いいと思わないか？」

「いつものように、すごく素敵だよ」クレメットはなんとかそう答えた。「最後の部分はちょっとメランコリックだが、とてもきれいだ」

「で、ニーナ、きみは？」

ニーナは驚いて目を見開いた。

「ええと、全然わかりません」そう言って大笑いした。

ミス・チャンもつられて笑いだし、まもなくニルス・アンテもそれに続いた。

「そのヨイクは彼女のため？　それともおばあちゃんのため？」クレメットが尋ねた。

ニルス・アンテは答える代わりにウインクをした。

「続きは待ってくれ。それで？　こんなにすぐにまた訪ねてきてくれるなんて、どうしたんだ？　ハゲタカが近づいてきたのか？」

クレメットがニーナに合図をすると、ニーナはキッチンのテーブルに毛布に包みをおいた。

「ミス・チャンは秘密を守れるかな？」

「わしの命を賭けてもいいくらいだ。それで？」

ニーナが毛布の一部を解いた。太鼓が姿を現したとき、ニルス・アンテは思わず長い口笛を吹いた。眼鏡をかけ、近づく。描かれた柄を見る前に、太鼓の丸い形、外枠、造作などをじっくり観察した。裏側や縫製も堪能している。そして好意的な表情でうなずいた。

「叔父さんがそんなに太鼓に詳しいとは知らなかったよ」クレメットが言った。

「じゃあなぜわしのところに来たのだ、無教養な甥よ。わしが少しでも何か教えてくれると思ってきたんだろう？ わしにはこの太鼓が本物かどうかを見極めることはできない。それを期待していたかもしれないが。だがともかく、太鼓づくりのすべての作法を極めた品のようには見える。例えば墨の種類といったことを知りたければ、もっと詳細な分析が必要だ。それでも極めて美しい手工芸品だ。これが博物館から消えた太鼓なのだろうね？」

クレメットは黙ってうなずいた。

「この太鼓に描かれたシンボルはかなり興味深い。わしは詳しいわけではないが……知ってのとおり専門はヨイクだからな。だが、いくつかわかることがある。この上の部分は簡単だ。狩りの光景。この男が弓を引いている。狩ろうとしているのは二頭のトナカイだ。唐檜《とうひ》の森の奥にいる。幸福な狩りの風景だ。豊かな自然の恵みがある。この真ん中に点が入った複数の三角形は……」

「氷山だろう？ 一部は水面から出ているが、それ以外は沈んでいる」

「何を言ってるんだ。これはサーミのコタに決まっているだろう。点が意味するのは中の住民だ。コタの中に人が住んでいるのだ。サーミの野営地、大勢の住民、深い唐檜の森、それもやはり豊穣を意味する。つまりここにあるのは幸福な場所だ」

ニーナは目を見開いて夢中で話を聞いていた。クレメットのほうも同じくらい魅了されていた。太鼓に隠されたメッセージがひとつひとつ姿を現していくかのようだ。

「だがお前たちも気づいただろう？　調和のとれた村の幸福な生活が、太鼓のほんの一部に追いやられていることを。いちばん上の部分だけだ。太鼓を分けるこの線、クレメット、お前も知ってのとおり、生きた者と死者の……」

「おれたちは別のものを想像したんだ。海か湖の水面、その下に消滅した村か鉱山……」

「世界を分け隔てる線だ」ニルス・アンテはクレメットの発言など聞こえなかったかのように続けた。「だがここでは死者の国が巨大だ。他の太鼓にここまで大きく描かれているのは見たことがない。言ったとおりわしは専門家ではないが、ひとつはっきり見てとれることがある。住民を意味する点の入ったコタの下のほうに、同じコタが倒れているのが見えるだろう？　その中は空っぽだ。まるで住民が逃げていってしまったみたいに。それとも死んだのか。それに死者の国が恐ろしいほど大きい。ノアイデはこの太鼓をつくるのに相当な時間をかけたのだろうな。キリスト教の牧師が言うところの〝悪魔たち〟にとっては気の毒なことに苦難の時代だったのだろうし……」

「どういう意味だい？」クレメットが尋ねた。

「サーミの太鼓には大勢の登場人物が出てくる。ノアイデはシンボルをすべて駆使して、生きるための哲学や人生について語るんだ。ここではその内容が非常に暗い。例えばこのヘビ、これが世界をひどく不安にさせている。ヘビというのは邪悪を意味するはずだからね。ほら、お前も知ってのとおりサプミにはヘビが一匹もいないだろう？　そしてこの小さな人の形は……」

「コタのことか？」

ニルス・アンテはため息をついた。

「これは女神だ。まったく無教養な甥をもったことよ。だがわしが思ったとおりだとしたら、むしろ驚いてしまう。というのも、女神たちは普通は三人で一緒にいる。だがここには二人しかいない……」

「つまり？」

「つまり、この件に関してお前たちを助けてくれる人物の名前を教えよう。会いに行くがいい。わしからよろしくと伝えてくれ。人生をサーミの太鼓に捧げてきた奇妙な小男だ」

ニルス・アンテは紙に名前を書きつけ、携帯電話から電話番号を探した。

「フッリ・マンケルという男だ。まだ生きていればいろいろと面白い話を聞けるだろう、それは保証する。住んでいるのはユッカスヤルヴィだ」

「アイスホテルのある？」ニーナが訊いた。

ユッカスヤルヴィはキルナからそう離れてはいない。アイスホテルで有名になり、世界じゅうから何千人という観光客を集めるようになる前、ユッカスヤルヴィはサーミ人の大規模な交易の場だった。村は川ぞいにあり、まだ道路がない時代、川を使って交易が行われていた。

「電話してみろ」ニルス・アンテがアドバイスした。

「この地方のあちこちをうろうろしているやつだ。そしてまた訪ねてきてくれ。その頃にはヨイクも完成しているはずだから」

ミス・チャンと抱擁を交わし、ニルス・アンテの家を出るとすぐに、クレメットはその番号に電話をかけた。震える声が電話に出た。クレメットは詳細を明かさずに、手短に用件を伝えた。二人は運がよかった。フッリ・マンケルは今日一日カレスアンドにいるという。急げば午後には会うことができる。彼がユッカスヤルヴィに帰ってしまう前に。

クレメットとニーナは車を南へ向けた。この太鼓はまだ多くの秘密を隠している。二人にはその確信があった。オルセンを訪ねるのは延期だ。クレメットはエヴァ・ニルスドッテルがくれた手がかりについてまた考えていた。しかし自分たちに与えられた時間内に、三カ所の中から正しい場所を割りだすのは不可能と言ってもいい。

45

一月二十五日　火曜日
サプミ内陸部

アンドレ・ラカニャールは一カ所目はもうこれで充分だと判断した。興味深い発見もあった。本来ならマーローに赴き、あれこれ確認して、ボーリングコアが語ることにも耳を傾けなければいけない。この場所のコアがあればだが。金の難しいところは、その貴重な金属を人間がすでに何千年も探してきたという点だ。ラカニャールもそのことは嫌というほど認識していた。専門家の意見は、大きな金脈はもう気が遠くなるほど昔にすべて発見されてしまっているということで一致している。サプミに本当にそういう金脈があるのだとすれば、この業界においてはまさしくセンセーショナルなニュースになる。

火曜日の朝、ラカニャールはサーミ人のガイドを連れて夜明け前には出発した。ガイドには自分がどこへ行きたいか、どういう断層を探しているのかを説明した。二人は二時間近くスノーモービルで体力を消耗する移動をした。移動の間じゅう自分の手も見えないくらいの悪天候だったのだ。そんな中、どれほど信じられないにしても、四つの風の帽子をかぶったサーミ人は、ラカニャールが望む場所に正確に連れていってくれる。今、雪は青みがかり、炎のような色の筋も混じっている。太陽が昇るのは九時十五分頃だが、天に映る光に地平線がすでに燃えていた。激しい色のコントラストだ。ラカニャールはこのピンクの色調を愛していた。彼の世界観とよく似ているから。

ラカニャールは燃える天空の前にスノーモービルを停めた。地平線は、どっちを向いても植物の生えていない単調な丘陵に囲まれている。太陽の光が丘の頂から頂へと跳ねていく。ツンドラの荒野がいっせいに目を覚ます。足元に広がるエリアは主に花崗岩《かこうがん》でできていた。ラカニャールは地質図を取り出した。ここでは東北東方向に伸びるグラニュライトと石英が繰り返し現れるはずだ。地質図に示されている何カ所かは、じっくり見てみる価値がある。それからオルセンの古い地質図に戻った。ある程度はっきりとした花崗岩の不規則な断面、そこに何が隠されているのだろうか。この地質図をつくった人間は実に几帳面で、ある数カ所については小さな地質断面図も描いている。通常はこの種の断面図が地質図に含まれるということはない。フィールドノートに描かれていることのほうが多いだろう。断面図は粘土鉱物のカオリナイトや様々な岩石の破片が入ったグラニュライトを示している。散点している燐灰ウラン石は、粒や粒塊のようだ。ラカニャールは自信がなかった。これでは金脈には近づいていない。マーローに集められている古い地質図やそれに付随するフィールドノートには貴重な情報があるにちがいないが、そこまで行くには永遠のような時間がかかる。今はとてもじゃないが時間がない。

今回ニーナはカウトケイノとカレスアンドの間の風景を、昼間の光の中で見ることができた。数日前の夜にマーローの鉱物情報事務所に向かうときに通った道路だ。サプミのこの部分は人が住んでおらず、寂しげだった。人が住むような場所じゃない——とニーナは思った。その瞳が物思いに沈んだ。なぜかはわからないが、この広大でストイックな景色を見ていると、父親に近づけるような気がした。父親には生まれもった善悪の区別があり、それが中間のないこの景色と似ている気がするのだ。フィヨルドぞいの小さな村々で受け継がれていくその感覚。ただそれは父親を止めてはくれなかった……何を？　自分と家族の人生を壊すことを？　ニーナは深く考えるのを拒んだ。座ったまま、考えを振り払うように頭を振る。

「眠いのか？」クレメットが尋ねた。

「いいえ、ちょっと脳みそを働かせようとしただけ」ニーナの悲しげな笑みにクレメットは気づかなかった。

「まったく不思議な話よね……そのフッリという人に会うのが楽しみ」

また二人ともしばらく、深い物思いに沈んでいた。車のウインドウは寒さのせいで結露している。暖房を最大限にかけているのに。道路は表面の氷に太陽の反射光が青く輝いている。車は確実に一キロ一キロ進んでいき、フィンランドに入った。

「アスラクの父親はこの道を、国境を越えてしまったトナカイを追っていったんだ」

「罰金を恐れて？」

「ああ。国境が引かれたことで、トナカイ所有者たちの人生は崩壊した。そういう言いかたもできる。実家ではこの話はタブーだったからよく知らないが、祖父がトナカイ放牧をやめたのもそれと関係あるはずだ」

「国境が？　なぜ？」

「サプミにサーミ人しか住んでいなかった頃は、ここ全体がひとつのエリアだった。国境が引かれてからは、例えばフィンランドのトナカイ所有者たちは内陸に閉じこめられてしまい、夏の放牧地であるノルウェー沿岸に出られなくなった。それに冬の放牧地は今の北スウェーデンだった。彼らにはトナカイに飼料をやるという選択しか残らなかった。だからフィンランドではトナカイを農場で飼うようになったんだ。フィンランドのトナカイ放牧は、ノルウェーやスウェーデンで当たり前とされているものとは別物になってしまった。彼らの伝統は殺されてしまった。だから、スウェーデンやノルウェーのトナカイ所有者のトナカイが国境を越えてくることに対して厳しいんだ」

「なんでそんなことになったのか……」

「アスラクの父親は自分には払いきれない罰金を科されないよう、命を賭けたんだ。おれの祖父も同じ理由でトナカイ放牧をやめた。多分、夏と秋に移動する遊牧路が、国境が引かれたことによって分断されたんだろうな。群を国境のこちら側にとどめておかなければいけない。こうやって数えきれないほどの問題が起きた。おれの意見では、国境が大勢のトナカイ所有者を殺したんだ」

カレスアンド（スウェーデン・ラップランド地方）　十五時三十分

フッリ・マンケルは奇妙な男だった。かなり大勢の人たちから批判されてもいる。もっとも手厳しい連中は、彼が恥ずべき手法で観光客を騙していると訴える。ノアイデのふりをして、ランチにニューエイジ風シャーマンスープを出したりして、と。彼らは大仰なうたい文句の躍る小さな広告ポスターやホームページを目にしたわけだ。自称〝先祖たちの聖地〟へのツアーを、とんでもない伝説で彩ったりするとも言われている。一方で、彼には本物の力があるという人たちもいる。それはもちろん神秘的な力のことで、奇跡を起こせるという噂だ。ほらやっぱり――と批判的な人たちは眉をひそめる。やはりあの男には気をつけたほうがいい。

実際のフッリ・マンケルは都市系サーミで、高等教育を修了した初期のサーミ人のひとりだった。その後は母方のおじの足跡をたどり、苗字まで継承した。おじは高名なスウェーデン人の民族学者で、サーミの太鼓の研究を初めて体系的に行った人物だった。フッリ・マンケルは博士号をもち、複数の学会のメンバーで、国際会議にも頻繁に招かれている。真に学のある男で、博物館業界や学術界ではシャーマンの太鼓に関して世界一詳しい専門家だとみなされている。その評判は旅とフィールドワーク、研究によって築かれてきた。

悪質な噂は、むしろ彼の若かりし頃の情熱によるものだった。血気盛んな学生時代、七〇年代にサーミ初の政治闘争に身を投じたのだ。伝統を重んじる保守的な環境下で多くの敵をつくり、天地が創造されて以来左派が働いてきたあらゆる悪事に対して非難を浴びた。フッリ・マンケルは人に意地悪されるのが大好きで、謂れのない噂には大笑いし、それを否定する努力も一切しなかった。人と会うとむしろ大げさに振舞い、あえて自分に関する噂が間違った方向に拡大していくよう取り計らった。

パトロールP9は、地味な丸眼鏡をかけ、頭が半分はげた小柄な男を、カレスアンドの質素な教会の牧師館でキャンドルの光の中に発見した。教会は石造りで完全に霜に覆われ、周囲の木々は重い雪に首を垂《こうべ》れている。人口四百人のこの集落はスウェーデンとフィンランドの国境にあり、数えるほどの農場があるだけで、それすらも寒さに麻痺《まひ》したような状況だ。各家の煙突からは煙が出ていて、淡い光があちこちの窓でちらついている。カーテンはもちろんない。ここはレスターディウス派の本拠地なのだから。ラーシュ・レヴィ・レスターディウス牧師その人が、数年間ここで暮らしていたことがある。サーミ人の魂を救うために、ここを拠点に罪やアルコールとの聖戦を繰り広げていたのだ。神にも忘れ去られし場所――名誉もまっとうさもないように思われる場所。やってきたよそ者はすぐに、ここではアルコールに依存するか神秘主義者になる道しか残されていないと悟るだろう。カレスアンドは濃淡のない場所だった。ここに灰色の居場所はない。黒か白――どちらかを選ばなければいけない。

この教会の牧師は旅行中で、フッリ・マンケルは自分の家のように二人を出迎えた。カーキ色の厚手のアノラックにサーマルパンツ、それにトナカイの毛皮のブーツ。マフラーが顔を半分隠している。二人と挨拶を交わしたあとは、またキツネの毛皮の帽子をかぶり直した。教会の登記簿でもめくれるような薄い手袋をはめている。手が冷えないように、しょっちゅうこすりあわせていた。牧師が旅に出るさいにセントラルヒーティングの温度を下げていったため、屋内はせいぜい十度しかなかった。フッリ・マンケルは眼鏡を外し、小さなからかうような瞳で警官たちを観察している。

「トナカイ警官とな！」フッリ・マンケルは愉快そうに言った。「名前は何度も聞いた。だが実際に会うのは初めてだ。いやなんと光栄な」

　警官たちは相手が本気でそう思っているのかどうかよくわからなかった。

「ここに来たのは犯罪捜査のためなんです。何も他言しないと約束してもらえますか」クレメットがまずその点を明確にした。「今から話すことはすべて極秘扱いで」

「わかるよ」マンケルはそう請けあい、白い息を吐いた。「サーミの太鼓だと言ったね？　まずは非常に懐疑的だと言わせてもらおうか。非常にだ」マンケルは強調した。「わたしはこの世に存在するサーミの太鼓はすべて知りつくしている。自分の目で見たことがない太鼓に関しても、徹底的に調べたんだ。ひとつ残らずね」

「でも、カウトケイノの博物館で盗まれた太鼓なんです」ニーナが口を挟んだ。

「ということはみつけたのか！　いや、おめでとう。だがそれでも意見は変わらないよ。最初から、カウトケイノの太鼓も非常に疑わしいと思っていたんだ。どこからともなく突然現れるなんて」

　フッリ・マンケルはここカレスアンドという場所と同じように明確だった。何もかも黒か白のどちらかなのだ。

「でも、少しくらい見てくれますよね?」

「もちろんだよ。ひょっとするとクリスマスとイースターが一緒にくるかもしれないしね。そうだろう? それに、太鼓に関することならいつでもなんでも大歓迎だ。本物でなくてもね。さあ、きみたちの小さな宝物を見せてもらおうか」

ニーナは牧師館の粗いテーブルの面に太鼓をおき、そっと毛布を開いた。フッリ・マンケルはまた眼鏡をかけた。クレメットとニーナは息をひそめて見守った。まるで初めての超音波検査で医者のコメントを待つ若い夫婦のように。マンケルは白い息を吐きながら太鼓をじっくり観察している。しかし何も言わない。二人はその沈黙に耐えきれないほどだった。マンケルは古めかしいドクターズバッグからルーペを取り出し、太鼓に描かれたシンボルに夢中になっている。指を舐めてからシンボルのひとつをなぞり、その指を口に入れた。太鼓の皮にそっと触れてもみる。鋭いメスを取り出すと、ほんのわずかに切り取った。同じように、木製の枠の一部も切り取った。

「すぐ戻る」

ニーナとクレメットは不思議そうに顔を見あわせた。喜んでいいのかどうかもわからない。しかしフッリ・マンケルはすぐに戻ってきた。テーブルに小さな箱をおき、中から携帯用の電子顕微鏡を取り出した。

「まあ、そんな機材をおもちなんですね」ニーナが感動したように言った。「警察の犯罪鑑識官が使っているのと同じモデルだ」

「わたしのようにサプミやシベリアで働くなら、ラボに何か忘れてくるわけにはいかないんだ。午後にまた機材をもって立ち寄るなんてことはできないからね。だから必ず携帯用のラボをもっていく。そうさ、納税者にはかなりの負担をかけているわけだが……。さて、ここでこんなふうにランプをもっていてくれないか？」そうニーナに頼んだ。

フッリ・マンケルは小さな革片を夢中で調べている。ノートに何か書きつけながら。

「すぐ戻る」

そしてまた部屋を出ていった。クレメットは機嫌を損ねたように頭を振った。ニーナは寒さと興奮に襲われた状態で、やはり黙って立っている。フッリ・マンケルはまた別の箱を手に戻ってきた。さっきの箱よりサイズが大きい。箱の内側は絶縁材で覆われている。マンケルは綿棒を何かの溶剤に浸し、シンボルをひとつこすった。綿棒に軽く色がつく。マンケルはその作業を何度か繰り返した。それからガラス管をいくつか用意し、いろいろな溶剤の中にさっきの綿棒をつっこんだ。今度は測定器をコンセントにつないだ。極小のランプが点灯し、目盛りの入ったガラス板が浮かび上がった。

「このまま数分待たなければいけないんだが、その間に熱々のココアとシナモンロールでもどうだい？」

答えも待たずに、フッリ・マンケルはまた姿を消した。まるでわざと楽しみを先延ばしにして、警官たちの苛立ちを募らせて楽しんでいるようだ。すぐに小さな盆を手に戻ってきた。それをテーブルにおくと、ガラス管と測定器を観察した。

「太鼓に描かれたシンボルには興味ないんですか？」クレメットが気分を害したような声で訊いた。

フッリはまたからかうような笑みを浮かべた。明らかに面白がっている。

「もちろんあるさ。ただ、この太鼓のことをもっと知ってからのほうがよっぽど興味深くなる。まずは本物の太鼓なのかどうかだ。本物じゃなくても興味深い——ときみたちは言うだろうが、分析方法が変わってくるのだ。それに、本物ではない太鼓に同じことを期待してはいけない。だからまずはどんな素材でできているのか——樹木の種類、革の種類、墨の種類なんかを把握しなくてはいけない。それから。それからなんだ。いちばん美味しいところは最後まで取っておきたいだろう？」

クレメットは苦笑を浮かべた。

「まずは木の種類だ。白樺だった。期待できそうじゃないか、そうだろう？　太鼓のほとんどが白樺の瘤《こぶ》から彫りだしたものだ。伝統的な手法だよ。つまり豊富な知識をもっている製作者だということがわかる。白樺の瘤の内部を空にしてボールのような形にし、それに革を張って、木の紐で巻くんだ。美しいなめし革で、一歳前後の仔トナカイのものだ。雌のはず、厳密に伝統に従うならね。これをつくった者は、太鼓製作の決まりごとをすべて守っている。さて次は墨だ。墨ッパルル、つまりカウトケイノとカラショークの間にあるエリアのものだな。ラーポロも古い伝統に基づいている。血のような色と味。溶剤を使った分析によれば、疑問の余地はほぼない。九十五パーセントの確率で、ハンノキの樹液に唾液を混ぜたものだ。それも非常に伝統的な手法だ。トナカイの血を使うこともあるが、そのとき何が手に入るかによる。その点を確定するにはより高度な実験が必要になるんだ。だが墨にも伝統的な材料が使われているのは確かだ」

「で、本物なんですか？」ニーナが我慢しきれずに訊いた。

フッリ・マンケルは若い女性警官をじっと見つめた。そして彼女の同僚のことも。その視線にはもう、からかうような色はなかった。今度は長い間シンボルを見つめた。顔を上げたとき初めて、フッリ・マンケルの顔には激しく濃密な感情が表れていた。やっと口を開いたが、その声は割れそうだった。

「われわれの目の前にあるのは、本物の太鼓だ。それも、ただの太鼓じゃない。これまでサプミに存在した何百、いや何千という太鼓のうち、今日でも残っているのは世界に七十一個だけ。七十一個の太鼓が発見されていて、番号を振られ、カタログに収められ、本物だと認定されている。わたしはそのすべてを知りつくしている。詳細まで空で言えるくらいにね。それらの太鼓は収集家や博物館が所有しているが、消えてしまったものもいくつかある。消えた太鼓も記録は詳細に残されている。だからきみたちに教えよう」そして厳かな声でゆっくりと宣言した。「ここにあるのは、七十二個目の太鼓だ……」

フッリ・マンケルが二人を見つめたとき、その目には涙が浮かんでいた。

46

一月二十五日　火曜日
カウトケイノ

カウトケイノの警察署は興奮に沸きたっていた。ここには沿岸の警察署のように厳重に警備された独房はない。ここの独房は土曜の夜に酔いつぶれたやつらが、警官に温かく見守られながら酔いを醒ますために使われるくらいだ。いちばん最近拘留のために使われたのは前年の夏、二人の観光客が——ドイツ人とフィンランド人だったが——優柔不断な女性を巡ってけんかになったときだった。だから独房を占領していたポリタンクや薪の山をどける間、オラフとヨハン・ヘンリックはキッチンに収容された。警官たちがそこに入れ代わり立ち代わりやってきてはコーヒーを注ぎ、二人に声をかける。ヨハン・ヘンリックのほうは自分がどれほど不機嫌かをはっきり示し、誰とも一言も話そうとしなかった。一方でオラフ・レンソンはまだ怒り狂っていて、警官たちに暴言を吐きかけていた。

警察署の前には小さな人だかりができていた。噛みつくような寒さのせいで、群衆の数は多くはなかった。ともかく四つ脚の炉が設置され、片手の指ほどの数のスペイン野郎信奉者が交代でやってきては炉の前に立つ。二枚のプラカードはあわててつくったようで、少し歪んだ文字で〝トナカイ所有者を解放しろ〟〝サーミ人に正義を〟と読みとれる。

残りの信奉者たちは、凍えないように警察署の隣にある国営酒屋の入口に立っていた。寒さに耐えるために十分ごとに交代している。ヨハン・ミッケルセンがすでに到着し、彼らにインタビューを行い、最初の質疑応答がすでにラジオ電波にのって流された。写真もネット上に出回っている。そしていつもどおり少数民族に対するヘイトコメントがついている。

警察署のキッチンに、捕らえたトナカイ所有者を見物するためにロルフ・ブラッツェンが入ってきた。大喜びしているのがばれないように努力しているが、あまりうまくいっていない。

「きみたちの宿泊所はあと数分で準備ができる」ブラッツェンは満面に笑みを浮かべて言った。「これでようやくふさわしい形で迎えられるな。素敵な独房――ノルウェー人用だぞ。だって特別扱いなんかされたくないだろう？　それとも、コタの形の独房を用意したほうがよかったかな？」

ブラッツェンはそこで大笑いした。二人を見張るためにキッチンに派遣されている警官二人の目の前で。

「お前らは深刻な間違いを犯している！　これは高くつくぞ」オラフ・レンソンが叫んだ。

「なんの証拠もないんだろ？　おれが耳を切り取ったなんて、まったく笑ってしまうよ。マッティスともめていたことなど、とっくの昔に忘れていた。そんなこと誰でも知っている」

「馬鹿を言うな。お前らが永遠に戦いをやめないのは百も承知だ。いささかというのは癌細胞みたいなもんだ。次々と広がっていく。消えたかと思いきや、また別の形で勃発する。だが今回は徹底的に調べてやるぞ。トナカイ警察のお友達からはいくつか手堅い情報が入ってきている。実に役に立ちそうな情報だ」

「あいつらは友達じゃない！」

「ちがうのか？」ブラッツェンはわざと無邪気な声を出した。「ツンドラの地の人々は、彼らのことをサーミ人警官だとみなしているのかと……」

「地獄へ落ちろ、ブラッツェン。お前らは全員同じだ。だが今後はそれも変えてやるから見ていろよ。お前らはもう充分、この土地で好き勝手にやってきた」

「なるほど」ブラッツェンはキッチンから出ていきながら言った。「それで今回はちょっと斬新な手法を使ったってわけか……」

カレスアンド

フッリ・マンケルは長いこと黙っていた。

心を落ち着かせようとしているんだろう——とクレメットはサーミ人学者の様子を見ながら思った。静かに瞑想しているように見える。そしてやっと顔を上げた。その目には安らぎが宿っている。

「第二次大戦以降、本物の太鼓がみつかったのはこれが初めてだ」

「じゃあこれは本当に本物なんですね？」

「ああ、そうだ。つくられた年代についてはまだ明言を避けたいが。それを調べるのに必要な機器がここにないからね。非常に古いが保存状態がよかったのか、比較的新しいが古い材料と昔ながらの手法でつくられたかのどちらかだ」

「こういう太鼓を昔の手法でつくれる人を知っています？」

「一人だけ知っていたが、十四日前に殺されてしまった」

「マッティス・ラッパですか！」

「そう、マッティスだ。彼は苦悩する魂だった。だが指先には素晴らしい才能が宿っていた。ずっと以前に、大昔の製作技術を教えてもらったことがある。だがここ数年は飲みすぎだった。もう信用できなかった」

「マッティスはこういう太鼓をつくることもできたんですか？」

「ここ数年は無理だった。残念ながらもうそのレベルにはなかった。だが昔ならできたよ。彼の前には父親が、そして祖父、曾祖父……」

「どういう意味です？」

「マッティスの一族は貴重なサーミの技術を継承してきたんだ。手工芸の技を一族で守ってきただけではなく、シンボルや記号の力もだ。だがマッティスはその力を間違った方向に解釈するきらいがあった。あまりに期待をかけすぎたのだ。父親を頼ることなく早く大人になりすぎた。父親のアンタは息子をあまり誇りに思っていないところがあった。息子を才能ある大人として扱わなかった。マッティスはそれにひどく苦しんでいた。だがそれはまた別の話だ。話を戻すと、ラッバ一族は数百年前からそうやって伝統を継承してきた」

「つまりニルス・ラッバにも才能があったと？」

「マッティスの祖父のことか？　ああ、そうだ。言ったとおり、何世代もさかのぼる話だ。あの一族だけでなく、サプミでは他にもいくつかの一族が親から子へと知識を受け継いできた。サーミの伝統のこういった一面は驚くほど知られていない。それに、このことが表に出れば多くの人を怒らせるだろう。だがいくつかの一族は実際のところ、秘密を守りぬくという必要性に迫られ、サーミの伝統の守護者として機能してきたのだ。十七世紀に始まった王国の軍や牧師による迫害のせいで」

「それでこの太鼓は？」

「これも世代から世代へと受け継がれたもののひとつだと思う。つまり、太鼓を守るために」

「シンボルについては？」

フッリ・マンケルは悲しそうに頭を振った。

「ふたつの世界を分け隔てる線によって、尋常ではないほど大きな空間が死者の世界に配分されている。いやまったく、尋常じゃない」

「狩りの光景や、人が暮らしている村の生活、深い森、豊穣の様子が線の上に。そして同じ村が無人の状態で線の下に」

「そのとおりだ。知っているならわたしのことは必要ないじゃないか！」

「われわれの知識は残念ながらそこまでなんです」

「そう、村が空っぽになってしまったのは、懸念すべきひとつめの示唆だ。シンボル自体は驚くようなものではない。キリスト教以前のサーミの宗教は、多数の自然神や自然現象を崇めていた。サーミ人たちはすべてのものに魂があると考えていたんだ。自然は魂をもっている。生きている。そして自然現象が崇拝の対象になった。このひし形が真ん中についた大きな十字は、太陽を表している。太鼓の多くに見られるシンボルだが、太陽神と呼ばれ、邪悪な霊や病気を追い払うのに使われる。太陽がその光の筋に何をのせているのか見てごらん。ほら、ここにも神様が一人いる」

「じゃあ、それはコタじゃないのね？」

マンケルは優しく微笑んだ。

「神様だよ。この左の二人と同じくね。だがそれについてはまたあとで詳しく話そう。太陽にのっているのがマーデラーカといって、極めて重要な女神だ。彼女はすべての源、つまり始祖だ。女の統治者。マーデラーカが人の魂を迎える。命になくてはならない力をもっている。というのも、彼女の身体の中で、生まれてくる子供が形づくられるんだ。だがひとつ非常に不安になることが……それが彼女の頭上にある点々だ」

「点は人間のことじゃないんですか？」

「いや、これらの点は残念ながらあるひとつの意味しかもたない——それは不幸。つまりここにいるのは邪悪なマーデラーカだ。点は危険を示すのにも使われる。死者の王国に非常に暗い影を落としているわけだ。残りの部分を見ると驚くことでもないが」

「残りというと？」

「残りの二人の女神に話を戻そう。二人は太鼓の左側に描かれている。サプミでも地方によっては別の位置にいることもあるが、多いのは三人揃って描かれることだ。三人の女神は、始祖マーデラーカの娘たち。サーミの思想では、人間の魂は複数の段階を経て運ばれる。つまり女神から女神へと。いちばん右がサーラーカだ。サーラーカは長女で、もっとも高貴だとされている。まずサーラーカが母親から魂を受け取り、その魂が胎児になる。かつてサーミ人の女性たちは炉が真ん中にあるコタかゴアティ（布、泥炭、木材で覆った移動式テント）で出産した」

「炉は今でもあるでしょう」ニーナが指摘した。

しかしフッリ・マンケルは自分の話に夢中になり、ニーナの指摘は耳に入らなかった。

「サーラーカはコタの炉の中に棲んでいるんだ。そのために炎の母と呼ばれる。女性の守護神の役割も担っている。サーミ人が強制的にキリスト教に改宗させられ、赤ん坊が教会で洗礼を受けるようになってからも、家に帰ると改めてサーラーカを崇め、別の名前をつけ直したものだ」

「そのあと、魂はどうなるんです？」ニーナが尋ねた。

「サーラーカの左にも女神がいるだろう。彼女の名前はヨウカサーカで、弓の女神だ。ほら、この弓で簡単に見分けられるだろう。わたしはこのヨウカサーカに弱いんだな。なんといっても彼女が女の子を男の子にするのだからね」

ニーナは驚いた顔になった。

「そう、サーミ人は、子供は全員、最初は母親のお腹の中で女の子だと考えていた。将来の男の子になる子だけが、このヨウカサーカを経由するのだ。なあクレメット、われわれは彼女に大きな借りがあると思わんか」

「その件についてはそのうち考えてみます」クレメットが請けあった。「だけど今、三人の女神と言いましたね」

「ああ、それにほら、彼らの周囲に木々があるだろう。それは三人の女神のために充分な場所があることを意味する。左側の木がどのように配置されているか見てごらん」

「本当だわ」ニーナも言った。

「だが女神が一人足りない。三人目の娘だ。彼女の名はオクサーカ。オクサーカはコタの入口に棲んでいる。開いた穴の部分にだ。だから時に出入口の女とも呼ばれる。彼女の役割はなんだと思う？　入口と出口を監視するんだ。母親と生まれた子供を護るために。病気から守り、子供が育つ可能性を与える。その象徴として入口に棲んでいるんだ。炉の前のあたりにね。子供が炉に落ちるのも防ぐ。そして、ここに彼女の姿がない理由はひとつしか考えられない」

警官たちは黙っていた。

「危険を前にして人間にはなんの力もないことを見る者に理解させたいんだ。オクサーカの不在に、始祖マーデラーカが邪悪であることを足せば、普通はありえない物語の材料がすべて揃う。この太鼓は、われわれに語りかけているという意味でも独特だ。ここで太陽に話を戻させてくれ。太陽の光の筋にのっている他のシンボル、それらは読み解くのが簡単だ。左側には兵士が一人。両の手に弓をもっている。右には十字がふたつ、つまり牧師。そしていちばん下に王のシンボル。ほら、王冠があるだろう。兵士、牧師、そして王、それが全員、狂暴なマーデラーカのもとに揃っている」

ニーナが眉根を寄せた。必死に考えているようだ。

「つまり兵士と牧師と王がその大きな惨劇の原因ということ?」

「悪くないぞ!」フッリが叫んだ。「いやまったく感心するよ。きみは今、確かにこの物語の本質をつかんだと思う。そう、きっとそれが正しい。始祖であり統治者であるマーデラーカがこのような形で迫害者、つまり俗世的な権力のシンボルと共謀しているんだ。だから惨劇の規模は非常に大きくなる。それにほら、マーデラーカのすぐ上に大きなカラスが二羽いるだろう。マーデラーカと娘たちの間に。さあ、残りもよく見てみようじゃないか。空っぽの村がある。何かが起きたんだ。見る者にそのことを理解させたい。というのも人が暮らしている村のすぐ下に描かれているわけだから、その対比に目を奪われる。そして村の右にはドアのような形のシンボルがある。わたしにはよくわからないが、象徴的な意味があるはずだ」

学者は顔を上げて警官たちを見つめ、助けを求めた。しかし答えは返ってこなかった。

「とにかくこれをドアだと仮定しよう。それとも建物か。モニュメントかもしれない。それは今はわからない。そのまま下へいくと、この驚くほど規則的なモチーフを見てごらん。それが幻影のようなものを表している。だがここも暗闇を手探りで進むようなものだ。というのもその幻影が棺桶へと続いているからだ。棺桶が四つ。死だ。それも数多くの死。それで空っぽの村の説明がつく。村人たちは死んだ。だがなぜ幻影？　それはどこからやってきた？」

フッリ・マンケルは懸念した表情だった。

「棺の下はまさに船の墓場だ。ほら、大きな船が逆さになり、十字がついている。そしてその脇にいる人々はあおむけに倒れている。きっと死んでいるんだ。ドアかモニュメントの右側にいる人々も同じ形だ。彼らは亡くなったのだ。いったいどういう人たちだったんだ？」

「彼らは手に武器をもっています」ニーナが指摘した。「なんの武器かしら」

「そう、武器だ。鍬《くわ》だ。いや銃かもしれない」

「銃？」クレメットが怪訝《けげん》な顔になった。「サプミではあまり一般的ではない。特に昔は」

「でも兵士かもしれないわよ」ニーナが提案した。

「でも兵士たちは弓をもっていただろう？」クレメットはそう言って、不思議そうな顔でフッリ・マンケルを見つめた。

「そのとおりだ。もちろん兵士をいろいろな形で描くことはできる。その太鼓をつくっている人間によってちがった描写になるんだ。だが同じ太鼓製作者なら普通は同じシンボルを使う。つまり兵士も同じように描くものだ」

フッリ・マンケルはまたココアを注ぐと、シナモンロールにかぶりついた。寒さで鼻先が赤くなっているが、愚痴を言うわけでもない。口にシナモンロールを入れたまま、凍えた指を太鼓の右側に滑らせた。

「一頭のトナカイと橇《そり》。この太鼓では初めて出てくる。そして橇の上の点々。邪悪な橇？　それはちがうだろうな」

「鉱石ではというアイデアもあったが」クレメットが教えた。

「おお、そっちのほうがまだつじつまがあう。鉱石を輸送するための橇か……」

フッリ・マンケルはそこで黙った。頭が揺れている。複数の仮説を比較しているようだ。今までに記憶に蓄積した何百というシンボルが次々と目の前によみがえり、頭をフル回転させているにちがいない。そうやってはっきりした関連性をみつけようとしている。

フッリ・マンケルは一度口を開いたが、気が変わったようだ。また自分の考えに浸ってしまった。

「人間たちが武器をもっているなら、それが鍬にしても銃だったにしても、何かが起きて死んだんだ」クレメットが言う。「死んだのは同じ人たちだと考えてもおかしくない」

「あおむけに倒れている人たち以外はね。彼らは反対側の人たちとの戦いに敗れて死んだんだわ」ニーナが指摘した。

フッリ・マンケルはまだ黙っている。まるで警官たちのコメントなど聞こえていないかのように、小さな丸い眼鏡の奥の目を細めている。

「この太鼓を描いた人間の頭の中を覗いてみたいよ」ついにフッリ・マンケルが口を開いた。

「複数の次元で解釈しなければいけないと思う。彼は何かを隠したかったんだ。万が一、太鼓が間違った人間の手に渡ったときのために。だが同時に重要なメッセージも伝えたかった」

「それ以外のシンボル……。それについてはどう思います？」

「そうだね、消去法でいこう。ここ、ふたつの十字を戴く四角、それは教会だ。それに疑いはない。カラスたちの向かいに据えられているのがわかるかい？　太陽の側から見るとね。そこに何か意味はあるのだろうか……わたしにはわからない。太鼓の右下には、それ以外とは隔絶されたようなエリアがある。この下の円錐、最初はサーミの野営地かと思ったが、丘だという気がしてきた。それからもっと左にあるふたつの丘、その間にあるのは山道か、昇るか沈むかしている太陽。それからトナカイ、それは極めて明白だ。それに魚二匹と舟が一艘。そのエリアの真ん中に十字。実に驚くべきことだ」

「キリスト教の十字架？　それとも特定の場所を示すバツ印ですか？」ニーナが尋ねた。

「そうか！」フッリ・マンケルが叫んだ。「またしても大当たりかもしれない。そうさ、そうなのだろう」

「非常にわかりやすいな」クレメットが皮肉っぽく言う。「ふたつの丘の間にある場所。あっという間にみつけられそうだ」

「だが魚と舟もある」フッリ・マンケルが続けた。「ともかく魚が豊かに獲れる湖だろう」

「すごいな。じゃああとはサプミにある百ほどの湖から選べばいいだけ。なんて簡単なんだ」

「このトナカイは放牧地を指しているのかもしれない。いやそれとも、遊牧道だろうか」

「それで少しでもわかりやすくなると思います？」クレメットが反論した。

学者の背後で、ニーナがクレメットを睨みつけた。クレメットは静かなため息でそれに応えた。

「場所については保留しよう」フツリがとりなした。「わたし自身はこれでも前進していると思うんだが。あとはこの円だ。下のほうの、太陽の左側にある円。これも実に奇妙だ。円の真ん中に人、それに小さな生き物が四つ。うちみっつは人間だが、一人の頭の上に点々がついている」

「邪悪な存在……?」ニーナがつぶやいた。

「ああ、きっとそうだ。その脇にいるのはオオカミだ。人々の脇にいるオオカミは、人を助ける存在だ」

「確かにサーミ人の間では」クレメットがニーナに説明した。「人間のことを二本足のオオカミという言いかたをする」

「まさしくそのとおりだ。これを描いた人間は、それをわれわれに伝えたかったのかもしれん。オオカミのように邪悪な人間たち」

「でもこの真ん中のは?」ニーナが尋ねた。

「その人間はスキーをはいている。ほら、ストックが一本見えるだろう? サーミ人はストックを一本しか使わない。スキーは冬のシンボルだが、移動という意味もある。もう一方の手にはまるで他の人間と同じような武器をもっているように見える。だが逆さまだ」

「逃亡者だ!」ニーナが叫んだ。「もしくは銃を撃ちたくない兵士。命令に従いたくないんじゃない? それで逃亡しようとしているのよ!」

フッリ・マンケルはまたニーナを見つめた。感動のまなざしで。

「それが正しいかどうかはわからないが、素晴らしい発想力だ。きみを数週間ほど警察から借りて、他の太鼓も観察してもらいたいものだ。まだ見ていないシンボルはあとふたつだけだな。まずはこのヘビ。これには当惑させられる。だってサプミにヘビはいないだろう?」

「ああ、そのとおりだ」クレメットが請けあった。「じゃあなんだ?」

「サプミにヘビがいないからといって、この太鼓をつくった人間がその動物の存在を知らなかったとは言い切れない。ヘビは外からやってきて棲みついた存在という意味なのかもしれない。それともヘビの形自体に説明を探すべきなのか……向いている方向などに。太鼓が語る地図の一部なのか……」

「地図? どういう意味です?」ニーナが尋ねた。

「見れば見るほど、この太鼓は本物だというだけではなく、極めて特別な存在だと感じるよ。昔ながらの役割を担っているだけではないんだ。わたしは確信している——いや、謙虚になろう。ほぼ、確信している。この太鼓はふたつの太鼓でできているんだ。ひとつは恐ろしい物語を語り、もうひとつはある場所への道を示している」

「惨劇の場所を?」

「そのとおり。熱々のココアの入った魔法瓶を賭けてもいい」

「太鼓の右端のシンボル、これはまるで波みたいだ」クレメットが言う。「丘の連なりだろうか、ノルウェーとスウェーデンの国境か? その十字だかバツ印だかの場所を突き止める手がかりになるかもしれない。それが場所を示しているのなら」

「ああ、だがわたしはこの太鼓をつくった人間が統一したシンボルを使っていると信じたい。丘は太鼓の下のほうにある。それも重要なはずだ。今、波と言っただろう、そのほうが……」

「オーロラだ！」ニーナが叫んだ。

フッリ・マンケルはニーナのことを見つめた。クラスいちの優等生はやはり先生をがっかりさせない、という表情で。

「だがオーロラがここで何をしているんだろうか」フッリ・マンケルが言った。「しかも太鼓の端にそって現れるなんて。ただの装飾ではないと思う。この太鼓では、すべてに意味がある。さっきの幻影とセットで考えるべきか？　いや、そうじゃないだろう。そうしたいのはやまやまだが、オーロラはそこから遠すぎる」

クレメットは懐かしげな表情になった。

「祖父はおれが大人になる前に死んでしまったが、オーロラの素晴らしい物語をいくつも聞かせてくれた。祖父はトナカイ放牧を……やめざるをえなかったんだが、放牧中にオーロラがコンパスの代わりになるとよく言っていた」

「ほう、面白そうな話だな」

「そう、オーロラは必ず東から西に伸びると」

フッリ・マンケルは片手をあげ、静かにするよう頼んだ。ある考えがひらめいたのだ。目を閉じ、そしてまた開いた。

「このオーロラは方向を示しているということか。つまり北を」

フッリ・マンケルは自分のひらめきに喜びの笑い声をあげた。

「なんという、信じられないノアイデだ！　誰だってつい、楕円形の太鼓は縦にもってしまう。それで上にくるのが北だと思う。だがちがったわけだ！　正しい場所を知るには九十度回さなければいけない。太鼓職人に乾杯を！　このオーロラは太鼓をどの向きにもつのかを教えてくれているんだ。オーロラの東から西への動きが、太鼓上でどちらが東でどちらが西なのかを語っている。そして北も。地図が浮かんできたぞ。もちろん不明瞭な点も多いが」

「だがおれたちにとっては、そうじゃないかも」クレメットがつぶやいた。

クレメットは鉱物情報事務所の所長で地質学者のエヴァ・ニルスドッテルが割り出してくれた三カ所のことを考えた。あの人は現代のマーデラーカってとこか——。

47

一月二十五日　火曜日
国道九十三号線

　二人はまたクレメットの古いボルボを北に向けた。太鼓は丁寧《ていねい》に毛布に巻かれている。

「きみも同じことを考えてるか？」クレメットが尋ねた。

「一九三九年にニルスがアンリ・モンスに太鼓を預けた、そのときに口にした呪いのこと？」

「ああ、すべてつじつまがあう。あの太鼓はニルスがつくったんだろうか、それとも彼の祖先か」

「フッリ・マンケルが太鼓を詳しく分析するのを待つしかないわね」

「まあ、太鼓が正確にいつの時代のものかは今いちばん知りたいことではないな。エヴァ・ニルスドッテルも伝説の金鉱のことを話していただろう？　人々に不幸をもたらす鉱床。だが誰もその場所を知らない」

「それに、探している鉱床をフリューガーがノートにこう書いたことも。〝門は太鼓にある〟そして〝ニルスが鍵をもっている〟」

「ああ、残念だな……おれはきみの、水に沈んだ村か鉱山というアイデアが気に入っていたのに」

「太鼓は呪いのことを語っているんでしょう。石を運んでいたトナカイがいたけど、鉱石を輸送するためにトナカイを使っていたとか……」

「鉱山……ということはあの門とやらは、鉱山の門、いや入口ということになるのか。建物ではなくて。門は鉱山を象徴する、そういうことか！ それにほら、鉱石を運ぶトナカイは門から出てきていたじゃないか。手に武器をもった小さな人たちと一緒に。警備員だったのかもしれない」

「それか、鉱山で働いていた人たちだ！ だって鍬《くわ》でしょう。武器ではなかったのよ、クレット。ほら、フッリも言ってたじゃない。太鼓職人はいつも同じシンボルを使うと。この太鼓では兵士は二本の弓で表されている、太陽の光の筋のところにいる兵士のようにね。だから鍬のほうは絶対に鉱山で働いていた人たちよ。あおむけに倒れているのもやはり鉱山の労働者。死んでいるわけ。そして円の中にもう一人労働者が……スキーで逃げようとして追いつかれた」

ニーナの瞳が、クレメットが今まで見たことのないような輝きを帯びていた。ニーナは太鼓を膝におき、小さなシーリングランプの光でなんとかよく見ようと角度を変えている。クレメットは何度も同僚に目をやったが、それから暗闇に延びる道路に集中した。残りの道中、二人は黙ったままだった。すれちがったのはトレーラー三台だけで、深淵から現れる野獣のように獰猛《どうもう》に見えた。明るいランプに彩られた前部に、ツンドラを照らしだす強力なヘッドライト。

その光に不吉な影が目覚め、通りすぎるとすぐに死に絶える。そのあとには追いたてられたような雪の雲だけが残る。まるで邪魔をされたことに雪の粒が憤ったみたいに。

ニーナは居眠りを始めた。クレメットはこの事件が始まって以来起きたことをすべて思い返してみた。マッティスはいったい何に巻きこまれたんだ？　誰かに洗脳されていたことは容易に想像がつく。誰かがマッティスの純粋さを利用したのだ。信じやすい性格を。マッティスはサーミの秘密を守るノアイデの継承者だったのか？　堕落したトナカイ所有者をそんなふうにイメージするのは難しかった。それともマッティスは自分が背負っているものを、そして自分がそれにふさわしくないことを自覚していたのだろうか。それなら絶望のあまり落ちぶれてしまったのもわかる。おれだってそうなったかもしれない。おれが祖父ならどうしただろうか。トナカイ放牧をやめるかどうかという決断を迫られたときに。おれなら無理にしがみついたかもしれない。そして最後にはマッティスのように落ちぶれた。そうかもしれない。クレメットにはよくわからなかった。自分の父親は落ちぶれはしなかった。放浪の人生を生きたとはいえ。あっちで仕事にありつき、こっちで仕事にありつき、ヴィッダにある農場とキルナの鉱山の間を往復して生きてきた。

夜になりカウトケイノに戻ったとき、クレメットはスオパトヤヴリで車を停めた。ニーナを起こすべきかどうか迷ったが、結局寝かせておき、少し暖房の温度を上げ、太鼓をもってノックもせずに叔父の家に入った。ドアが閉まった瞬間に、二階から叔父の豊かな調べが聞こえてきた。

スオパトヤヴリの黒い瞳のチャン
その中にはあらゆる宝がある
彼女は若く、豊かで、美しい
彼女を愛するトナカイが二千頭いる
そして緑の牧草地が彼女のために踊る

クレメットは黙って立ったまま、部屋の入口で待った。ヨイクはメロディーを変えながら同じ歌詞を繰り返し、実際よりも長く感じられる数分が続いた。ニルス・アンテは部屋の真ん中に立ち、うっとりと感動しているミス・チャンのために唄っている。彼女のほうはパソコンの前に座っていて、その画面はニルス・アンテのほうに向けられている。画面の片隅には、ミス・チャンの年老いた祖母がスカイプで参加しているのが見えている。中国は今、何時なのだろうか。中国のおばあちゃんは拍手をして、同時に話しだした。その瞬間にミス・チャンが椅子から飛び上がり、ニルス・アンテの横をすり抜けて、クレメットの手を取った。

「おばあちゃんがあなたの姿をみつけて、しかもこないだと同じ人だってわかったのよ！」彼女は嬉しそうに叫んだ。

「いやまったく、ここの家は防犯アラームよりずっといい警備システムを入れてるんだな」クレメットは冗談を言い、中国のおばあちゃんに手を振った。すると相手はすぐに手を振り返した。インターネット接続がよくないせいで、動きはこわばっているが。

「ヨイクがずいぶんできあがってきたじゃないか」クレメットは叔父に声をかけた。

「ああ。主題に近づきつつある。これは美しいヨイクになるぞ。まずはユーチューブにアップして、それからイースター・フェスティバルでも披露しようと思っている。さあおいで、コーヒーでも飲もう」

二人は中国のおばあちゃんに手を振り、階段を下りた。

「今日はあの魅惑的な同僚は？」

「暖房をかけた車の中で眠っているよ。今カレスアンドからの帰りなんだ。フッリ・マンケルがカレスアンドに来ていたから」

「それで？」ニルス・アンテは待ちきれない様子で、もう何時間もコーヒーメーカーに入っていたコーヒーを二人のカップに注いだ。

クレメットはフッリ・マンケルが専門家の目で見て分析した内容を話して聞かせた。頭上に点々のある邪悪な始祖マーデラーカ。オクサーカの不在。王、兵士、牧師、幻影。人のいなくなった村、鉱石の輸送、オーロラ。それに自分たちの推測も語った。鉱山の労働者かもしれない。そして逃亡者が一人。ニルス・アンテはちびちびとコーヒーを飲み、甥の説明を一言も聞きのがすまいとしていた。クレメットが話し終えるまでに、ニルス・アンテは二杯目のお代わりと三杯目のお代わりも注いだ。それからもっとコーヒーを淹れてから、キッチンテーブルの毛布の中から姿を現した太鼓に夢中になった。ニルス・アンテは改めて感嘆し、畏怖の念を覚えているほどだった。数時間前のフッリ・マンケルと同じように。

「ふうむ、太鼓は何を語ろうとしているのか……。わしが思ったのは、われわれの国が植民地化された歴史だ」

「へえ、どういう意味だい？」

「北欧の王国が初めは毛皮の交易のために、のちには天然資源を手に入れるために、ラップの地に興味を示した。森や水、そして鉱石を狙ってだ」

「ああ、知っている。スペイン野郎がいつもそのことを耳にたこができそうなくらい話しているからな。サーミ人はアメリカ先住民と同類の迫害の犠牲者だと」

「スペイン野郎の言うことも間違いではない。お前がわかっていないのは、植民地化される過程で起きた本物の悲劇のことだ。十七世紀に植民地化が始まったとき、ラップの地に道路はなかった。ここは手つかずの土地だったんだ。交易は夏の間、川にそって行われた。しかしスウェーデン王国が戦争の資金と武器生産のために鉱石を探すようになり、探検旅行を計画し、地図をつくる専門家も送ってきた。そして小さな鉱山がいくつもできた。お前も想像がつくだろうが、当時ここは世界の片隅で、人権も正義も存在しない状況だった。信じられないようなことが起きていたはずだ。サーミ人がどんな扱いを受けていたのか、想像しただけで背筋が凍るよ。スウェーデン人はサーミ人を強制労働させていたんだ。そして鉱石を川まで運ぶためにトナカイを使った。そういう歴史があるんだ。抵抗したサーミ人は殴られ、牢屋に入れられた。北欧の王国の見事な財がいかにして築かれたかわかったか？　だがもちろんそんなことは長続きしなかった。小さな鉱山はひとつずつ閉まっていった。サーミ人たちはその中で命を落とした。北欧人の農民は王様の後押しを受けて、ここの土地を安く手に入れた。国はラップの地を支配下におけたことにとても満足していた。だがその時点ではまだまだ可愛いものだった。スウェーデン人が大挙してやってくるまでにまだ二百年あったからね。今度は鉄道でやってきた」

「ノルウェーとフィンランドでも同じことが起きたのか？」

「その質問にはあまり意味がない。当時は三カ国とも一緒だったから。サプミに国境が引かれたのはもっとあとだ。サーミ人をのけものにして、三カ国で勝手に取り決めたんだ。太鼓はその頃の鉱山のいずれかの歴史を語っているのだろうが、きっとただの鉱山ではなかったんだろうな。死んだ人たち、住民がいなくなった村、そして呪い。ヨイクにもそういう話を唄ったものがある。言っただろう、ヨイクは何百年にもわたり、サーミ人が歴史を語り継ぐ手段だった。村ここに描かれた棺……まったくもって恐ろしい。カラスの存在も。そして死んだ者たち。――クレメット、この太鼓は死に絶えたサーミの村のことを語っているのだ。わしはこれまでずっとその伝説が事実ではないことを願ってきたが、それ以外に説明を思いつかない。この太鼓を見れば、何もかもつじつまがあう。原因は兵士たちだけじゃない。この幻影のシンボル、それが鉱山の入口にあるのは偶然ではない。幻影が人々を殺したんだ。謎の邪悪が彼らを全滅させた。クレメット、それがなんなのか、お前が突き止めるんだ。それが再び人々を殺しだす前に。また誰かがその鉱山の門を開く前に――」

48

一月二十六日　水曜日
日の出：九時十三分、日の入：十三時五十分
四時間三十七分の太陽
カウトケイノ　八時四十五分

かすかな春風がカウトケイノを吹き抜けた。気まぐれな天候はサプミの日常だ。ここにきて急に暖かくなった。空を覆う雲がマイナス十七度という穏やかな気温を保ってくれている。息のできる空気になり、まあ耐えられる寒さだ。警察署の前ではデモを行う人の数が増えていた。十人余のサーミ人が四つ脚の炉の周りに集まっている。プラカードの数も増えた。そこに書かれた要求は先日と同じような内容だが、口調が厳しくなっている。〝司法制度の恥〟〝無実の人間を追い回すのをやめろ〟身柄を拘束されたトナカイ所有者二人は、最初の一晩を独房で過ごした。

ニーナはクレメットの指示に従い、警察署で車を停めずに通りすぎ、そのままクレメットのコタへ向かった。フィンマルク・ダーグブラードとアルタ・ポステンの二紙を買ってから。同

僚はすでにコーヒーを淹れてくれていた。

フランス人の地質学者がいる場所の情報は皆無だ。自分たちでヴィッダに出ていって捜すしかない。ニーナはニルス・アンテの警告を思いだした。クレメットが昨晩家に送ってくれたさいに教えてくれたのだ。すぐに阻止しなければいけない。その鉱山がまた人々の命を奪いだす前に。まずはこっそりカール・オルセンの自宅を訪ねてみるつもりだった。父親のことで何か教えてもらえるかもしれない。

シェリフの車もニーナとほぼ同時にクレメットの家に到着した。トール・イェンセンはまだフィールド用の服を鎧のようにまとい、今までになくやる気に満ちている。雲が空を覆っていても澄んだ光がまぶしく、かけているサングラスが戦闘スタイルを強調していた。シェリフはコタに入るとサングラスを取り、トナカイの毛皮の上にフォルダを二冊放り投げた。

「フランス人とそいつが勤める企業の情報だ。もうひとつのフォルダには、やつが最初にサプミに来たときに働いていた企業の情報を入れておいた」

クレメットはシェリフにコーヒーを渡し、ひとつめのフォルダを開いた。それはシェリフから数日前にもらった資料のコピーだった。ラカニャールは十二年前からラ・フランセーズ・デ・ミネレで働いている。その前から世界じゅうを巡って鉱物を探し、豊富な知識を三企業のために役立ててきた。三社だけだ。キャリアをスタートさせたフランスの企業は、ファイルの資料によれば九〇年代に廃業している。ラ・フランセーズ・デ・ミネレが廃業する前にラカニャールはチリの企業で働き始めた。ミノ・ソロという企業で、ラカニャールはラテンアメリカおよびヨーロッパで仕事をしていた。それは、シェリフが前にくれた資料にはなかった情報だ。ミノ・ソロで働いていた頃、一九七七年から一九八三年という長い期間サプミに滞在している。鉱山開発だけでなく、ダム建設にも関わっていたようだ。

「どう?」ニーナが尋ねた。

「残念ながら興奮するような内容ではないな」クレメットが答えた。「ミノ・ソロのこと以外は。昔ラカニャールがサプミにいた頃に働いていた企業だ。以前にもサプミにいたのは偶然だとは思えない。あいつはこの道のプロで、最近突然姿を現した。そのすぐあとに太鼓が盗まれ、マッティスがナイフで殺されてみつかった」

「残念と言う前に、もうひとつのフォルダも見てみろ」シェリフがアドバイスした。

クレメットはフォルダの中の書類を引っ張り出した。警察の報告書が一通と、新聞の切り抜きが複数あった。これは今まで知らなかった情報だ。警察の報告書はチリの企業ミノ・ソロについてだった。サプミで一九七五年から一九八四年まで事業を行っていたこと、そして最終的にサプミから追い出されたこと。二件の汚職事件、職権乱用、複数の環境調査で不備が認められた。脅迫、周辺住民からの苦情、匿名の器物損壊。内容は多岐に渡っていたが、証拠がない件も複数あった。新聞記事には強い緊迫感が漂っている。何度もデモが行われたようだ。写真にまだ若いオラフ・レンソンの姿が写っている。〝川を殺すな、出ていけミノ・ソロ〟と書いたプラカードを掲げている。ミノ・ソロは産業化が生み出すあらゆる害をサプミに及ぼし、それによって起きた不安を凝縮したような存在として描かれている。当時は複数の企業から、何百人ものノルウェー人や外国人労働者やエンジニアが小さなサーミの村々に押し寄せたのだ。問題は広範囲に渡った。そういった職場が閉鎖されたとき、大勢の人たちが心からほっとしたのだった。クレメットはフォルダを脇にやると、じっと宙を見つめた。

「川だ！」

シェリフとニーナは訳がわからないというようにクレメットを見つめた。

「川だよ。ヘビだと思ったのは川だ。くそっ、なぜ今までそれに気づかなかった。ニーナ、太鼓をこっちに貸してくれ。さあ！」

ニーナの理解もちょうど追いついたところだった。クレメットの発想は大当たりにちがいない。シェリフのほうはまだわかっていないようだ。三人はいっせいに太鼓を覗きこんだ。

「その鉱山は大きな川の近くにあるという意味だ。それでつじつまがあう。鉱石を輸送するのだから。トナカイを使ったとしてもここの荒野で長距離は運べない」

クレメットはすぐに木箱のほうを向き、五万分の一の地図セットを取り出した。そのうちの何枚かをトナカイの毛皮の上に並べる。炎の明かりだけでは足りないので、ランプを灯した。

「市役所で手に入れた申請書から、フランス人地質学者が三カ所別々のエリアを調査するつもりだというのがわかった。カウトケイノの西および南東、フィンランドとの国境までのゾーンだ。それからエヴァ・ニルスドッテル、鉱物情報事務所の所長が、フランス人が選んだ三カ所には共通点があるという指摘をしてくれた。だからフランス人は場所の詳細な描写をもとに鉱山を探していると踏んだ。つまりどこかに書かれていた鉱床を探しているんだ。われわれの仮説では、一九三九年にドイツ人地質学者が探していた鉱床だ」

「なぜ同じだとわかる?」シェリフがさえぎった。

「今のところは、偶然が重なっただけにすぎない。具体的な証拠はない。それは認めるよ。だが、始まりは一九三九年の写真を詳細に分析したことだった。エヴァ・ニルスドッテルはフリユーガーが移動した距離を計算し、三カ所のうち一カ所を省くことができた。どのエリアにもだいたい同じ角度に流れる川がある。省かれたひとつにもね。川は北西から南へ向かって流れ、東へ曲がり、南東の方向にまた下っていく。ほらここをみて——太鼓をこうやってもって、オーロラがだいたい北になるように回すと、そうなるじゃないか。ヘビの形は川の流れと同じなんだ。これは単なる偶然が重なっただけじゃないはずだ」

「すごいぞ」シェリフも納得せずにはいられなかった。

「つまり」クレメットが続けた。「フランス人は太鼓に描かれている鉱山を探している……」

「ただし、太鼓を目にすることはないままに!」

「エヴァが言っていた、古い地質図というのが必ずどこかに存在するはずだ。フランス人はそれを見たのかもしれない。エヴァの分析では台地があり、南東に湖、北東に多くの断層がある場所だという。その描写は太鼓とも一致する。地形を細かく見てみるとね。山、そして湖。ほらこの地図を見て。こうやって回すと……こんなふうに流れる川、ここに湖、高い丘が両側に。そしてここ!」クレメットは地図を指さした。「ここに鉱床があるんだ。太鼓にバツ印で示されている場所。このあたりのどこかに。そこにフランス人地質学者もいるはずだ!」

サプミ内陸部

アンドレ・ラカニャールは二カ所目を素早く除外した。それでも岩のサンプルは採取したが。この業界では、岩塊を追うことに関して彼の右に出る者はいないとされている。氷河が鉱脈から削り取り、連れ去った岩のことだ。興味を引く岩塊を追っていけば、鉱床に出合える可能性があるのだ。第一段階、つまり運を天に任せて冒険に出かける段階では、彼のもっとも優れた能力であり強みでもある我慢強さによって調査を進めるしかない。長く一緒に働いてきて、その段階でのラカニャールを見たことがある者は、彼をブロッダと呼んだ。岩塊《ブロック》の仏《ブッダ》だからブロッダ。愉快なやつらだ！　同じ男たちが、期待のもてそうな鉱床をみつけたときにラカニャールが変貌するのを見て、今度はブロッダからブロックハウンド（ブラッドハウンドは鋭い嗅覚をもつ犬種）と呼ぶようになった。なんと安直な。だがそれが楽しいらしい。それにあながち嘘でもない。いい岩塊を嗅ぎつけたときには、周りのことはすべて忘れてしまう。二カ所目でラカニャールはブロッダな自分しか出せなかった。今もまだショックが冷めやらない。だが自分を慰めている。そのおかげで、やっと今たどり着いた三カ所目にもっと時間を割けるのだからと。

古い地質図なしではこれほど早くはたどり着けなかった。水曜の朝以来、相当の距離を移動してきた。エリアによってはスノーモービルの走行が禁止されているが、それは無視した。問題が起きたら、老農夫に愚鈍な警官の手を借りて解決させればいい。空は曇っているが、光は強かった。ラカニャールはちらりと地質図に目をやってから、周囲の風景を眺めた。今通ってきた谷は、風に痛めつけられ何も生えていないような場所で、歪んだ灌木が地面にひれ伏している程度だった。ここは雪量が少なく、白く積もった雪が風に流され、あちこちで岩肌が見えて、茶色いシナモンパウダーをかけたようだ。フランス人は岩肌を二十種類ほどじっくり観察した。最初の二カ所と同様にここも石英が大量に含まれている。そして実に興味深い光沢が現れている。ピンクの濃淡のカリ長石だ。つまりラカニャールは花崗岩《かこうがん》が多くあるエリアにいた。まさに探し求めていた場所だ。ここに甚大な量の石英があると見極められるのは、あくまで経験によるものだ。今朝からスウェーデン製の長いハンマーを何度も振るい、数えきれないほどの岩肌を砕いた。その破片が事実を物語っている。ときにはルーペを取り出すこともあったが、そ裸眼でも小さなガラスの破片のような石英の脂肪光沢を見ることができた。

ついに大きく前進したという実感が湧いたとき、時刻は十一時十二分だった。緻密に進めるのが好きなので、フィールドノートに時刻を書きとめる。しかしこの発見がラカニャールを予想だにせぬ方向に導いた。金鉱にとり憑かれたオルセンの影響で、はなから黄色の金属を探していたつもりだったが、充分な量の自然金がみつかるというのは現代では極めて珍しい。その高価な金属はたいていてい薄片状で存在する。十一時十二分にラカニャールはまた別の岩塊を発見した。雪に半分埋もれていて、たいして大きくもないが、ことのほか丸い形状が長い時間をかけて氷河に連れてこられたことを示している。岩の黒っぽい色がラカニャールの興味を引いた。岩塊を割るためにハンマーを振るったとき、もう寒さは感じなかった。ごつごつした黄色い面が現れた。鮮明な黄色だ。ラカニャールは落ち着いて呼吸するよう心がけた。落ち着け、ブロックハウンド——そうつぶやくと、アドレナリンが体内を駆け巡るのを感じた。ガイドを呼びつけ、テントを張ってトナカイの毛皮を敷くように命じる。ラカニャールは慎重極まりない男だった。深く呼吸をして、アドレナリンを制御しようとする。たいていはそれでうまくいく。サーミ人がテントを組み立てるのを眺めた。ラカニャールは携帯用のコンロを出し、コーヒーの準備を始めた。この儀式を愛している。あのふしだらな少女たちをどこかの隅に追い詰めるのと同じくらい。ゴールに近づいたと思っても、事を急いてはいけない。じっくり時間をかけて感じ、魂に溢れるアドレナリンを満喫する。間違った期待でもかまわないのだ。岩にがっかりさせられることもあるし、ふしだらな少女が彼の手をすり抜けることもある。だからこそ準備の瞬間を満喫するのが重要なのだ。ラカニャールはついにルーペを取り出し、黒い岩から剝きだしになった濃い黄色を楽しんだ。そのとき急に、サーミ人を巻きこみたくなった。

「これを見ろ」ラカニャールはややこしいことは説明せずに言った。

サーミ人が近づいてくる。その瞳にラカニャールが知る感情は何もない。ラカニャールは肩をすくめ、また岩の表面の濃い黄色を見つめた。スノーモービルの小型トレーラーに戻って測定器を取り出す。測量のさいに携帯しているガイガーカウンターだ。ピストルのような形で電池式、重さは一キロほど。専用の革ベルトを装着する。電池も新しいものに替えた。この寒さではアフリカの三倍の速さで電池がなくなる。ガイガーカウンターは百ベクレルで鳴り始める。しかし彼の目の前の花崗岩の岩体は三百ベクレルまで上がった。自然放射能——厄介なやつだ。

この火山岩の断層のどこかに金がある可能性はある。耳をつんざくような測定器の音を気にしていてはやっていけない。

ここ一週間で三十本程度の乾電池を消費した。今、携帯用ガイガーカウンターは放射能濃度四百ベクレルに達した。だがこのエリアでは見慣れた結果だ。五百近くまでいった場所だってあった。その数値は、経験豊かな地質学者にとっては普通のものだ。しかし今回はちがった。ラカニャールは今回初めて表示単位を変えなければいけなかった。測定値が五百ベクレルを超えたからだ。次の最大値は千五百ベクレルだった。測定器の音がさらにやかましくなり、七百ベクレルを指している。ラカニャールは改めて岩塊を見つめた。これは天然の花崗岩ではない。変成した岩体で、割れ目に挟まっている。ラカニャールは深く息を吸い、周りを見回した。てっぺんに雪をかぶった裸の丘が秘密を隠している。それを吐かせるためならどんな手でも使うつもりだった。

「ここで待て」ラカニャールはアスラクに命じた。

スノーモービルからトレーラーを外し、ガイガーカウンターとハンマーだけもってサドルに飛び乗った。さあいけ、ブロックハウンド、探せ！　ラカニャールは自分に向かってそう叫ぶと、急発進した。何キロも進む必要はなかった。ほんの百メートルほど丘の腹にそって進んだだけで——勢い余ってヒメカンバをいくつか轢《ひ》いてしまったが——谷に出た。大きな石があちこちに転がっているが、その中で彼の興味を引いたのはひとつだけだった。さっきの石よりも少し大きい。ラカニャールはガイガーカウンターを取り出し、スイッチを入れた。また音が大きくなり、表示単位を変えることになった。次は最大五千ベクレルだ。測定値に心臓が激しく鳴る。放射能測定器は四千ベクレルを指している。ラカニャールはすぐに測定器を引っこめると、ハンマーをつかんだ。そして雄叫びをあげながら岩を殴った。かけらを拾い、黒い石の内部にさっきと同じ濃い黄色を認めた。

「くそ……」ラカニャールはゆっくりとつぶやいた。「これは金じゃない……ウランだ」

ラカニャールは顔を上げ、あたりを見回した。サーミ人はこちらを向いて、トナカイの毛皮の上に座っている。ラカニャールが今いる丘の側からは、目の届くかぎり谷が奥へと続いているのが見える。太陽は雲に包まれているのに光が強かった。あちらこちらで白樺の裸の枝が突き出し、それが純白の雪に暗い印象派のような風合いを与えている。広大なヴィッダを阻むものは、柔らかな曲線を描く青灰色の丘の連なりだけだ。あまりの心地よさに、ラカニャールの全身に震えが走った。

「あのじいさんは金を探しているつもりだったが、ウラン鉱床だったわけだ」少し声のトーンを上げて言った。わずかに笑みを浮かべている。「ということは、何もかも変わる。じいさんよ、さあお楽しみはもう終わりだ……」

突然、ラカニャールは絶叫した。これほど寒いのに。

「あの馬鹿め！　ウランだぞ！　あの間抜けめ！」

ラカニャールは狂ったように笑いだし、雲の幕に閉じこめられた太陽を背にして立ったまま、攻撃的にハンマーを振り回した。

サーミ人のトナカイ所有者はそこからかなり離れたところで、その芝居の一コマ一コマを目に焼きつけていた。言葉をすべて理解できなくても、ある一言を聞き逃すことはなかった。

クレメットは牛舎の前に赤いボルボを停めた。トナカイ警察は事件の捜査から外されている。だからニーナとも相談して、捜査だと思われないようにクレメットが独りでカール・オルセン宅に向かい、ベーリット・クッツィから聞いた写真のことを尋ねることになった。

ニーナのほうはカウトケイノのガソリンスタンドを回ることになった。この地域のスノーモービルにどのようなオイルが使われているのか、それをこっそり訊いて回るのだ。マッティスの毛皮から検出されたオイルの出所を知るために。

クレメットはオルセン宅のドアをノックした。足音が聞こえる。オルセン老人が首を少しかしげたままドアを開けた。一瞬当惑したようだが、その表情は素早く隠し、代わりに不審そうな顔でクレメットを見つめた。

「トナカイ警察か？　しかも私服で。今度はなんだ！」

「どうも」クレメットは礼儀正しく挨拶した。

「なんの用だ」オルセンが怒った顔でそっけなく答える。

「いや、見せたい写真があって」クレメットは慎重に切りだした。

「それが太鼓やマッティスと関係あるのか？」オルセンがやはりまだ怒った顔で反抗的に訊き返した。

「関係はないと思う」クレメットははぐらかした。

「お前はもう捜査には参加していないんだろう？　理由もなしに、命令に背いてここに来たわけではないな？」

「まさか、そんなわけはない。好奇心をかきたてられただけなんだ。というのもうちの叔父が古い写真に知った顔をみつけてね。あんたがもっとよく知っているはずだという話になったから」

クレメットは相手に反論する余地を与えずに、口髭の男の拡大写真を見せた。

「それで？」オルセンは不満そうな声で、まだ怪訝《けげん》な顔をしている。

クレメットは黙って立ったまま、オルセンの鼻先に写真を突きつけた。

「これは父だ」オルセンがついに言った。「もうとっくの昔に死んだがな。動脈瘤が破裂して、ぽっくり逝ったよ。それでおしまい。だがずいぶん古い写真だ。どこで手に入れた？」

「第二次世界大戦の直前にサプミで行われた探検旅行に参加していたそうだな」

「おれは知らん。聞いたこともない。関係ない。それが事件とどう関係ある？　何をしにここに来た？」

「心配しなくていい、カール」クレメットは相手を安心させようと微笑んだ。「親父さんは何をしていた人なんだ？」

「農家に決まっているだろう！　なぜそんなこと……」

クレメットはうなずいたが、何も言わなかった。

「戦争の直前に外国人たちと一緒に探検旅行に行ったことをあんたに話したりはしなかったか？　ひょっとして鉱山のことなんかを」

「うちの親父はおしゃべりな男じゃなかった。一言も言ってない。何ひとつだ。鉱山の話？　トロールの話のほうがまだ真実味がありそうだな。さあさあもう帰れ。ここから出ていけ。うちの親父は土を耕してたんだ。それから動脈瘤が破裂してぽっくり逝った。それ以上話すことは何もない」

オルセンに怪しまれないためにはこれ以上しつこくするわけにはいかない。クレメットは黙ってうなずくと、挨拶代わりに片手を上げ、立ち去ろうとした。しかしドア口で立ち止まった。

「フランス人の地質学者がヴィッダをうろうろしているらしいじゃないか。鉱山審議会から許可をもらった上で。あんた、その男がこの地方の古い地質図をもっているという話は聞いてないか？」

「いいや、そんな男は知らん。おれに会いたがっていたのは事実だが、会ってはいない。それに地質図のことなど聞いたこともない」

クレメットはまたうなずいて謝意を示した。車で走り去るとき、キッチンにいるオルセンが興奮した身振りで誰かと電話で話しているのが見えた。

そのあとの数時間は、ラカニャールがもうずいぶん長いこと経験していないほど目まぐるしいものになった。そのエリアの調査を続け、いろいろな地質図――あの古い地質図や新しい地質図――を何枚も確認してノートにメモやイラストを記入し、サンプルを採取し、ガイガーカウンターを存分に振り回して放射能を計った。ゆっくりと確実に前に進む。あっという間に暗くなってしまうことを呪いながら。しかし確信は揺るがなかった。

太陽が沈み、宿泊の準備も整ったとき、ラカニャールは無線機の前に座りこんだ。サーミ人はトナカイの肉を煮ている。ラカニャールが自分の発見を祝うために小さなご褒美を用意したのだ。数時間前、またサーミ人のライフルを借りて、トナカイを一頭仕留めた。それをサーミ人がさばき、調理している。残った肉は灌木に吊るされ、木は重さでたわんでいる。

ラカニャールはまずブラッツェンに連絡をした。警官はちょっと待てと言ってから、個室に入った。そこなら自由に話せるからだ。ラカニャールは簡潔に伝えた。

「オルセンに発見したと伝えてくれ。どでかいものかもしれない。おれの推測が当たっていればだ。だが思っていたものとはちがう。びっくりさせてやるから、心の準備をしておくんだな」

「何をみつけたんだ」

「それはまだ話せない。それに無線で話すなんてとても無理だ。あと数日必要だ。だがオルセンに伝えろ。おれたちは幸運を引き当てたようだと」

ブラッツェンはそれを聞いて興奮したようだった。ラカニャールにもはっきりとわかった。二人のノルウェー人がいてもたってもいられない様子を想像して、ラカニャールは楽しんだ。今いる位置を知らせ、今後数日間の計画を立てた。

「本当に確かなのか?」ブラッツェンがしつこく尋ねた。

「それについては心配しなくていい。ただしおれ一人では無理だ。おれがどれほど優秀だとしても。だが心配するな。こっそりことを進めるから」

ラカニャールは無線を切った。

それから自分が勤める企業のフィールド・ロジスティックセンターに連絡を入れた。ラ・フランセーズ・デ・ミネレの本社はパリの郊外ラ・デファンスにある。その高層ビルには世界のあらゆる僻地へと旅立ったチームを二十四時間体制で支援する特別な部署がある。ラカニャールは名を名乗り、夜勤の主任地質学者とすぐに話したいと要請した。すると即座に、迅速な判断を下すのに慣れた男につながれた。矛盾するように聞こえるかもしれない。地球の進化に注目し、何千万年という時間の単位で語り、採掘には何年もかかる業界なのに。しかし鉱山産業は考え得るかぎりもっとも資本主義的なルールに支配されてもいる。時間が株価に影響するのだ。ちょっとしたニュースが株価に夢物語のような、あるいは身の毛もよだつような影響を与える。そんな現実が社内での迅速な決定につながっている。

責任者はラカニャールを長年知っていた。ラカニャールのあらゆる面を、批判の対象になりがちな面も含めて知りつくしているが、成熟した女よりも十代の少女を好むからといって自分にはなんの関係もないとずっと前から決めこんでいる。責任者は即座にラカニャールの声が真剣なのを感じとり、そこに計り知れない可能性を嗅ぎとった。だからラカニャールの望みをすべて聞き入れた。

「ブライアン・キャラウェイをそっちに送る」責任者は言った。「素晴らしく有能な若者だ。

今手の空いている中で最高の雪氷学者だ。それもカナダ人。カナダとサーミランドの地質はほぼ同じようなものだからな。まあそれはきみもよく知っていることだが。明日の朝早く発てば、明日じゅうにそっちに着くだろう。低空飛行して、放射能測定を行うよう伝えておく。地上ではどれにする？　電気分析か電磁波分析、それとも磁場分析か？　いや、地球化学分析法にするか？」

「時間がない」しかし会社にとってその要因はさして重要ではない。だからラカニャールは言い直した。

「開発権申請の締め切りまであと数日だ。この場所の白黒をはっきりつけておかなきゃいけない。でないと裏をかかれる。ノルウェー人たちがすでにここに来ているんだ。すぐにそのキャラウェイとやらを送ってくれ。着陸する前におれが伝えたエリアの航空測量をしてほしい。だがこっそりだ。北欧諸国ではウランの採掘が禁止されている。その周辺に関わることは何もかもタブーなんだ。そこをきっちり説明しておいてくれ」

ラカニャールは通話を切った。今夜はトナカイ肉を楽しもう。足りないのは若い少女くらいだ。あの、おれを拒絶したソフィアのような。だがまもなく、誰もおれの望みを拒むことはできなくなる――。

カール・オルセンはいつものトナカイの囲いの脇の駐車場でロルフ・ブラッツェンを待っていた。熱心に首の後ろをもんでいる。痛みはここ数日、興奮が増すにつれてひどくなる一方だった。ブラッツェンと最初にここで落ちあってから二週間以上が過ぎたが、その時間を極めて有効に使うことができたと自負している。

オルセンは熱々のコーヒーを注ぎ、音を立ててすすった。トール・イェンセンが干されたことで県内では緊張が高まっている。労働党の支持者は冷や飯を食わされることになった。首都オスロの労働党内閣は結果をほしがっている——野党右派は県レベルでそんな主張を唱え始めた。労働党が大多数を占めるフィンマルクの県議会は体面を保とうとし、イェンセンは一時的に国連会議の安全対策を担当するという名目でハンメルフェストに招集されたと発表したが、そんなことを信じる者は誰もいなかった。こうなるように取り計らったのはオルセンだった。国連会議が終わった瞬間に労働党が反撃に出ることは大いに考えられるが、その点については当面考えないことにした。警官の運転する車がやってくるのが見え、助手席のドアが開いた。

「おい、お前のところのトナカイ・カウボーイの訪問を受けたぞ。無邪気を装って尋問された。おれも見たことのない父の古い写真をもっていたんだ。実に気に入らない」

「ナンゴが?」

ブラッツェンは気色ばんだ。今聞いたことが気にくわない様子だ。

「さっき電話で、話があると言ったな?」カール・オルセンがすかさず言い、痛む首をかばいながら警官のほうを向いた。

「フランス人が何かすごいものをみつけたらしいんだ」

「なんだと?　もう⁉　ということは、ついにやったのか?」

「そのようだ。相当自信ありげだったから。あとはパリから専門家を呼んで細かく調査するだけだと」

「パリから専門家？　それは気に入らんな。あのブタはおれたちを騙すつもりなんじゃないか？」

「まあ、天使のように心の清らかな男ってわけではないが」

「気に入らんぞ……」オルセンは繰り返した。

「今いる位置は教えてもらった」

「なんだと？」

「ここから南東に五百キロの場所だ」

オルセンは首の後ろをもみながら考えた。冷めたコーヒーを窓から捨てて、熱々のを注ぐ。それからちびちびと何口か飲み、インスツルメントパネルの上においた。

「そこに行くぞ。お前はそのための口実を考えるんだ。今後はあの男を見張る」

「それがいい考えかどうか……。トナカイ所有者は二人とも身柄を拘束したから、おれはその取り調べをすることになっているんだ。それに皆が、なぜアスラクも拘留しないのかと不思議がっている」

「アスラクを捜しに行くと言えばいいじゃないか。ほら、なんだって可能だろ？　なのにお前は言い訳ばかり。取り調べは待ってもらえばいい。すぐにフランス人のところに向かうぞ」

「取り調べを少しくらい延期することはできるが、会議が終わってからなんて絶対に無理だ。

明日にはやらなくては。だから金曜か土曜なら行ける」

「ほら。完璧じゃないか。おれは午後にはアルタに向かう。周りには、何日か買いつけに行くと言っておくつもりだ。あとで落ちあおう」

警官はうなずいた。オルセンは相手の顔に、そろそろ限界を超えそうなのを見てとった。

「何もかももうすぐ終わるから」オルセンは慰めるように言った。「開発権はあと少しで手に入る。そのあとはもう誰にも止められない。フランス人におれたちの金鉱をみつけさせればいいだけだ。あとは何も馬鹿なことをしでかさないように見張るだけ。だがあんなやつくらい、お前独りで手に負えるだろう？　なにしろ鉱山の警備責任者になるのはお前なんだからな、そうだろう……？」

49

一月二十六日　水曜日
カウトケイノ　十八時四十分

ニーナはカウトケイノにあるガソリンスタンドを三軒とも回ってから、午後遅くに戻ってきた。空にかかる雲の覆いが外を真っ暗にしている。寒さは今朝より厳しくなったようだ。いや、単に疲れのせいかもしれない。ニーナはまっすぐにクレメットのコタに向かい、入口の幕をめくり、中に入って炎のそばに座りこんだ。手袋を外すと長いことしっかりと両手をこすりあわせる。クレメットは炉の向こう側に座って、一心不乱にフォルダの書類を読んでいた。

「マッティスの毛皮についていたオイルは、スノーモービルのものじゃなかった」ニーナはそう切りだした。炎に手をかざしてこすりあわせながら。

クレメットは目の前のフォルダを閉じ、ニーナが続けるのを待った。

「ガソリンスタンドで売られているオイルの成分はすべて確認してみたし、給油をしにきた人やガソリンスタンドの店員にも話を聞いた。間違いない。この種のオイルはスノーモービルには使わない。ちなみに車にも使わないらしい。そのオイルはトラクターや大きな機械類、トレーラーなんかに使われるもの。わたしも初めて聞いたメーカーだったし」

ニーナはアノラックのポケットに手を入れると、手帳を取り出した。

「メーカー名はアルクティクス・オリエ。オイルの商品名は、ええと……ビッグ・モーター・スーパー・ウインター・オイル」

「トラクターや機械専用のオイルだということか？　例えば農業機械のような？」

「ええ、あとはトレーラーとか」

入口の幕が上がり、冷たい風が吹きこんだ。シェリフが入ってきて、クレメットの隣に座った。アノラックを脱いできゅうくつなマリンブルーの制服ジャケットのボタンを外し、ほっとため息をつく。

「それで、これからどうするつもりなんだ。警察車両がきみの家の前にちょっと長いこと停まりすぎなのでは？　ここでぐずぐずしてるんじゃない」

「わかってます」クレメットが答えた。「だが常に複数の手がかりを追わなければいけなくて、おまけにその間には何百年という隔たりがあるときた。それを全部、ブラッツェンにばれないようこっそりやらなきゃいけない。とんでもなく広いツンドラの大地で、しかもちょっとしたことでもすぐに全員に知れわたる土地柄で！」

「きみたちには太鼓があるじゃないか。それに誰が盗んだかもわかった。それだけでも素晴らしいぞ、クレメット」

「さっきオルセンのところに行ってみたんです。すごく怪しまれたが」

「オルセン？　進歩党の市議会議員か？」

「ええ。アンリ・モンスの写真にあった口髭の男は彼の父親だった。かなり躊躇《ちゅうちょ》していたが、そのことは認めたよ」

　その話を聞いてニーナが顔を上げた。

「父親？」シェリフが続けた。「オルセンの父親とマッティスの祖父が、同じ一九三九年の探検旅行に参加していたということか？　なんという偶然だ」

「偶然じゃないはず、よく考えてみれば。歴史が世代から世代へと受け継がれた。それにマッティスはときどきカール・オルセンの農場で働いていたし」ニーナが言った。「ベーリットは農場で他のトナカイ牧夫二人のことも見かけたと言っていた。ヨンとミッケル、その二人がオルセンの……」

「……トラクターや農業機械を修理していた」クレメットが同僚をじっと見つめながら続けた。ニーナがその事実を口にした瞬間に真実が浮かび上がったのだ。

　カール・オルセンの農場は真っ暗だったので、クレメットは余裕で自分の赤いボルボを進ませた。ただ、この道に曲がりこむのを見られないようには気をつけた。捜査に関わっていない自分がここで何をしているのかを説明できない。本来ならツンドラの大地でトナカイを数えていなければいけないのに。クレメットは納屋の裏に車を停めた。そしてベーリットに短い電話をかけた。彼女には警察の質問に答える義務があるのだ。オルセンは今アルタに行っていて、

二、三日帰ってこない。クレメットはベーリットの答えを聞いて満足した。ヨンとミッケルがやってきて小型の機械のメンテナンスをすることになっているが、早くても明日の朝だ。ベーリット自身は明日の午後に農場に来て牛の世話をするという。

夜間に非公式訪問をするというアイデアを、シェリフは気に入らなかった。ニーナはもっとはっきり反対した。そんなの絶対にだめよ。するとクレメットは聞きとれないような声で何かつぶやき、シェリフが彼をなだめた。翌朝にはトロムソにいる検察官と話をつけ、法的に家宅捜索ができるように自分にできることはすべてやるからと約束してくれた。こうして理性的な決定が下され、三人は別れた。

同僚たちが帰ってしまうと、クレメットはガレージに行き、車に小さなバッグをほうりこみ、道路に誰もいないことを確認してから車を出した。農場までは車で十五分だが、わざわざ回り道をした。そして建物の裏に続く道路に車を駐車した。そこからなら歩いて百メートルもないし、表の砂利道を通らなくてすむ。

長く感じられた二分間、クレメットはエンジンを切って車内に座ったままだった。ウインドウを下ろし、怪しい音をひとつも聞き逃すまいとする。あっという間に寒さが骨の髄までしみこんだ。もっと暖かく着こんでこなかった自分を呪った。

クレメットは弱い光の小さな懐中電灯を取り出し、オルセンの納屋に向かった。何度も立ち止まりながら入口までたどり着く。ドアに鍵はかかっていなかった。納屋は巨大で、トラクターが二台に種まきや収穫用の機械も並んでいる。どの壁にも棚板が渡されているか、様々な工具がかかっている。見事なナイフのコレクションもあった。クレメットは念のために薄い手袋をはめてから、刃を一枚一枚確認した。どのナイフもマッティスを刺すのに使われたモデルではない。だからどうということもないが。ナイフの隠し場所ならこの農場にはいくらでもある。しかし、今日はそのためにここに来たわけではなかった。クレメットは納屋のあちこちを探し、ついに目当てのものをみつけた。オイルが入った五リットルのポリタンクがいくつも、古い棚の脇に並んでいる。あちこちへこんだ大きな灯油の缶も。オイルは様々なメーカーのものだったが、そのうちふたつがアルクティクス・オリエ社のビッグ・モーター・スーパー・ウインター・オイルだった。

クレメットは満足して踵《きびす》を返した。納屋のドアから鼻だけ突き出して、外を観察する。何百メートルか先に広い道路と街灯が見えていて、光の中をごくたまに車が通りすぎていく。しかし納屋から出ようとした瞬間に、砂利道をやってくるトラックの音が耳に入った。大きな農場の前庭に、あっという間にトラックのヘッドライトの光が広がった。クレメットはあわてて納屋の中に後退した。オルセンは留守なのに誰がやってきたんだ？　そっとドアを閉めて、暗い一角に身を隠す。トラックが停まり、エンジンが切れた。それからドアが開き、重いものがどさりと地面に降り立つ音が聞こえた。それから足音。口笛も。長距離トラック運転手はポップソングを口笛で吹いていた。一人だけのようだ。クレメットは二枚の板の隙間から外を覗こうとしたが、何も見えない。男がその場で飛び跳ねている音が聞こえる。身体を温めているのだろう。そしてずっと口笛を吹いている。永遠のような一秒一秒が過ぎていく。クレメットは無意識のうちにあのメロディーはなんの曲だろうと考えていた。その口笛が突然、砂利道をやってくる別の車の音にかき消された。ディーゼルエンジンのミニバンだ——とクレメットは音から推測した。ヘッドライトが前庭を照らし、エンジンが切れると同時に光も消えた。ドアが二枚、バタンと閉まる。三人の男たちは親しげに抱きあって挨拶を交わしている。クレメットはすぐにミッケルの声を聞きわけた。アイロ・フィンマンのところで働いている牧夫の一人だ。オルセンのところで機械のメンテナンスをやっているという話だった。やばい——クレメットは思った。この納屋に入ってくるはずだ。薄闇の中で、もっとましな隠れ場所を目で探した。しかし入口に足音は近づいてこない。男三人は前庭に立ったままだった。そのうちの一人がトラックのドアを開けて、別の一人がミニバンのトランクのドアを開いた。二台の車は隣りあわせに停まっている。トラックの後ろのゲートが下りていく音が聞こえる。男たちは声に出して震え、寒さを罵《ののし》っている。どうやら箱や品物を片方の車からもう片方に移しているようだ。おそらくトレーラーからミニバンへだろう。クレメットは寒さが骨の髄までしみこんでいくのを感じた。五分は経っただろうか。厚い手袋は車においてきてしまったので、指先がじんじん痛む。外ではやっと男たちが仕事を終えたようだ。車のドアが閉まる。タバコに火をつけ、品物のことを話している。クレメットは耳をそばだてた。すると疑惑が証明された。この三人はノルウェーより物価の安いスウェーデンから酒やタバコを運んできて売りさばくという闇取引をしているのだ。その中の一人、おそらくミッケルの友達のヨンが、またすぐにタバコを調達してほしいと頼んでいる。注文の紙を渡したようだ。ヨンらしき男が、ほしい酒はリストにして紙に書いてあると説明したからだ。もう一人の男が、三日後にまた来ると答えた。スウェーデン語だ。誰かがまた口笛を吹きながら、指を鳴らしている。そして三人は別れの挨拶をした。スウェーデン人は運転席によじ登ると、「アスタ・ラ・ヴィスタ、ガイズ！」と声をかけ、バタンとドアを閉めた。ミニバンが先に出た。前庭を一周するときに、そのヘッドライトがトレーラーの運転席を照らしだした。クレメットが隙間から覗くと、刺青《いれずみ》のスウェーデン人運転手には見覚えがあった。

50

一月二十七日　木曜日
日の出：九時八分、日の入：十三時五十六分
四時間四十八分の太陽
カウトケイノ

カウトケイノの警察署の前にはさらに人が増えていた。デモ隊は組織化されたようだ。小さな野営地ができあがり、市役所の向かいの広場も部分的に占領している。トナカイ所有者たちがここまで自分のグンピを引っ張ってきたのだ。その場にいる三十人ほどが三台の炉で暖を取っている。この早朝、それぞれが仕事の前に立ち寄ったのだ。プラカードの数も増えている。ブラッツェンは怒りの表情で人をかきわけて進み、大きな手書き文字の〝植民地化反対〟というプラカードを掲げるトナカイ所有者を押しのけた。ブラッツェンはいつもの意地悪な表情を浮かべている。できれば四つの長い房のついた青い帽子をかぶったその男を侮辱してやりたいところだったが、口を閉じておくことにした。自分はカウトケイノ警察署の責任者なのだから。言動には気をつけるようにとアドバイスされている。今の自分は警察の顔でもあるのだ。

警察の顔！　くそっ、なんてことだ！　こんなところ役人の集まりじゃないか。だがゴールは近い、だから目立つことはするなとオルセンに言われている。老農夫はブラッツェンの父親のことばかり口にして、夢のような鉱山の警備責任者にしてやるとも言っていた。たんまり給料をもらえるらしい。そうすればサーミ人他、この社会に巣喰う寄生虫どもを腫れ物を触るように扱わなければいけないこともなくなる。署の入口にたどり着くと振り返り、そこから数メートルのあたりで半円を描くように集まったデモ隊に好戦的な視線を向けた。彼らは黙って睨みあった。しかしブラッツェンはくるりと踵《きびす》を返すと、一言も発さずに署の建物に入った。コーヒーを注ぎ、地下へ向かう。警備の警官たちに独房の鍵を開けるよう命じた。サーミ人トナカイ所有者たちは朝のトイレをすませる時間もなかった。ブラッツェンは二人を遠慮なくじろじろ眺めた。

「で、調子はどうだ？　ひどい顔をしてるじゃないか。まるで犯罪者みたいだ」ブラッツェンはにやりと笑った。「三人で話そう」

レンソンが立ち上がり、挑むようにブラッツェンを睨みつけた。

「ずいぶん偉そうじゃないか、レンソン。ここではそんなことをしても無駄だぞ」

そのとき聞こえた足音に、ブラッツェンは振り返った。トール・イェンセンが奇妙な笑みを浮かべて目の前に立っている。その後ろには背の低いスーツ姿の男と警官が一人いる。

「ご苦労さまだな、ブラッツェン」シェリフはまだ笑みを浮かべたままだ。「おれは検察官と一緒にちょっと家宅捜索をしようと思っていてね。お前は取り調べで忙しそうだから、まったく気にしなくていいぞ」

「いったいどういうことだ」ブラッツェンが吼《ほ》えるように訊いた。

「検察官は少々急いでるんだ。だから必要ならあとで教えよう。そのくらいしかカウトケイノの偉大な署長様にやってさしあげられることはないからな。検察官殿も同意見だろう?」

ブラッツェンはカップの中のコーヒーに向かって汚い言葉を吐いた。検察官からも何も教えてもらえないのはわかっている。労働党と組んでいる検察官なのだから。ブラッツェンは唇を噛みしめると、彼らに背を向けた。

「お前らが少しは反省してから、戻ってきて取り調べてやる」ブラッツェンはそう吐き捨てると、階段を上がっていった。


ニーナとクレメットはオルセンの農場に続く砂利道の入口で、検察官とシェリフを待っていた。二人はまだクレメットの赤いボルボに乗っている。完全に私服で、警察車両も使わない。これからラカニャールを捜しにヴィッダへ出るのだが、まずは昨晩の件をはっきりさせたかった。

検察官は仕事が速かった。警察は農場のエンジンオイルのサンプルを採取することになった。ルールに従って作業を進め、写真も撮った。棚からオイルのポリタンクを下ろし、ミニバンに積みこむ。ナイフもすべて押収して、納屋じゅう念入りに捜査した。

検察官はもうオルセンの家の前に立っている。警官が玄関の錠をいとも簡単に開いた。カウトケイノでは安全性の高い錠を取りつけるような必要はないのだ。シェリフと検察官が一階を捜査する中、クレメットはまっすぐに二階に向かい、ニーナもそれを追った。二人は酸い匂いのするオルセンの寝室をみつけた。すぐにオルセンの父親が写真の中にみつかった。大半は家族写真だったが、老オルセンがヴィッダや畑にいる写真もあった。他の人たちとポーズを取っているものもある。基本的には使用人ばかりだ。そういった写真からは、支配者願望のある男だというのが見てとれる。使用人たちを庇護するような態度だ。あきらめたような表情の使用人たちは地面に片膝をつき、老オルセンがその背後に立ちはだかり、そのうちの一人の肩に手をおいていたりする。

「これ、一九三九年の探検旅行に参加していた通訳じゃないか。そのままオルセンのところで働くことになったのか。この写真は一九四四年に撮影されているから」クレメットが指摘した。

「それにこっちはカール・オルセンが父親と一緒に写っている」ニーナも言う。「オルセンが写っているのはこの一枚だけ。まだ子供ね。十歳にもなっていないんじゃない？　パパが肩からかけている金属探知機よりも小さいくらい」

「一九三九年に探検旅行に参加して以来、老オルセンは鉱山熱に浮かされていたようだな。その後も単独で探し続けたわけだ」

「まさにそのようね」ニーナはちょうど小部屋をみつけたところだった。中を覗きこみ、金庫や古い地質図、古い新聞や箱などをみつけた。何もかもかび臭い。ニーナは紙を何枚かめくってみた。

「オルセンの父親が使っていた地質図のようね。名前はクヌートだったみたい」

二人は写真を一枚一枚確認していった。

「ベーリットが、他の写真は屋根裏にもって上がったと言っていた」クレメットが思いだした。

「屋根裏に上がって、何かみつからないか探してみよう」

細い階段を上って屋根裏部屋に入ると、そこはどう見ても滅多に使われていない部屋だった。かなり広くてきっちり整理もされているが、一角だけ古い箱が無造作に積まれている。クレメットはベーリットが話していた箱をみつけた。そこには妻の側の家族写真が入っていた。妻の親族も朗らかな人たちには見えなかった。非難するような目つきが、クレメット自身のレスターディウス派の親族を思いださせた。

「クレメット、ちょっと来て！」ニーナが屋根裏部屋の奥から呼んだ。

ニーナはふたつの箱の間に座りこみ、横に並べておかれた二台の機器を指さしている。ひとつは寝室の写真にも写っていた金属探知機。ニーナはもう一方の機器の商品名を指さした。クレメットにもはっきり文字が見えた。

「ガイガーカウンターだ。一九三九年に使用されたガイガーカウンター」

「そう。それにフリューガーは転倒して死んだんじゃないと思う」ニーナの声が暗くなり、放射能測定器の端を指さしている。

ガイガーカウンターのシリンダーには、目に見える茶色のしみがあった。二人は同じことを考えた。まさか古い血痕——？

ラカニャールの野営地近くで、ブライアン・キャラウェイは乗ってきたヘリコプターを降りた。ラ・フランセーズ・デ・ミネレは何もかも完璧に手配した。大発見の匂いを嗅ぎつけたときはいつもそうだ。そういうときに必要な資金を動かすことができる企業なのだから。ヘリコプターが着陸すると、キャラウェイはヘリコプターに吊り下げてきた巨大なネットを外した。木製の大きなパレットにはスノーモービルが一台、ガソリンのポリタンク、機材や食料の入った箱が積まれていた。

ラカニャールは丸い小さな眼鏡をかけた若いカナダ人を見つめた。そうやって、会社が送ってきた雪氷学者を品定めする。探検家の衣装をつけた女々しい若造、学歴だけは高い若造だ。こういうやつは何トンもの装備を身につけていないとプロとして自信がもてない。あれやこれやの特別素材でできた厚手のアノラックには、いくつもポケットがついている。北極探検にでも行くのかというブーツをはき、首に最新の氷河眼鏡を下げている。三日伸ばしたような無精髭は実はきれいに整えてある。腕にはミニGPS専用のポケット。エスチング社のウルトラ軽量ハンマーまで武器のように装着している。あとは線量計を少なくとも二個、オーバーオールにくっつけて。驚くことでもないが。この類の若い学者は大仰な安全対策を取る。ラカニャールは昔自分が、ちょっとくらいの被曝など気にせずに、ウランの岩塊をリュックサックに入れて運び、オフィスにそのままおいていたことを思いだした。十年ほど前からは、放射性のサンプルは危険すぎるため倉庫に保管しなければいけなくなった。何もかもが危険すぎることになったのだ。キャラウェイは早速、電気製品のために持参した携帯用ソーラーチャージャーを日に当てている。カナダ人がここまでかついできた超近代的なガジェットのコレクションを見て、ラカニャールはあからさまな嘲笑《ちょうしょう》を浮かべた。キャラウェイはなぜ同僚が笑っているのかわからないようだ。ラカニャールが昔風のプロだという話は皆から聞いている。そして少々無骨だという評判も。

「時刻は十四時二十分」キャラウェイは満足そうに自分の腕時計を見た。「これ以上早く到着するのは無理だったな。そこまで寒くなくてよかった。じゃなきゃパイロットが飛びたがらなかっただろうから」

ラカニャールはキャラウェイの腕時計に気づいて、あきれたように頭を振った。この男はなんと、ミニ・ガイガーカウンターを内蔵したポリマスター社のPM１２０８までもってきたのか。なんという腰抜け野郎だ。それに疑いの余地はない。ラカニャールはヘリコプターがアルタへ向けて飛び立つのを待ってから、キャラウェイに向き直った。

「航空測量のデータは？」厳しい声でそう訊いた。

カナダ人は歓迎の言葉もかけてもらえないことにがっかりした様子だった。サプミの奥地に必要なものをすべて揃えて、出動の命を受けてから二十時間以内に到着したというのに。航空測量もちゃんとやったのだ。通常、ウランがどこに出現しているのかを最初に測量するのは空からだ。そうすれば広大なエリアを細かに調査できる。ただしこの手法には不確実な面もある。ウランが一メートル以上の深さや湖の中にある場合は反応を捉えられない。それでも、どのエリアが興味深いかという判断材料にはなる。キャラウェイはアスラクにも歩み寄り、握手を求めた。アスラクは一言も発さないまま手を握り返した。それからキャラウェイは簡易テーブルを開いて、機材を周りに集め、テーブルの上には地質図を広げた。

「この部分には複数のスポットがみつかったが」キャラウェイが言った。「岩塊をみつけたのはどこです?」

ラカニャールはカナダ人の地質図に自分の発見場所を記した。

「よし、すぐにとりかかるぞ。おれはこの部分を調査する。お前はこっちの方向に動いてくれ。二人ともこの軸にそって進めれば、この川ぞいと交差する。二人でやれば二時間もかからないだろう」

シェリフと検察官は署に戻ったが、クレメットとニーナはクレメットの家に向かった。そこには制服とヴィッダに出るための装備がここ数日放置されたままだ。ガイガーカウンターはあのあとすぐに分析に送られた。茶色のしみが血痕なのかを確かめるためだ。検察官がカウトケイノの教会墓地に眠るエルンスト・フリューガーの遺体からDNAを採取する決定も下した。必要に応じて頭蓋骨の傷を調査する可能性もある。

クレメットとニーナは制服のグレーのズボンと厚手のマリンブルーのジャケットを身につけた。

「おれが思うに」長い沈黙のあと、クレメットが言った。「アンリ・モンスが頼っていた通訳がクヌート・オルセンに洩らしたんだろうな。ニルス・ラッバがドイツ人地質学者に話した内容をね。鉱山、太鼓の話、地質図。それが老オルセンの妄想をかきたてた」

「それでエルンスト・フリューガーとニルス・ラッバが出発したあとすぐにオルセンも姿を消したことの説明がつく」ニーナも言った。「二人を追っていったんだわ。そしてニルスが離れるのを待ち、ドイツ人地質学者を襲った。脅したのかもしれない。相手は抵抗したのかも。だからガイガーカウンターで殴ったとか」

「ああ、だがそのときフィールドノートはみつからなかった。地質図のほうはみつけたのかもしれない。エヴァが存在するはずだと言った宝の地図――」

「エヴァはまもなくカウトケイノに着くの？」

クレメットは時計を見た。

「あと二、三時間のはずだ」

「その地質図もオルセン宅の小部屋にあるんだと思う？」

「その答えはエヴァが教えてくれる……といいが。太鼓からわかった情報は伝えておいたから、オルセン宅でみつかった何枚もの地質図を調べてくれるだろう」クレメットはそう言いながら、エヴァがカウトケイノにやってくるのが嬉しかった。クレメットはニーナにキスをした恥ずかしい出来事が許されたことにも気づいた。ニーナは根にもつタイプではない。南ノルウェーで漁師をしているという彼氏のことは不思議なくらい話さないが。クレメットはその幸運な漁師と知りあいではないが、いいやつなのだろうと思う。単にニーナが、キルナの自信過剰な鑑識官を軽くあしらったからというだけの理由なのだが。ただ、アスラクに会って以来ニーナが動揺していることには気づいていた。ニーナがフランスに出発した日のことだ。今から約十日前になる。トナカイの事故のあとにアスラクに装飾品を贈られてから。クレメットが最後にアスラクに会ったのは、彼の放牧地をスノーモービルで走ったせいで発砲されたときだ。そのことは今でも辛い思い出として残っている。なぜいつもアスラクには否定的な感情がついてまわるのだろう。いや、なぜなのかは自分でもわかっている。わかってはいるが、受け入れることができない。

クレメットはマリンブルーの制服のジャケットのボタンを留めているニーナを見つめた。腕にはトナカイ警察の小さなエンブレムが輝いている。ニーナは必要なものをポケットにつっこんでいる。手帳をぱらぱらとめくり、それを胸ポケットにしまおうとした。しかし手帳が入りきらなかったため、中に何か詰まっているのかとポケットの中を探った。すると小さな袋が出てきた。ニーナは何か思いだし、少し頬を赤らめた。アスラクからの贈り物だ。クレメットもそれに気づいた。

ニーナは小さな袋を開いた。

「まだ開けてもいなかったの」ニーナはそう言い訳して、恥ずかしそうな顔になった。

クレメットは何も言わなかった。自分の荷物の間を歩き回り、袋をいくつもかかえてすべて車に積みこんだ。さらに二度往復すると、準備は整った。ドアのところで待っているのに、ニーナはリビングの椅子に腰かけて何かに夢中になっている。

「ニーナ、行くぞ？」

「ちょっと待って」

クレメットはため息をつき、キッチンに向かった。水を飲もうと思ったのだ。ニーナの後ろを通りすぎるときに、いったい何をやっているのかとちらりと目をやった。ニーナは紙にいろいろな模様を描きつけていた。

「そんなことしてる場合か？」

ニーナはその紙と、アスラクにもらったものをクレメットに差し出した。一見するとそれはペンダントトップのように見えた。サーミの伝統的な素材、錫《すず》でできているようだ。形には見覚えがなかった。丸っこいが左右対称ではない。大きな部分の上に二種類の球がのっている。下の部分は右側に一本の脚のようなものが出ていて、左側の緩い弓形と対照的だ。弓形になった部分は均整がとれている。何を表しているのかはよくわからないが、確かに美しさを秘めている。それがトナカイの毛をよりあわせた紐に下がっていた。ニーナはクレメットのほうに紙を近づけた。複数のスケッチが描かれているが、最後に頭文字を組みあわせたデザインがあった。G、P、S、A。GPが上でSAが下。

「たいして難しくなかった」ニーナが微笑んだ。「父がよく、気分転換にこういうのをやっていたから。うちの苗字や自分の名前、わたしの名前のときもあったけど、なんでもいいからアルファベットをアートのように組みあわせるの。印章みたいな感じにね。父はそうやって指輪をデザインしたこともあった。自分の名前と苗字の頭文字、そしてママの頭文字を組みあわせて。ママがそれをつけることはなかったけど……安っぽく見えると思ったんでしょうね。でも父はよくつけていた。わかる？　アスラクは自分の苗字の前半ガウプ、そして後半サラの最初と最後の文字をとったの」

クレメットが見ると、確かにその丸い形が見てとれた。そう思って見ると文字が浮かび上がる。ニーナは自分の発見に満足し、微笑んでいる。装飾品をまた袋にしまうと、紙を半分に折った。

「よし、じゃあ行こう」機嫌よくそう言った。

しかしクレメットがそこから動こうとせず、彼女を制止したので驚いた。目の前に立つニーナに、クレメットが手を差し出した。

「さっきの、もう一度見せてくれ」

ニーナは一歩下がり、またさっきの小袋を取り出した。クレメットに装飾品を渡し、無理に笑顔をつくる。クレメットはそれを指でつまみ、じっと見つめていた。目を閉じ、また開き、ニーナの目の前でそれを回してみせた。ニーナのほうは同僚の行動をまじまじと見守っている。

クレメットは二本の指で回転を止めた。

「Sだ、ニーナ。Sをよく見ろ」

ニーナはまだ微笑んでいたが、突然その笑みが凍りついた。手を口に当て、椅子にどすんと座った。

「なんてこと！　そのS、その形！　なんてこと……マッティスの片耳のマークだ！」

51

一月二十七日　木曜日
サプミ内陸部

カナダ人の雪氷学者は自分のガジェットとノウハウをくまなく活用し、手早く作業を進めた。そして二時間で岩塊をさらにふたつみつけた。そのウラン含有率が非常に興味深い。極めて珍しいレベルだった。携帯用ガイガーカウンターによればまた期待できそうな岩塊だ。

「黄色の岩質に八千ベクレルの高値が見られる」キャラウェイは興奮した声で言った。

ラ・フランセーズ・デ・ミネレから派遣された雪氷学者は、ラカニャールが普段ならまず使わない類の専門家だった。プライドが許さない。しかし今回、最悪の場合には岩塊は二十キロもの距離を運ばれてきていて、独りではもとの場所を探り当てるのは不可能だ。キャラウェイのようなやつでもいいから手が必要だった。二キロ半ほど行った地点でさっきより表面が角ばっている岩塊をみつけたとき、ラカニャールは嬉しさに飛び上がった。その形はあまり遠くまで運ばれていないことを意味するからだ。つまり、鉱脈に近づいている。

カナダ人の雪氷学者は何時間もかけて分析を行い、この区間の地質図も詳細に読みこんだ。

出発する前に会社の情報部が、該当エリアに関して存在するかぎりの情報をノートパソコンにダウンロードしてくれていた。野営地では、周囲の寒さから比較的守られた状態で携帯電話にデータを入力し、小さな丸い眼鏡を何度も押し上げては、興奮した声をあげた。キャラウェイはサーミ人ガイドとコミュニケーションを取るのを控えていた。フランス人の同僚と同じくらい心を閉ざし遠い存在に思えたからだが、キャラウェイは気に留めなかった。彼は今ここで必要とされていて、最速でできることをすべてやるつもりだった。会社は当然、彼の貢献に満足するはずだ。あのバッファローのようなフランス人はすでに超人的な直感の片鱗を見せている。それは認めよう。ラカニャールからほんの数日しかフィールドに出ていないことを知らされたとき、にわかには信じられなかった。しかし午後に調査から戻ったときには、もうすでに驚くべき結果を出していた。キャラウェイは無線で本社に連絡を取り、当然のように同僚ブロッダの活躍を賞賛した。しかし通話が終わった瞬間にラカニャールが寄ってきて、キャラウェイに強烈な平手打ちをくらわせた。キャラウェイは頭がくらくらして、驚きのあまり口がきけなかった。

「おれのことを二度とブロッダとは呼ぶな、この馬鹿野郎。それに、何をみつけたかも無線では一言も言うな。誰にもだ」

クレメットとニーナは一秒も無駄にしなかった。マッティスの耳と同じマークをみつけただけでもセンセーショナルなことだが、新たな問題も生じた。車でカウトケイノの中心部へ向かう間、クレメットは考えを整理しようとした。

「マッティスは鉱山の場所を記した太鼓をもっていたから殺された。なぜ死ななきゃいけなかったんだ？　太鼓を盗んだからなのか、それを渡そうとしなかったからか。誰かがマッティスに太鼓に力があることを信じさせ、心の弱さを利用しようとした。アスラクか？」

「アスラクが鉱山を手に入れたいなんて想像できる？　彼の考えかたとは一致しないと思うけど……」

「いや、だがアスラクが太鼓の力を目当てに狙っていたということは？」

「アスラクもシャーマンだってこと？」

「アスラクがノアイデ……」

「わたしの理解では、本物のシャーマンは自分がシャーマンだなんて言わない。だからアスラクがノアイデであってもおかしくない。かなりミステリアスな男だし。多くのサーミ人からも慕われている」

クレメットは困ったように頭を振った。無意識にスピードを落としている。

「わからない。ただ……おれがもっている彼のイメージに合わないんだ」

「イメージって何よ！」ニーナが突然怒りだした。「アスラクを聴取したくないからって、嘘の言い訳をするわけ？　クレメット、じゃあ、あなたのイメージとやらを話してもらいましょうか。わたしはフェアプレイに徹したわよ。あの装飾品をもらったことは黙っていてもわからなかったのに。そうすれば恥をかくこともなかったけど、それでもあなたに話したでしょう？」

クレメットは黙って、凍った道路に集中していた。口を開いたが、また閉じた。何か言おうとしたのに、気が変わったようだ。

「太鼓盗難事件の裏で糸を引いているやつは、鉱山を探している。そいつらが気の毒なマッティスを騙して操ったんだ。フランス人も太鼓が示す鉱山を探している。それはわかっている。あとはフランス人が単独で行動しているのかどうかを調べるだけだ。マッティスを刺殺したのもそいつなのか？　太鼓のありかを白状させるために」

「あなたはヨンとミッケルに疑いをかけているのかと思ったけど」

「そういえば、あのおじいちゃんに確認するのを忘れたな。アンリ・モンスに、ラカニャールのことを知っているかどうかを。あの二人が共謀していてもおかしくないだろう」

今度はニーナが黙る番だった。

「それはない」しかしニーナはそう言い切った。「そうだったとしたら、アンリ・モンスは絶対に気づいていない。彼だって騙されたのかもしれないし。でも違うと思う。彼はニルス・ラッバに深い尊敬の念を抱いていた。その話を語ったとき、本当に感動している様子だった。わたしはそれよりもクヌート・オルセン――オルセンの父親がどんな役割を果たしたのかを知りたい」

「ともかくおれは、アスラクがマッティスを殺したとはどうしても思えない」クレメットがかたくなに言った。「アスラクとマッティスの間に何かがあった、それがなんなのかはわからない。ヨハン・ヘンリックなら知っていることがあるかもしれない、だが今行って話を聞くわけにはいかない。ブラッツェンがいるからな」

「ベーリットなら知っているかも。この間アスラクの写真を見せたときは、わざと話すのを避けている様子だった」

クレメットの目にもその光景が浮かんだ。明らかにこわばったベーリットの表情は、なんらかの不安を隠しきれていなかった。クレメットはバックミラーを確認しウインカーを出すと、車をUターンさせ、博物館の方向に向けた。車が博物館の裏に停まった一分後、クレメットはベーリットの家のドアを叩いていた。

ベーリットが玄関にやってきてドアを開けた。二人の警官を見て驚く様子もなく、彼らがブーツを脱ぐとキッチンに案内した。目を腫らしているから、ずっと泣いていたのだろう。クレメットはニーナにうなずきかけた。

するとニーナはベーリットの手を取り、クレメットの表情を確認した。クレメットはまたうなずいた。

「ベーリット、わたしたち、アスラクが……彼がマッティスを刺殺したんじゃないかと思う理由があるんだけど」ニーナは簡潔に説明した。「少なくとも、マッティスの耳に切れこみを入れたのはアスラクなんじゃないかと」

ベーリットはがばりとニーナに向き直り、手を引っこめると、口に押し当てた。その口から小さな悲鳴が洩れた。恐怖に怯えた視線がクレメットに注がれている。クレメットは何も言わずにうなずいた。するとベーリットは両手で顔を覆い、泣きだした。

「ああ神様……」ベーリットはすすり泣き、もうそれを止めることはできなかった。

ニーナはベーリットの肩を抱き、落ち着かせようとした。

「ベーリット、あなたがマッティスとすごく親しかったのは知っている。本当に気の毒だったわ。だから、わたしたちは……」

ベーリットが急に顔を上げた。感情がたかぶり、その目は胸を引き裂くような炎に燃えている。

「わたしが苦しんでいるのはマッティスのことじゃないの」ベーリットは嗚咽《おえつ》を洩らしながら、叫ぶように言った。「アスラクよ！　ああ神様……アスラク」そう言うと、また頭を振りながら手で顔を覆ってしまった。

クレメットとニーナは顔を見あわせ、同じくらい驚いていた。

「ベーリット、ベーリット、どういう意味？」ニーナが優しく彼女を揺さぶった。

「アスラクじゃない、彼じゃない！」

嗚咽を洩らすベーリットの目には絶望が宿っていた。自分の世界が今すべて崩れたかのように。

ブライアン・キャラウェイとアンドレ・ラカニャールは、再び出かける準備が整った。今度は少し離れた場所を調査するのだ。アスラクは野営地に残る。ラカニャールはサーミ人が逃げだすという心配はしていなかった。念のため、だいたい二時間ごとに差しさわりのない無線のメッセージをブラッツェンに送っていた。言うことを聞かなければアスラクの野営地を襲うという脅しは効いているようだ。しかしよく考えてみると、確信はもてなかった。脇を通るたびにサーミ人から向けられる視線が気味悪かった。心配しているわけではない。ましてや恐れてなどはいない。サーミ人のほうが自分を恐れていてしかるべきだ。畏怖の念を抱いているべきなのだ。しかしそうではないようだった。サーミ人は一度も何かを強いられているという表情を見せていない。一言も話さない。ただラカニャールのことを見つめる。ラカニャールから視線をそらさない。今でも自分でもってきた食料だけを食べている。基本的にはトナカイの肉だけ。そしてテントの隅で眠る。ラカニャールに依存する立場には一度もなっていない。巻いたトナカイの毛皮にもたれて、ラカニャールを観察している。絶対に逃すつもりのない獲物を待ち受けるライオンのようだ。くそ、なぜあのサーミ人をそんなふうにイメージするんだ……。ラカニャールは急に気づいた。サーミ人は時間を味方につけた野獣のようだ。獲物を逃すことのないオオカミだ。

「おい、何をじろじろ見てる、この馬鹿野郎！」ラカニャールはサーミ人を怒鳴りつけた。「その間抜け面を殴ってほしいのか？」

キャラウェイは同僚が激高するのに驚いたが、何も言わなかった。荷物をすべてもったか確かめてヘルメットをかぶり、ラカニャールの怒り狂った視線が自分に向いたときには、地面に目を落とした。

ニーナは立ち上がった。ベーリット・クッツィが泣きじゃくる間、クレメットも同じことを考えているのがわかった。そして二人とも、その考えを信じたくなかった。まさかベーリットがあんなことを？　彼女が？　そんなわけない！　そんなの、つじつまがあわない。恐ろしすぎる。ニーナはベーリットの肩をつかみ、激しく揺さぶった。

「ベーリット、話してちょうだい。すごく大事なことなのよ！」

ベーリットはやっとこちらを向き、祈るような目つきで警官たちを見つめた。

「アスラク……」そうつぶやくと、やっと激しい感情を抑えることができたようだ。「アスラク、彼は……神様、ああ神様……」

「アスラクがどうしたの、ベーリット？」

ベーリットは深く息を吸いこんだ。

「アスラクはわたしが愛したただ一人の人」

その告白に、二人の警官は驚きの表情になった。恐ろしい自白を覚悟していたのに、こういう類の告白には心の準備ができていなかった。ベーリットとアスラクが？

ベーリットは音を立てて鼻をかんだ。ニーナは彼女の右隣に座った。クレメットは椅子を引き出して左に座った。ベーリットが真実を告白するときが来た今、キャンドルの光さえも震えているように見える。

ベーリットはテーブルの真ん中の小さなティーライト、キッチンの中を唯一照らしているその明かりをじっと見つめている。それから三十分間、視線がそこを離れることはなかった。警官たちは一切口を挟まなかった。

一度も――とベーリットは強調した。二人の間に肉体の交わりはなかった。アスラクはベーリットの愛がどれほどのものか、彼女がどれほど彼に焦がれていたかを知ることはなかった。ベーリットの熱い想いは夢のままに終わったが、神に赦しを求めるために間断なく祈った。一度ならずも、小さな谷ぞいにアスラクがトナカイの群を誘導するのをこっそり眺めていた。何度その光景を見つめながら恋焦がれただろうか。アスラクが投げ縄で、いや素手でトナカイをつかまえて囲いに入れるのを。耳にマークを入れるため、ときには自分の歯で去勢するために。何度そこに立って、また新たに激しい恋心に襲われ、疲労しきったことか。そして自分の願いを夢に見た。うなされながらも。ベーリットはもう何も隠すつもりはなかった。何度も自分に訪れた夢のことを語った。小さくも激しく燃えるキャンドルの炎をじっと見つめながら。夢は今でも鮮やかなままだった。彼女は四つ這いになりトナカイの群の中にいる。彼女はトナカイだった。そしてアスラクが投げ縄で彼女を捕まえる。

口に出されることのなかった彼女の期待は、アスラクがある女性と出会ったことで煙のように消えた。のちに彼の妻となる女性アイラだ。アイラはとても若かった。アスラクに嫁ぐことが決まったとき、まだ十五歳にもならなかった。アスラクの父親はもう死んでいたから、マッティスの父アンタ・ラッバがすべてを取り仕切った。未来の妻は彼の一族の人間だったのだ。アイラは美しかった。若芽のような美しさで、輝くように明るく、すでにトナカイの革の処理が得意で、手工芸にもたけていた。ベーリットに勝ち目はなかった。死にたかった。しかし彼女は家で必要とされていた。障害のある弟が彼女の時間と心を占領していたのだ。しかし夢の中では、いつも彼女がアスラクに選ばれる女だった。それが彼女の人生だった。神の救いにあずかるために罪を知れと言う牧師の怪しげな愛情と、彼女自身が神の創りし最高のサーミ人だと思う男への想いの中で生きてきた。

ベーリットは長い間じっと黙っていた。両手を組みあわせ、頭を軽く傾け、キッチンの薄闇の中で夢見るように小さな炎を見つめている。しかしついに沈黙を破った。

「どうかアスラクに手を出さないで」

話してしまってほっとしたように見える。警官たちは続きを待った。この話がここで終わりではないことはわかっていたから。クレメットはニーナも自分と同じ気持ちであることに気づき、嬉しくなった。もう沈黙は怖くなかった。一秒一秒が流れていく。ベーリットは内なる闘いに打ち勝とうとしているようだった。それでも彼女にとって最悪な部分はすでに過ぎたはずだし、あとは待つだけだった。だから二人は待った。キャンドルの光がひらめき、もうさっきほど明るくはなかった。ベーリットはそれをじっと見つめている。闇が彼女の周りでさらに濃くなった。

「サーミの宗教に聖人がいないことは神様もよくご存じ」ベーリットが話し始めた。「でもいるとしたら、それはアスラク。彼が自分の妻のためにやったことすべて……」

「どういう意味？」ニーナが訊いた。

「アイラには会った？」

ニーナはうなずいた。

「じゃあ、あの子がおかしいのはわかったでしょう。彼女はとても美しかったと言ったわね。アスラクより十歳若かった。二人が知りあったとき、アスラクは二十五歳だった。そしてマッティス、ああ神様、マッティスは二十歳だった。一九八三年のこと。ヴィッダが不安に揺れていた時代だった。ここの人たちが反対していたアルタ川のダム建設の数年後の話よ。クレメット、あなたは覚えている？　皆が怒っていたのを」

ニーナもデモに関する新聞記事のことを思いだした。目の前に、若い社会活動家オラフ・レンソンの姿が浮かんだ。

「アスラクはそういうものには一切関わらなかった。政治にはまったく興味を示さなかったの。別の世界に住んでいると言えばいいのか……。皆が彼を非難したけれど、変わらなかった。でもアスラクには、最後にはそっとしておいてもらえるような威厳があった。彼のことを崇拝している人たちもいたほど。ともかく、ダムは建設された。クレメット、あなたは覚えてる？　それとももうこの町を出ていったあとで、まだ戻ってきていなかった？　よく覚えてないけれど。このあたりには何百人という外国人労働者が押し寄せてきて、それで……いろいろなことが起きた。一九八三年に、そんな外国人の一人がアスラクの若い婚約者に手を出した。ダムの横につくられたトンネルの中で。人けのない夜に、あの子はトンネルの中で強姦されたの。クレメット、そのことを知っていた？」

ベーリットはそこで初めて顔を上げた。クレメットは首を振った。いや、そのことは今まで知らなかった。アスラクのことが頭から離れない。クレメットの胸に強い感情が溢れた。続きを促すために、ベーリットにうなずきかける。

「ほとんど誰も知ることはなかったし、知った人たちも何もしなかった。かわいそうなサーミの娘、だけどダム建設に必要な外国人と比べてなんの価値がある？　警官の一人はそのことを知ったけれど、彼も何もしなかった。もう死んだ警官よ。彼の魂のためにも祈ったわ。アイラは強姦された。まだ十五歳だった。そのときもうアスラクに嫁ぐことは決まっていた。十八歳になったら結婚するはずだった。彼女は自分がアスラクと結婚することを知っていた。叔父のアンタ・ラッバをがっかりさせたくなかった。それに何より、アスラクを失いたくなかった。彼女はわたしがアスラクに恋していたことは知らなかったのよ。ある日、わたしのところへやってきた。ああ神様、あの子は本当に美しかった。ああ神様、でもとても不幸だった。その手をお腹に当てた。わたしはすぐに理解したわ。あの子はわたしに助けてくれと必死で頼んだ。ああ神様、彼女はひざまずいて、どうか赤ん坊を取り出してくれとわたしに頼んだの」

ベーリットはまた両手で顔を覆った。胸が大きく膨らみ、それから震えたため息が漏れた。なんとか感情を落ち着かせようとする。

「できなかった。できなかったの。アイラは帰っていった。あの子は途方もなく絶望していた。激しく泣いていた。まだ何も理解できない十五歳の子供。ああ神様、あの泣き声と悲鳴――今でもまだ目の前であの子が頭をかかえ、叫び、泣いているのが見える」

そこで声が割れた。ベーリットはまた泣きだし、ひいひいと激しい泣き声を洩らしている。

テーブルに倒れこみ、痙攣《けいれん》する顔を両腕に隠している。

ニーナとクレメットは消えゆくキャンドルをじっと見つめていた。ベーリットが落ち着くのを待ちながら、二人とも胃にずっしりと重いものを感じていた。ベーリットが顔を上げるとその声は感情を失い、知らない声のようで、まるで彼女の口を借りて別の人間が話しているようだった。もう炎は見ていない、ずっと遠くを見つめている。霜のついた窓の向こうを。そしてゆっくりと話しだした。

「あとから知ったわ。赤ん坊は生まれた。男の子だった。その子が世に生まれ出たとき、アイラは独りだった。それから水門が開いていたある日、赤ん坊を連れてダムの堤防の上に立った。あの子は……あの子は……赤ん坊の身体がぶつかりながら落ちていくのを見ていた。それから正気を失ってしまった」

ベーリットは長いこと黙っていた。炎はもう完全に消えるところだった。

「アイラは二度ともとには戻らなかった。ときどき〝ラップ、ラップ〟〝子供、子供〟と叫ぶ。傷ついた動物のように。そして空に向けて両手を広げる。何かをつかもうとするみたいに。あれ以来、一度も人と会話をしていない」

炎が消えた。そしてかすかな煙が流れた。薄闇に月の光が流れる。柔らかな光が、ベーリットや警官たちの顔を彫刻のように浮かび上がらせた。

「どうして知ってるの？」ニーナが訊いた。

「アスラクよ。それが話した最後になった。わたしはそれ以来、彼に話しかける勇気がない。

でもアスラクはアイラを拒まなかった。彼女の面倒をみ続けた。聖人のように」

ニーナはクレメットの顔が陰っていることに気づいた。彼は静かにうなずいた。理解したようだ。

立ち上がって帰ろうとしたとき、ベーリットは暗いキッチンに独りで座ったままだった。二人が玄関に近づくと、ほとんど聞こえないような声が届いた。弱々しい、ベーリットのものだとも思えないような声が、彼女を包む闇の中から響いた。

「どうかアスラクに手を出さないで……」

52

一月二十七日　木曜日
サプミ内陸部

アンドレ・ラカニャールはブライアン・キャラウェイを見つめた。この若造はもう彼をブロッダとは呼んでいない。それでもラカニャールは警戒を解かなかった。若造が無線機をつかんだときも、すぐ隣に待機していた。若造がうっかり余計なことを言わないように。キャラウェイは自分が監視されているのを感じ、不安になった。しかし不安には別の理由もあった。また何時間も岩から真実を取り出す作業をして、携帯用ガイガーカウンターを使い、地質図を精査し、発見したことを古い地質図に描き入れた。そして彼は震える手で地質図をラカニャールに渡した。

「あの、こ……ここです」彼はどもりながら言った。「明日の朝はここですね。確実だ。この黄色の岩には八千ベクレルの高値が見られた。とんでもない。すごいものに近づいている」

「ということは、この地質図をつくった男がみつけたのはそれだったんだな」ラカニャールは独り言のように言った。そいつ自身は、自分が何をみつけたのかわかっていなかったのだろう。

黄色い岩石をみつけ、それを金だと思ったのだ。自分がウランを手にしたことも知らずに。

「そのはずです。ずいぶん古い地質図だし、ウランは戦前には誰も興味をもっていなかった。だが今は時代がまったくちがう。すごいですよね？　これからもっといろいろな計測やボーリングが必要になる。もしこの鉱床が期待どおりなら――つまりこの地図に描かれているとおりだとしたら、ラ・フランセーズ・デ・ミネレは世界のウラン市場を率いることになる。すごいぞ！」

「はは、そうだな」ラカニャールが答えた。「だが坊や、おれとの約束は覚えているだろうな？　当面はその小さなお口を閉じておくんだ。わかったか？」

「ええ……ええ、もちろんです」カナダ人は当惑ぎみに答えた。もうまもなくすごい鉱床がみつかるという事実に、同僚の怒りも冷めるだろうと期待していたのだ。

　キャラウェイは一瞬ためらったが、それから言った。

「ひとつだけ、不安なことがあって」

「ほう？」

「いや、不安じゃない、懸念だ」

「言ってみろ」

「いろいろ算出したり見積もったりして、それを古い地質図とも照らしあわせ、あれこれ比較して、それから……」

「いいからさっさと言え！」

「その巨大なウラン鉱床は、アルタ川のすぐそばにあるかもしれないんです。ビジネスとして採算が取れると判明しても、採掘自体はかなり微妙になる。甚大なリスクがあるから、最大限の安全対策が必須だ。ぼくたちなら問題ない……と思う。うちの会社ならそれに必要な専門的技術があるから。だが危ないのは、小さな企業がぼくたちの前に採掘に手をつけることだ。おそらく悲劇的な結果を引き起こすでしょう。放射性廃棄物が何トンもアルタ川に流される。あなたにはその意味がわかりますよね？　この地方全体が死刑宣告を受けるようなもんだ。川ぞいの町はすべて避難を余儀なくされ、同じ理由でトナカイ放牧もおしまいになるだろうな。幸い、うちの会社はそれを避ける方法を知っている。そうでしょう？　ものすごく高くつくが、それ以上に儲かる話なら……」

「それでお前のご立派なセミナーは終わりか？　じゃあそろそろ仕事を再開しないか？　荷物をすべてまとめろ。野営地を移動して、明日の夜明けには飛び出せるようにするんだ。何もかも明日やらなきゃいけない。開発権の申請を提出しなければいけないんだから。われわれにとっては最後のチャンスなんだ。お前にとってもだ。今の仕事を続けたかったら。わかったな？　さあ、明日は大活躍してもらうぞ！」

ラカニャールは背中にサーミ人の視線を感じて振り返った。ラカニャールはサーミ人を指さした。相手は一言も理解していないが、まさにラカニャールが予想したとおり視線をそらさなかった。

「そしてお前は！」ラカニャールはまだ指をさしたまま怒鳴った。「荷物をまとめろ。一時間後には出発だ」

しかしラカニャールは一点だけ誤解していた。アスラクはじっと座ってトナカイの骨をしゃぶりながら、見つめていたのはラカニャールのことではなかった。ラカニャールの手首に下がるものをまた見ていたのだ。フランス人が初めてコタにやってきたときにもつけていた、銀のチェーンブレスレット。彼の妻が気づいたそれを。


ちょうどエヴァ・ニルスドッテルがマーローから到着したところだった。鉱物情報事務所の所長は警察署でパトロールP9の警官たちに再会した。ロルフ・ブラッツェンはあれから署に姿を見せていない。トナカイ所有者二人の取り調べを終えると、すぐに出かけていった。ヴィッダに出て事実関係を確認してくると言いおいて。誰も、それがなんのことなのかを訊く勇気はなかった。ブラッツェンはどう見ても大はしゃぎしていた。興奮して攻撃的で、やる気満々だった。ブラッツェンがいつ戻ってくるつもりなのかは誰も知らなかった。

警察署の前にはまだデモ隊が残っていた。二人のサーミ人がこれほど長く拘留されていることで、連鎖反応が起き始めていた。二人とも政治活動にも関わっているし、彼らと同じ党の国会議員たちは北極圏でいったい何が起きているのかと心配し始めた。ましてやNRKラジオが〝サプミはサーミ人のものだ〟という横断幕が現れたと報道したものだから、安心するどころではなかった。

エヴァ・ニルスドッテルはニーナの部屋で待っていた。一見したところ冷静な様子だ。

「あらあら、わたしの可愛いおちびちゃんたち！　ずいぶん大物を釣り上げたみたいね。そうとも知らずに。まず言っておくけど、オルセンの小部屋にあった古い地質図はどれもマーローにあったフリューガーのフィールドノートとは一致しなかった。だけどね、あなたたちの事件をもう少しよく調べてみた。太鼓が何を語ろうとしているのかをね。うちの職員の手も借りて比較分析をしてみたのよ。わたしが言ったことを覚えている？　フリューガーは黄色の鉱石のことを書いていた。変成していない黒い岩塊のことも。だからウラン採掘モラトリアムより前の時代の航空データと照らしあわせてみた。すると、放射性のエリアがみつかったの。明礬頁《みょうばんけつ》岩《がん》を含む花崗岩《かこうがん》、つまりウランを採掘できる頁岩よ。そんな目で見ないでよ。つまり理論的には、このエリアのどこかにウラン鉱床があるってこと。それが困ったいたずらっ子たちの手に落ちれば――ちゃんとした試掘の機材を待たずに、ただ深いところにある鉱石のサンプルを手に入れたいからって、掘削した穴に火薬を詰めたりしたら、それが大規模な汚染につながり、生態系をめちゃくちゃにするような惨劇が起きる。すぐ横に川が走っていることもあってね。ラドンの危険性は言わずもがな。その話はしたでしょう？　正しく設計されたウラン採掘場ならなんの問題もない。労働者は必要な装備を支給され、換気も適切な方法で行われる。だから中で働いても大丈夫なの。だけどそうじゃない場合、ラドンで肺がんになるのはほぼ確実ね。おまけにタバコを吸ったりしたら一巻の終わり。ラドンってのは本当に厄介なの。太鼓に描かれていた人たちの命を奪ったのはラドンじゃないかしら。太鼓の写真を見せてもらえない？」

　クレメットはエヴァのために拡大した写真を取り出した。

「ほら。あなたたちが幻影だとか呼ぶもの、それが鉱山から鉱山へとまっすぐに続いている。この太鼓がいつの時代のものかわからないけれど、鉱山労働者を殺したのはラドンであってもおかしくない。今の鉱山でも起きることがあるのよ。アフリカなんかでね。危険性を教えないままに労働者を働かせるから。喫煙者なら、まもなく死んでしまう。でも本当に厄介なのよ。なにしろラドンは無臭。サーミ人たちは当時箒職人みたいにタバコを吸っていたし。それにお酒を飲んで酔っぱらってもいたでしょうね。スウェーデン人はタバコやお酒を渡してサーミ人を丸めこんだんだから。〝高貴な野蛮人〟を手なずけるときに、世界じゅうで行われてきたやりかたよ。スウェーデン人も鉱山の中にあるウランがどんなものかはわかっていなかった。宮廷の磁器やグラスを彩るために黄色い物質に興味があっただけで。太鼓のシンボルの中で運ばれている鉱石が本当にウランで、換気もしていない危険な鉱山で採れたものなら、鉱山内にはラドンが濃くたちこめていたはず。確実に労働者たちの大量死を招いたでしょうね」

ロルフ・ブラッツェンはマーゼ郊外の国道九十三号線でカール・オルセンと落ちあった。アルタとカウトケイノの真ん中あたりだ。警部代理は苦虫を嚙みつぶしたような顔をしていた。道路からは見えない位置に車を停め、オルセンのピックアップトラックの助手席に飛び乗る。フランス人地質学者からの連絡に、オルセンは迅速な決定を迫られた。ラカニャールのことは信用していない。考えれば考えるほど、フランス人に騙されるのではと心配になった。本当にあの素晴らしい鉱床を発見したなら、こっそり開発申請をしかねないだろう。そうしたら人生をかけて父親の夢を追ってきたカール・オルセンは教会ネズミのように落ちぶれる。そんなのは論外だった。これまでずっと懸命に準備してきたのだ。オルセンは苦労してブラッツェンのほうを向き、首に走った痛みに顔をしかめた。ブラッツェンはいいニュースはもってこなかった。警察署の同僚たちが怪しみ始めているという。理由は、ブラッツェンがフランス人地質学者に疑惑の目を向けないから。しかも住民は怒りを募らせている。あの厄介なサーミ人二人のせいで。共産党員ばりの強力なネットワークで大騒ぎを起こしている。ブラッツェンの立場はまずくなる一方だ。

オルセンはフランス人を信用するわけにはいかなかった。あの反抗的な態度からして、確実に話の通じない野郎だ。しかしオルセンは解決策を思いついていた。ブラッツェンの立場も守り、そして何よりも鉱床が自分の手からすり抜けないための策を。

「フランス人がいる場所はわかっているんだな?」オルセンはそう言って目を細めた。

「ああ。少なくともそれはわかっている。本当に何もない場所だ。近くに放牧地すらない。誰もあんなところには行かない、世界の端のそのまたはずれだ」

「じゃあ簡単だ。心配するな。何もかもうまくいくから。あのフランス人を見にいこう。遠くからだ。近づいて、あいつが本当にそれをみつけたと確認できたらすぐに、お前がやつを捕らえるんだ。お前の同僚たちもそれに異論はないだろう?」

「ああ、それなら平気だ。だがそれでもあいつの会社が開発権を申請するリスクはある」

オルセンは顔色ひとつ変えなかった。答えはわかっている。だがブラッツェンには自分で結論を導いてほしかった。

「ああ、そうさ。もちろんだ。それに、口を滑らせてしまうリスクもある」オルセンは非常に困ったという表情をつくった。

「ああ、あんたに頼まれたということを話されてしまうと困るよな」ブラッツェンは苛立った顔で言った。

「ふむ、そのことは考えもしなかったが」オルセンは言った。「おれが考えていたのは、お前があいつに可愛いウルリカに手を出せと勧めたことだ。まだ十五歳の若いウエイトレスに……」オルセンはそう言って、ブラッツェンの顔色が瞬時に変わったのを満足気に見つめた。

53

一月二十八日　金曜日
日の出：九時二分、日の入：十四時二分
五時間の太陽
サプミ内陸部　七時三十分

翌日、ラカニャールとキャラウェイは朝かなり早くに出発した。眠れぬ夜は寒く、不安なまま過ごした。ラカニャールはキャラウェイは緊張していた。朝食を口に入れながら、何をしなければいけないかをラカニャールに詳細に説明した。例の岩塊のおかげで、氷河がどのように動いたかを特定することができた。一日に一メートルという速さで動くこともあるのだ。地質図をじっくり読みこむことで移動の方向を追い、鉱床に近づくことができる。ラカニャールがもっている古い地質図、それをどうやって入手したのかラカニャールは話そうとはしなかったが、そのおかげであらゆる疑問が解決した。二人は今、キャラウェイの試算によれば、極めて大規模なウラン鉱床から三百メートル以内のところにいる。

「そうかそうか、じゃあそろそろ出かけるか？」ラカニャールはスウェーデン製の地質調査用ハンマーにもたれながら言った。

太陽はまだ昇っていないが、雪のおかげでまもなく充分に明るくなる。時間を無駄にする余裕はないのだ。開発権の申請は月曜には出さなくてはいけない。火曜日――二月一日の鉱山審議会の会議の前に。

キャラウェイはスノーモービルに荷物を積み、無線機を確認した。すでに自分がパリの本社にメッセージを送る様子が目に浮かんでいる。これはとんでもない大ニュースだ。キャラウェイはほくそ笑み、ラカニャールに見つめられていることに気づいていなかった。サーミ人のガイドに小さく手を上げて挨拶すると、スノーモービルを出した。

キャラウェイは神経をたかぶらせていた。ラカニャールのあとを追いながら、丘の斜面までの数百メートルを素早く進んだ。人生でこれほど熱っぽくうずうずしている自分は初めてだ。最後の部分は超軽量のスノーシューズをはいて歩いた。そこまでは尾根を伝って登ってきたが、頂上付近はかなり急だった。キャラウェイはあと少しで頂上というところで立ち止まった。平らになった頂上の角の部分が、滑り台のように削られている。キャラウェイは尾根ぞいにもう少し進み、脇から滑り台を見ようとした。そのとき、彼の視線が凍りついた。目の前に立ってみなければわからなかったが、岩壁の真ん中に何かの影のような、不思議な崩れかたをした岩のようなものが見えた。キャラウェイは強力な懐中電灯でそれを照らした。すると影が消え、穴が現れた。注意深くそこまで下りていき、穴にたどり着いた。

「ラカニャール！　早くこっちへ！」

フランス人もすぐに追いついてきた。ハンマーを杖代わりに近づいてくる。そしてラカニャールもそれを目にした。

「古い鉱山の入口か……」

キャラウェイはさらに奥へと進んだ。入口はかなり小さかった。入るには腰を屈めなければいけない。中を懐中電灯で照らしてみる。そのとき、喉に何かが詰まったような感じがした。振り返ると、ラカニャールの吐息がかかった。

「進め」フランス人が言った。「いいから」

キャラウェイはまったくいいとは思えなかったが、折り畳みナイフのように身体をふたつ折りにしながら、いちばん狭い部分を通り抜けた。滑らないように足元に気をつけながら。中の通路は二メートル先までしかなく、そこで緩やかに曲がっている。その先は五メートル×三メートルほどの小さな部屋のようになっていた。天井高は一メートル二十センチというところか。壁は掘られていて、でこぼこしている。深く掘られている部分もあって、当時の労働者が鉱山内をどちらに進んだかがよくわかった。

キャラウェイは思わず口笛を吹いた。

「なんてことだ。こんなところまで鉱石を採りに来ていたなんて」

キャラウェイはエスチング社のハンマーで岩を割った。その破片は閃ウラン鉱のあらゆる特徴をもっていた。ウランを採取できる鉱物だ——。

「いつ頃の鉱山だと思う?」

「さあ、わからん。ただ、十七世紀にはラップの地に測量に来ていたというのは知っている。その頃の鉱山であってもおかしくない。だが今は歴史の授業をやってる場合じゃない。ほら、あっちのほうを懐中電灯で照らせ」

キャラウェイは懐中電灯の光を移動させた。ラカニャールは携帯用ガイガーカウンターのスイッチを入れ、測定範囲を千五百ベクレルに設定した。ガイガーカウンターは即座に最大音量で鳴りだした。狭い閉じられた空間で、音は耐えられないほどうるさかった。キャラウェイは思わず耳を手でふさいだが、ラカニャールは顔色ひとつ変えていない。つまみを回して単位を五千ベクレルまで上げ、また測定を開始した。一秒もしないうちにピーピーいう音が最大音量になった。キャラウェイは耳から手を外していたが、またあわてて耳をふさぎ、顔をしかめた。ラカニャールはそのとき初めて不安そうな顔になった。そして表示単位を一万五千ベクレルまで上げた。携帯用ガイガーカウンターの測定範囲をそこまで、つまり最大値まで上げる必要があったのは人生で二回きりだった。数日前に岩塊を測ったときと、カナダのシガーレイクの鉱山で仕事をしていたときだ。シガーレイクは世界でもっともウラン濃度が高く、一トンの鉱石から二百十キロのウランが採れる。つまり、地球上のたいがいの鉱床よりも二百倍高いのだ。

ピーピーいう音は今度もまたあっという間に最大音量に達した。一万五千ベクレル――。キャラウェイは眼鏡の奥の目を真ん丸にしてラカニャールを見つめている。どうやらシガーレイク鉱床はたった今、世界一の座を奪われたようだ。

カウトケイノ　九時

パトロールP9はやっと出発するところだった。ちょうど車に乗りこんだとき、クレメットは叔父のニルス・アンテが警察署のほうに歩いてくるのを目に留めた。クレメットは心底驚いた。叔父がこんなに警察署の近くにいるのは間違いなく初めてだ。警察署と教会は叔父が常に避けている場所だった。クレメットは手を振った。そして叔父と一緒にいるのがフッリ・マンケルだと気づいてさらに驚いた。あの太鼓の専門家が、ユッカスヤルヴィからこんなに離れた場所で何をしているんだ？　しかも二人で何を？　惨劇を阻止するために、今はラカニャールを捕らえることが何よりも先決すべき課題だった。正確にどこへ行けばいいのかという問題も完全には解決していないが、もうひとつ別の悩みもあった。手がかりを探さなければいけない。痕跡をみつけるのだ。運よく、天気の支援は得られている。冬場は、雪の上についた痕を消して回るのは簡単なことではない。クレメットは叔父が入口までたどり着くのを待ちながら、心配そうに空を見上げた。その瞬間に太陽が昇り、また魔法のような効果をもたらした。しかし空には不安な兆しも見えている。午後にはまた雪が降り始める可能性がある。そうしたらきれいな足跡とは完全におさらばだ……。

「やあ、甥っ子よ。また制服を着るようになったのか？　あまり似合ってはいないがな……なあ、お前に少し話しておきたいことがあって来たんだ。ここに立ったまま凍え死ぬか、それともお前のうちに行くか？　わが友フッリが――わしも会うのは数年ぶりなんだが――あの太鼓にすっかり夢中になっていてね。どうしてもお前と話したいそうだ。そのためだけにわざわざユッカスヤルヴィから来てくれたんだぞ」

「ニーナ」クレメットはすでに車に乗っていた同僚に声をかけた。「五分だけガレージに行こう。叔父さん、おれたち本当にすごく急いでるんだ」

四人はまだ扉が上がったままだった警察署のガレージに下りた。ガレージの片隅にはすっかりくたびれたソファが二台、向かいあわせに並んでいる。その間で古い木の椅子が最後の力を振り絞って、すでにいっぱいになった灰皿を二枚支えている。警察署の喫煙コーナーだった。全員でそこに座った。ニルス・アンテ以外。クレメットは自分の耳が信じられなかった。というのも、叔父はヨイクを唄いだしたのだ。ガレージを通りかかる警官たちが驚いて立ち止まる。唄っている老人がクレメットとニーナと一緒にいるのを見て肩をすくめ、また歩いていってしまった。

「その曲、なんだか聞いたことがある」ニーナがつぶやいた。

クレメットのほうは怒り狂った。立ち上がり、殺しそうな目で叔父を睨みつけた。

「そんなことのためにおれたちの時間を無駄にするのか！　中国人のためにつくったヨイクが完成したからって？　来い、ニーナ。もう行くぞ！」

クレメットが数歩進んだとき、フッリ・マンケルがその腕をつかんだ。クレメットは彼の目にまたいたずらっぽい光が宿っているのを見た。

「叔父さんの話を聞きなさい。きみも興味があるかもしれんぞ」

「これはミス・チャンのためのヨイクじゃない」ニルス・アンテが怒った顔で言った。「お前は歌詞をちゃんと聞いていなかったわけか。それに彼女にもっと敬意を払ってもらいたいものだ。彼女はただの中国人じゃない。わしの大切なチャンだ」

クレメットはいらいらとため息をついた。

「じゃあ、どういうことなんだ」

「ヨイクだよ。ヨイクがあったんだ」フッリ・マンケルが説明した。「そのシンボルに最初は気づかなかった。他にあまりにもたくさん情報があったからね。とはいえ、それは栄えある場所を与えられていた。ほら、太陽の真ん中だよ。マーデラーカ、王、兵士、牧師を運ぶ十字だ。それに意味があるのかどうか確信がなかったが、どうしても徹底的に突き止めたくてね。きみの叔父さんと一緒に探したんだ。まったくきみの叔父さんは素晴らしいよ。ヨイクに関しては歩く辞書だ。だが本当にすごいのは、マッティスとの関連をみつけたことだ。つまり、マッティスのヨイクだよ」

「ニルス・アンテ、今あなたが唄ったヨイクは、マッティスが死ぬ直前にグンピでわたしたちに唄ってくれたものだ!」ニーナが叫んだ。

「マッティスは父親のヨイクを唄っていた。父親はその父親のヨイクを」ニルス・アンテが続けた。「やっと甥の鼻をあかしてやれたのが嬉しくてしかたないようだ。「そのヨイクを昔の録音テープにみつけたんだ。あの太鼓とは切り離して聴くと、よくあるヨイクだという印象を受けるだろう。暗いヨイクだ。それもかなり暗い。だがそういうヨイクはいくつもある。ある場所のことが唄われている。湖へとつながる滝、湖岸が急で、熊の頭のような形の湖。湖の中にある小さな島のことを唄っている」

「わたしが思うに」フッリ・マンケルがあとを継いだ。「そのヨイクは多くのことを示唆しているが、太鼓がどこにあるのかも教えてくれているんだ。わたしはそう確信している。そしてヨイクは、この物語を忘れてはならないとも言っている。世代から世代へと伝えなければいけないと。これは墓の中からの警告だよ。太鼓をつくった人間は――十七世紀の終わり頃だが、わたしも今は確信している。そのメッセージを伝えていく義務を感じていたのだ。きみたちも知ってのとおり、当時サーミ人は文字をもたなかった。だがこのサーミ人は太鼓をつくることができた、そしてヨイクも。残念ながらその男がどういう運命をたどったのかを知る術はない。だがヨイクのおかげで、いつの日か誰かが彼の太鼓とそれが抱える秘密をみつけだしてくれると確信していたんだ。だから彼はこう唄った。〝アンドセックが西の斜面でコーヒーを沸かしている。夜が明け始めた。群が混ざってしまった。谷の両側で。そして彼ヨウナは谷の反対側にいる〟その部分が、太鼓には描かれていなかった点を明確にしているんだと思う。きみたち確か、場所を探すにあたって二カ所のうちのどちらなのか迷っていると言ったね？」

クレメットはズボンのポケットに入れていた地図を二枚とも出した。それを膝の上で広げる。叔父も身を乗り出した。

「歩いて渡れる浅瀬が二カ所ある谷、そして放牧地が二カ所。それはここだ」ニルス・アンテは片方の地図の、ある一点を指した。

54

一月二十八日　金曜日
国道九十三号線と九十二号線の交差点　カフェ〈トナカイの幸運〉

パトロールP9の車が猛スピードで九十三号線の北向き車線を走っている。ラカニャールも調査エリアに向かうためにこの道路を通ったはずだ。ここ数日の急展開のおかげで太鼓を発見し、内容を解釈することもできて、クレメットは興奮の渦に巻きこまれたような気分だった。控えめに言ってもそうだ。一方で、この話に興奮すればするほど、心の中は暗くなった。十七世紀にサーミの村を絶滅させたあの悲劇が、今また起きようとしているのか？　八〇年代にオラフ・レンソンが先頭に立って、サーミ人がミノ・ソロのような企業に対して立ち上がったのは、まあ少しは時代が変わったことを示している。昔のサーミ人は反乱など起こすこともできなかった。しかしここ最近の出来事は、何もかもがまた誰かの思いどおりになってしまう可能性を秘めている。ウラン鉱山ができれば深刻な被害が出る。だがそれに反対することはできるのか？

クレメットはウインカーを出し、カフェ〈トナカイの幸運〉の前に車を停めた。ヨハン・ヘンリックの妻が経営している店だ。ヨハン・ヘンリックはいまだに身柄を拘束されているが、まだカウトケイノに残っている検察官が、今夜には二人を釈放すると言っていた。日曜夜のレセプションで国連会議が開会することもあって、トナカイ所有者たちを釈放するのは素晴らしいアイデアだと皆が思った。ただ検察官はできればもう少しだけ彼らを拘束しておきたかった。ミッケルとヨンを拘束するまでは。しかしさらにトナカイ牧夫を二人拘束するとなると、サーミ人に対する迫害だと思われかねない。今回は少なくともオイルの痕跡という具体的な物証があってよかったが。

　駐車場には二台のトレーラーが停まっていた。一台はロシアのナンバーで、もう一台はスウェーデンのだ。クレメットとニーナはカフェに入った。ヨハン・ヘンリックの妻がレジに立っている。角のテーブルには男が一人座っている。クレメットとニーナはうなずきあってから、レジに向かった。コーヒーを注文したが、ヨハン・ヘンリックの妻は二人の顔を見ても嬉しそうな顔はしなかった。

「この男がここを通らなかったか？」クレメットはラカニャールの写真を差し出した。

「通った」ヨハン・ヘンリックの妻は躊躇《ちゅうちょ》なく答えた。「今ロシア人の運転手が座っているあの角の席に座っていた。何枚も地図を広げて。かなり長いこといたね」

「それが何日のことだったか覚えていないか？」

　彼女はしばらく考えていた。陽気な口笛がトイレの中から聞こえ、誰かが水を流した。

「金曜のはず。それか火曜。なぜかというと、今トイレで口笛を吹いている運転手が毎週ここに火曜日と金曜日に立ち寄るから。それが彼のいつものスケジュール。その写真の男にも少しちょっかいを出していたから覚えている」

「この男がどこへ向かったかはわかるか？」

「知っているのはアスラクの野営地に行きたがっていたことだけ。それ以上は何も話していなかった」

「そのあとまたここに寄ったか？」

「いいえ」

クレメットがコーヒー代を支払い、二人で席に向かった瞬間に、トイレの扉が勢いよく開いた。スウェーデン人の運転手が口笛を吹き、指を鳴らしながら出てきた。

「さあ、サンドイッチを用意してくれ。五分で戻ってくるから。そしたらもう出発だ。イーゴル！」彼はロシア人の運転手に向かって叫んだ。「おれの愛人に手を出すんじゃねえぞ！」

ロシア人は笑いだし、小さく手を振った。スウェーデン人のほうは口笛を吹きながら外に出ていった。クレメットはちょうどスウェーデン人のトラック運転手のことを思いだしたところだった。刺青《いれずみ》を入れた運転手。密輸に関わっている男。クレメットがニーナの耳に何かささやき、二人でスウェーデン人を目で追った。男は厚手の作業用オーバーオールを着ていて、トレーラーの下についているスチールの箱を開けた。クレメットはコーヒーカップをテーブルにおいた。外では、スウェーデン人の運転手がポリタンクをひとつ取り出したところだった。アルクティクス・オリエというブランドのオイル、オルセンのガレージにあったものと同じだ。ニーナも何が起きているのかを理解した。

運転手は漏斗《ろうと》を使ってポリタンクの中身を注ぎ、ゴミ収集用のコンテナまで歩いていって空になったポリタンクを捨てた。それからまた口笛を吹きながらカフェに戻ってきた。すでにしみだらけのオーバーオールで、オイルまみれの手を何度も拭いている。

ブライアン・キャラウェイは人生でここまで興奮したことはなかった。まじですごい！　彼がたった今みつけた鉱床は、いや正確には再発見したと言ったほうがいいのだろうが、ラ・フランセーズ・デ・ミネレをウラン業界における世界のリーダーにしてくれる。そして自分は、その鉱床への道をみつけたのだ。もちろん、ラカニャールの狩猟本能のおかげでもある。それでも感極まっていた。二人はスノーモービルのところまで戻ってきたが、キャラウェイは雲の上を歩いているような気分だった。喜びの渦、その真っ只中に身をおき、ラカニャールが不機嫌で荒々しい男であることまで忘れてしまった。大笑いしながら、ラカニャールの肩をどんと叩く。幸せ――彼は幸せに酔いしれていた。

キャラウェイはスノーモービルのトランクから無線機を取り出し、パリ本社にメッセージを送ろうとした。到底信じられないような素晴らしいニュースを、もちろんすぐに伝えなければいけない。キャラウェイは満面に笑みを浮かべてラカニャールのほうを振り返った。

「アンドレ、怒らないでくれよ。だがなぜあなたがブロックハウンドと呼ばれるのかがよくわかった。本当に素晴らしい仕事ぶりだ」

カナダ人はそこでまた無線機のほうを向いた。メッセージを送るために周波数を合わせる。しかしラカニャールがとても低い声で、無線で何を言うつもりなんだと訊いたのは聞こえなかった。ブロックハウンドと呼ぶなと言ったのも。最後に見えたのは、目の前の地面で、長い引き締まった人影が素早く動いたことだった。ラカニャールがスウェーデン製のハンマーで頭蓋骨を割ったとき、稲妻《いなずま》のような痛みを感じる間もなかった。

スウェーデン人の長距離トラック運転手は簡単には拘束されなかった。激しく暴れ回り、大声で叫び、罵倒《ばとう》語を警官たちに吐き続けた。クレメットはついに相手を床にねじ伏せ、後ろに回した手にニーナが手錠をかけた。床にうつぶせになると、オーバーオールで胸が締めつけられるせいか呼吸がしづらくなり、叫ぶことができなくなった。しばらくすると落ち着いたが、だからといって汚い言葉をとめどなく吐き続けることに支障はなかった。クレメットはニーナに運転手の監視を任せた。ニーナは署に電話をし、シェリフから十五分以内に応援が到着するとの約束をもらった。

外ではクレメットが手袋をはめ、トレーラーのドアを開けた。運転席に乗りこむとそこに座り、周りを見回す。運転席、仮眠ベッド、ロッカーと順番に捜し回った。何もかもひっくり返してみた。ポルノ雑誌にガジェット雑誌、何カートンものタバコ。開封ずみのウォッカの瓶は無視した。そしてついに、捜していたものをみつけた。スウェーデン人は深く考えなかったようだ。重い小刀は鞘に入り、鞘は太い革のベルトに装着されている。それが運転席の後ろの細い洋服ロッカーにかかっていた。クレメットはそっと手に取り、鞘から小刀を抜いた。刃を観察してから鞘に戻し、ベルトごとカフェにもち帰った。スウェーデン人はまだニーナの前で手を後ろに回してうつぶせになっている。ニーナはロシア人の運転手の身分証を確認し、書類の写真を撮り、解放したところだった。クレメットは小刀をニーナに見せ、それからスウェーデン人運転手の鼻先でも揺らしてみた。運転手は恐ろしい表情になり、唾を吐いた。

「何か言っておきたいことはないのか？　大変なことになる前に」クレメットが訊いた。

サイレンが遠くから聞こえてきた。ブラッツェンがここにいたら、まるで旅団が到着したような光景に皮肉を言ったことだろう。カウトケイノからの応援でカフェ〈トナカイの幸運〉の小さな駐車場がいっぱいになった。ヨハン・ヘンリックの妻はいつものエプロンをつけてレジに立ち、表情ひとつ変えなかった。

「で？」クレメットはまたベルトについた小刀を揺らしてみせた。

「なんだよ、ラップナイフも見たことないのか？」悪意のある表情で、運転手が毒づいた。

その顔が、次の瞬間には真っ青になった。カフェのドアが開き、シェリフとカウトケイノの警察官が五人入ってきたのだ。ばつが悪そうに目を泳がせたトナカイ牧夫を二人引き連れて。ミッケルとヨンだった。

ヨンはすっかりしょげかえっている。

「オルセンの納屋の前で会ったのが初めてなんだ。クレメット、信じてくれよ。あんたが見たのは、最初で最後のことだ。確かに馬鹿なことをしたよ。でもたかが酒とタバコじゃないか。

たいしたことじゃない」

「その話をしたいわけじゃないんだ。訊きたいのはマッティスのことだ」

ヨンは目を見開き、完全にうろたえた。まずはスウェーデン人を見つめ、それからミッケルを見つめる。ミッケルのほうももう粉々に壊れそうだった。

「おれじゃない！」急にミッケルが叫んだ。「おれじゃない。太鼓を取りに行っただけなんだ。それだけだ。それだけだよ。信じてくれ！　おれじゃない！」

「誰のために太鼓を取りに行ったんだ？」クレメットも怒鳴った。ミッケルの顔から三センチのところで。

「オルセンだよ」ミッケルは恐怖にひきつった顔で答えた。「でもマッティスは太鼓をもっていなかった。酔っぱらってた。マッティスは酔っぱらってたんだ。でもおれは何もしてない。独りで行きたくなかったから……でもおれじゃない。おれじゃない。本当だよ！　ナイフなんてもってなかった。だからおれじゃない」ミッケルはしゃくりあげて泣いていた。「おれはマッティスのスノーモービルに火をつけただけで……」

「じゃあ一緒にいたアスラクがやったのか？」クレメットがまた怒鳴った。

「アスラク？　アスラクだって？　アスラクなんていなかった。いなかったよ！」ミッケルは泣きながら言った。「そこにいたのはおれと……」

スウェーデン人は床に転がったまま、もう一言も発していなかった。ただミッケルのほうに唾を吐きかけた。

55

一月二十八日　金曜日
サプミ内陸部

　アスラクはフランス人が一人で野営地に戻ってくるのを見た。服が汚れている。表情が消えている。しかしひとつだけ——瞳孔《どうこう》が開いている。血に染まったハンマーを手に、それを隠そうともしなかった。無線機を手に取り、ノルウェー人が応答すると、何かの機械のことを話していた。そして自分の位置を告げた。

「ここから鉱床までそう遠くはない。急げ、天気が悪くなる前に。お前らは満足するはずだ」

　そして異邦人は無線を切った。アスラクは異邦人から目を離さなかった。邪悪の根源から。

　アスラクは妻のことを考えた。今頃どうしているだろうか。ひどい発作は起こしていないだろうか。本当ならここにいる場合ではなかった。無線の男たちがここに来るなら、妻の命が脅かされることはないかもしれない。アスラクはトナカイの毛皮のブーツにナイフを隠しもっていた。ずっと昔から常にだ。ハンマーの男はアスラクが彼の法に従っていると思いこんでいる。だがアスラクのような男は邪悪には従わない。

目の前に妻が描いた模様が見えた。なんとかしなければいけない。なんとかできれば妻の心に平安が訪れるかもしれない。理性は戻ってこないかもしれないが、平安くらいなら。彼女はまた幸せになるには不幸すぎた。今は不幸そのものでしかない。そして苦痛。悲鳴。

異邦人が血だらけのハンマーをもって帰ってきたとき、アスラクは即座に理解した。空は暗い灰色の雲に覆われた。雪嵐が近づいている。祖父が出ていったあの日のように。祖父は冬の嵐の日に独りで出ていった。一族の負担になったときに老人たちがいつもやるように。彼らは一人でツンドラに出ていき、もう二度と姿を現すことはない。アスラクは雲を見つめた。七歳のとき、カウトケイノの寄宿学校で見たのと同じ悪天候だ。祖父が出ていったのと同じ日、アスラクも出ていった。寄宿学校の窓から飛び下りたのだ。七歳だった。嵐の中へと、振り返ることなく。

アスラクは自分のトナカイのことを考えた。犬たちのことも。アスラクは敗けたのだ。よいトナカイ所有者は絶対に自分の群を見捨てたりしない。アスラクは十メートル先で身動きひとつせずに立っている男を見つめた。そしてマッティスのことを考えた。マッティスの死体――スノーモービルが燃えている煙が見えたから、そこへ行ったのだ。自分が言ったことを覚えている。人間たちの法がマッティスを殺した。人間たちのルールが。もっとほしいと尽きることのない欲望が。目の前にいる男のような人間が、トナカイ所有者たちに損害を与えたのだ。ミノ・ソロが不幸をまきちらした。そしてこの男――ハンマーの男は、二度も不幸をまきちらした。だから二倍償わせるしかない。

ヨハン・ヘンリックの妻はレジに立ち、スウェーデン人がミッケルに裏切られる場面をひとつも見逃さなかった。彼女はクレメットに近寄った。

「オルセンが今朝ここを通った。車で、すごく朝早くに。ここに入ってきて、魔法瓶にコーヒーを入れた。車にはあんたたちの同僚が座っていた。サーミ人に嫌がらせをするあの警官。車はあっちの方向に向かった」彼女はそう言って、九十二号線の北東方向を指さした。その方向は雲が厚くなっている。

クレメットとニーナは一秒もおしかった。二人は車を出し、その後ろからカウトケイノ署の応援パトロールがついてくる。シェリフが検察官に報告して、オルセン宅の金庫を開ける許可を取った。中に興味深いものが入っているかもしれないからだ。警官たちは車を進め、道が枝分かれしているところで停車した。彼らは無言のまま素早く動いた。何をすればいいのかはわかっている。数分後には四台のスノーモービルが雪野原に飛び出していった。小さな丘の断層にそって走る。斜面は輝く雪が硬く詰まり、骸骨のように歪んだ灌木に覆われている。くねくねと凍った川ぞいを走り、数キロ先で川から折れて高原に上がった。遠くにアスラクの野営地が見えている。あまりに静かな様子に、クレメットは心配になった。煙が出ていない。クレメットはスピードを上げた。何がアスラクにあんなことをさせた？　クレメットだからこそ、アスラクが非現実的なことをやってのけられる男だというのを知っている。他の誰もやろうとはしないようなことを。四台のスノーモービルはアスラクのコタに近づくとスピードを落とした。

警官たちはシェリフが署からもってきた銃を抜いた。銃をもつなんて変な感じだった。武装するのはクレメットがトナカイ警察で働き始めてから初めてだ。二人の警官がコタの周りを一周した。なんの音も洩れてこない。クレメットはニーナに大きなコタの入口の幕を上げるよう合図し、中に飛びこんだ。そこで立ち止まる。ニーナもあとに続いて勢いよく入ってきた。そしてすぐに理解した。クレメットは銃をもった手をだらりと下ろしたまま、アイラの死体を見下ろしている。ニーナは地面に膝をついた。アイラの顔は青白かった。死んだのは数日前だろう。凍死だ。炎はとっくに消えていた。アイラはあおむけに横たわっている。両腕を上に突き出した状態で。まるで、とり落としてしまった何かをつかもうとするように。

ニーナはそこで膝をついたまま、クレメットに手で示した。クレメットはニーナの視線の先を追った。炉のそばの土の床に、誰かが指で文字を描いていた。ＭＯＳＯ。

「耳の模様……」クレメットがつぶやいた。

56

一月二十八日　金曜日
サプミ内陸部

アンドレ・ラカニャールはサーミ人を観察した。相手は最初から彼のことを挑発的な目で見張っている。今もまた彼をじっと見つめていた。四つの長い房のついた帽子をかぶり、投げ縄を肩にかけて。ラカニャールはもうこのガイドのことは必要なかった。あとはすべてうまくいく。あの老農夫に約束したことを守らせるまでだ。すべては計画どおりにいくはずだった。あの鉱山を開発すれば、人々は彼の足に口づけるだろう。家に帰ったら、ふしだらな小娘を数えきれないくらい用意するつもりだった。風が吹き始め、雪が彼の周りで舞っている。くそっ、なんて寒いんだ！　ラカニャールは血に染まった手で顔を撫でた。身体が熱くなる。あの馬鹿は始終おれのことを見つめていやがる。ラカニャールはハンマーを手に、サーミ人に歩み寄った。相手は身動きひとつしない。ラカニャールはもうこの男のことを必要としていなかった。こいつはおしまいだ。役目を終えた。だからこいつを消してもいいのだ。ラカニャールはさらに近づいた。相手はじっとこちらを見つめたままだ。くそ、こいつの目つきがどうしても気に入らない。ラカニャールはゆっくりと近づいた。相手はやっと立ち上がった。ラカニャールは相手の目を見つめた。食いしばったような顎、皺の寄った鼻。オオカミが絶好の瞬間を狙っているような。

「急げ、荷物をまとめろ。次の谷へ行く。もう一人は向こうで待っている。もうすぐ終わりだ。お前も家に帰って奥さんに会えるぞ。犬も返す」

ラカニャールはガイガーカウンターを手に、さらにサーミ人に近づいた。

「さあ、これも箱に戻せ」そう言って、小さな折り畳みテーブルの上においた。

サーミ人はそれを手に取るために、少し身体をひねらなければいけない。一秒の十分の一の間だけ、ラカニャールは彼の視界から消えることができる。サーミ人は立ち上がり、静かにガイガーカウンターに手を伸ばした。

あと一メートルの距離まで来ていた。ラカニャールは自分がもつかぎりの狂暴さを表に出した。スウェーデン製のハンマーが空を切り、激しくぶつかる。骨が割れる恐ろしい音が響いた。だがサーミ人は予測していたのだろう、ハンマーが当たったのはアスラクの肩だった。それでも鎖骨が粉々に割れたはずだ。しかしラカニャールは相手の頭を外したことに驚き、ほんの三秒だけ茫然となった。それは三秒間分、長すぎた。サーミ人はブーツから柄に脂を塗った大きな小刀を取り出した。そのあとはまるでスローモーションだった。サーミ人は肩を割られたのに、ラカニャールに飛びかかった。ラカニャールはもう一度ハンマーを振るうには近すぎる距離にいた。空いているほうの手で押しのけようとしたが、起きたことを理解する間もなく、サーミ人が大きく口を開け、ラカニャールの手に嚙みついた。ラカニャールは大声で吼《ほ》えた。罠にかかったよりも激しい痛みだった。次の瞬間、恐怖が一気に全身に広がった。何もできないままに、恐怖を感じているしかなかった。サーミ人が一気に彼の手を喰いちぎったのだ。ラカニャールは思わずハンマーを落とし、血の吹き出す手首を押さえた。雪が血の色に染まる間、痛みに叫び続けた。サーミ人は彼にナイフを突きつけたが、とどめを刺すつもりはないようだった。ラカニャールから視線を離さずに、雪の上に落ちた手に屈みこんだ。しかしアスラクが興味を示したのは手ではなかった。手からはずれた銀のチェーンブレスレットをつかみ上げる。そして立ち上がった。

「ミノ・ソロ」アスラクはそれだけ言った。「ミノ・ソロ……」

クレメットとニーナはアスラクの野営地で発見したことを署に報告した。シェリフはすぐにチームを送った。検察官はオルセン宅の家宅捜索を率い、今回は徹底的にやることができて、オルセンの金庫も開けた。ちょうど、そこからオルセンとフランス人地質学者が協力関係にあることを示す書類が出てきたところだった。その他にもブラッツェンの雇用契約書の草稿。鉱山の警備責任者になるというものだった。さらにはカウトケイノの十五歳の少女たちがラカニャールに性的嫌がらせをされたと訴える手紙も。

警官たちはまたスノーモービルにまたがった。空はどんどん暗くなっていく。視界はまだわりとよかったが、地獄のような天気になるのは時間の問題だった。ニーナは不安を感じた。こんな悪天候の中でどうやって正しい場所をみつければいいのだろう。雲は厚いのに、気温があっという間に下がった。捜索はいったん中止にして、町に戻るべきだった。

しかしクレメットの存在がニーナを勇気づけた。クレメットは今までになくこの丘陵地帯を知りつくしていた。太鼓のシンボル、ヨイクの歌詞、そして地図が頭の中に入っている。四人はまた走りだした。クレメットが先頭に立ち、アクセルを限界まで押しこむ。緊急事態なのだ。ニーナは正しかった。この天候の中でツンドラの大地に出るなら、経験豊かなドライバーでなくてはいけない。風が真横に吹いていて、フルフェイスのヘルメットなのに左のこめかみに氷のように冷たい風が入ってくる。誰かがこめかみにナイフの刃の先を突き刺してくるみたいだ。一瞬でもその痛みを止めるためにヘルメットを押さえたかったが、ハンドルから手を放す勇気はない。重いスノーモービルの制御を失うのが怖くて。そして、これよりももっとひどいことが待ち受けているという予感もあった。目の前で、地平線は真っ黒な雲に覆いつくされている。まだ日も沈んでいないのに。

クレメットは難しい急斜面の近道を選び、仲間たちにさらに無理を強いた。トナカイ牧夫でも避けて通る場所だ。そこをクレメットは躊躇《ちゅうちょ》せずに上っていった。貴重な時間を節約できることを知っているからだ。他の警官たちも果敢にあとに続いた。そしてやっと反対側の谷にたどり着いた。クレメットは緩い傾斜の丘を、くねくねと曲がる川まで下りた。あるカーブを曲がったところで、細い川のど真ん中にしゃがみこんでいた男をあやうく轢《ひ》いてしまうところだった。男の顔は血だらけで、自分から二メートルのところでスノーモービルが停まるのを見て驚いていた。それはオルセンだった。

老人は粉雪の中に倒れているスノーモービルのほうに両腕を広げてみせた。運転手は雪に隠されていた大きな石に気づかなかったのだ。少し離れたところにもう一人倒れているのが見える。その人間は微動だにしない。

「助けに来てくれたのか！」オルセンが叫び、その顔に希望が溢れた。怪我がかなり痛そうではあるが。「あの役立たずはスノーモービルの運転もまともにできないんだ。危険な悪党がいる場所を教えようとしたのに……」

その偉そうな態度はクレメットが彼を押しやり、意識のないブラッツェンの身体を表に返したときに消えた。二人の警官がオルセンとブラッツェンを拘束し、面倒をみることになった。クレメットはニーナとさらに先へ進んだ。嵐の中へ、限界までアクセルを押しこんで。


ラカニャールは頭を振った。痛みと、起きていることを理解できないせいで。ラカニャールはうめいた。サーミ人は自分を殺すつもりはないようだ。投げ縄で縛られたとき、わずかに希望が生まれた。サーミ人は彼を強く縛り、引っ張った。ラカニャールを縄で引きながら歩き始めた。ラカニャールのスノーモービルの痕にそって。

二人は永遠のように長い間歩き続けた。ラカニャールはつまずき、雪に倒れこんだ。転ぶたびに痛みに叫んだ。冷たい風が手のない手首に当たり、痛みは耐えがたい。周りで寒風が荒れ狂う中でも汗が噴き出した。来たるべき雪嵐が始まり、空は消えかかっていた。風が吹き荒れ、何もかも消し去ってしまう。乱れ飛ぶ雪の中を二人は進んだ。ラカニャールは怒声をあげ、サーミ人を侮辱した。しかしサーミ人は淡々と彼を引っ張っていくだけだった。ずっと遠くへ。この雪嵐のことも、潰された肩のことも気にならないようだった。二人がさらに進んでいくと、突然風がやんだ。ラカニャールにもまたあの滑り台のような岩が見えた。サーミ人はここまでスノーモービルの痕をたどってきたのだ。乱暴に引っ張られてラカニャールはまた転び、悲鳴をあげ、罵《ののし》った。

そして突然、鉱山の入口に立っていた。サーミ人がまた彼を引っ張り、屈ませた。そしてラカニャールを坑道の中にほうりこんだ。真っ暗な闇の中に。そして乱暴に身体を伸ばさせた。サーミ人が自分に何かしたのはわかったが、何も見えなかった。理解したときには手遅れだった。縄がラカニャールの肩を、腕を、腿を縛っている。全身が縄に巻かれていた。ラカニャールはその場に倒れこんだ。動けない。もう手首を押さえることもできなくなった。狂ったように叫ぶ。怒りに、痛みに、恐怖に。自分はここで死ぬのだ。ラカニャールは荒々しく吼えた。そのとき、サーミ人に口の中に何かを突っこまれた。抵抗しようとするが、あきらめるしかなかった。サーミ人は彼の口にウラン鉱石を詰めこんだのだ。それで口の中がいっぱいになり、もう叫ぶこともできない。サーミ人はラカニャールが首に巻いていたショールを引っ張り、それで彼の口を縛った。細い坑道に洩れ入る弱い光の中で、疲れ切り負けを悟ったラカニャールは、サーミ人のシルエットが立ち上がるのを見た。

「ミノ・ソロ……アイラのために」

一度も来たことがないのにその谷だとわかった。二人は人のいなくなった野営地をみつけた。折り畳み式テーブルもかなり遠くまで飛ばされている。嵐が機材や紙類を吹き飛ばしていた。スノーモービルも。血のついたハンマーも。風がすべてを連れ去ろうとしたのだ。クレメットとニーナは言葉を交わすこともなかった。まだ午後二時にもならないのに空は真っ暗だ。ニーナが嵐の中へとまっすぐに続く足跡を発見した。しかし十メートル以上先は見えない。地平線は完全に黒くなっていた。それでも二人はまたスノーモービルにまたがり、足跡を追った。ゆっくりだと雪に沈むし、速すぎると何かを轢いてしまうかもしれない。クレメットは怖かった。誰にも言うつもりはないが、怖かった。子供の頃からずっと、ツンドラを麻痺《まひ》させるような恐ろしい雪嵐への恐怖を克服しようとしてきた。氷のように冷たい、脅すような闇に独りで立ち向かい、意志の力で克服できたと思いこんでいた。しかしアスラクに近づくにつれ、恐怖がよみがえった。クレメットは知っていた。アスラクがとんでもなく恐ろしいことをしたのを。アスラクはその罪を償わなくてはいけない。自分は彼を捕らえなければいけない――まだ生きているなら。二人は少しずつ前に進んでいった。足跡はどんどん見えづらくなっていく。雪が荒れ狂い、嵐が二人を包みこむ。クレメットはヘッドライトの光の中に二度も赤いしみを見かけた。

この雪嵐――同じだった。まったく同じだった。クレメットは目をそらしたが、雪嵐は彼に注目を強いた。クレメット自身は幼い少年――まだ七歳だった。カウトケイノの寄宿学校の窓。

数日間がんばってためた食料が入った小さな袋。二人分の食料だった。自宅に帰るために。その友達とサーミ語を話したらお仕置きをされる学校から逃げだすために。真っ暗な極寒の夜、少年は吼え続ける雪嵐を前にして窓枠に座っていた。マイナス三十度の真夜中、三十キロの道のりだ。暗い夜の闇の中を七歳の少年が——。今日はそのときと同じ雪嵐だった。クレメットにはわかっていた。嵐が耳をつんざく。身体じゅうが痛かったが、自分を鞭打って先へ進む。風は彼のオーバーオールなど無視して、いたるところに入ってきた。同じ雪嵐、同じ恐怖。それが記憶のいちばん奥にしっかり棲みついていた。丘のある地点で、足跡がふたつの方向に分かれている。左に行くと少し下っていき、滑り台のような形の岩が見えている。しかし雪嵐のせいでその向こうまでは見えない。クレメットはスノーモービルをもう一方の痕に向けた。足跡が丘の頂上に向かっている。もうほとんど雪に隠れているが、たった一人の人間のものだった。クレメットは緊張に歪んだ顔を上げた。雪をたっぷり含んだ風が真横に吹く中、それを照らすヘッドライトの光を目で追った。丘の上で、四つの風の帽子をかぶったアスラクが、クレメットを待っていた。激しい雪嵐にびしょ濡れになり、片方の肩がだらりと垂れ下がった状態で。

クレメットは深く息を吸った。そしてニーナのほうを振り返った。ニーナは雪嵐の中で、胸が張り裂けそうに深く傷ついた同僚の表情を見分けた。

「ここで待ってろ」クレメットはかすれ声でそれだけ言った。

クレメットはスノーモービルで斜面を上がり始めた。最後の数メートルで嵐の目の中に入った。アスラクとの対峙は避けられないものだとわかっていた。ニーナもそれを理解したようだ。クレメットはアスラクの前でスノーモービルを停めた。アスラクは力が尽き果てた様子だった。顔は傷だらけで、トナカイの毛皮は肩のあたりが血に染まっている。痛むはずなのに、顔には出していない。手は空っぽだが、ぎゅっと握られている。クレメットは荒い息遣いをしていた。最初の一言は彼が発さなくてはいけない。

「なぜだ、アスラク。なぜマッティスを？」クレメットは雪嵐に負けじと叫んだ。

アスラクの顔の厳しさが緩んだ。痛みと疲労が、表情を穏やかにさせていた。目の端が少し下がる。アスラクは悲しげに頭を振り、激しい痛みに顔を歪めた。風と雪に顔を打たれている。まつげと髭は霜に覆われていた。

「おれが着いたとき、マッティスはもう死んでいた」アスラクも叫んだ。「おれは泣いた。クレメット、人生で初めて泣いたんだ」

クレメットにはアスラクが正直に話しているのがわかった。その告白は自然なことのように思えた。

「子供の頃、おれは泣かなかった。アイラのことでも、赤ん坊のことでも、泣かなかった。マッティスは人間の犠牲になった。人間がつくったルールの。トナカイ飼育管理局の。ここにやってきた企業の。その中でもミノ・ソロが最悪だった。それは知っておけ。全員に責任がある。市役所。許可を出すやつら。あいつらはアイラに起きたことを知っていた。なのに彼女のために何もしなかった。だからだ、あの耳は。人々に知らせなければいけない」

「なぜおれに言ってくれなかったんだ?」クレメットが叫び、顔に襲いかかる氷の結晶を避けるために目を細めた。

「おれはお前の正義を信じない、クレメット」

「マッティスの目の周りの血は?」クレメットが叫んだ。

「クレメット、おれたちの祖先は……長い冬の夜のあと、太陽が戻ってきた最初の日、木のリングを血に浸した。クレメット、最初の太陽をそのリングごしに覗くと、理性を取り戻せると言われている」

アスラクは黙って立っていた。その目が鋭さを失っていく。クレメットはアスラクが今まででいちばん人間らしく見えると思った。

「マッティスは理性を失っていた」アスラクが叫んだ。「さっき言ったことすべてのせいで。おれはリングをマッティスの目に当てた。あいつは太陽が戻ってきた日に死んだ。だからあの世で理性を取り戻しただろう。心の平安も」

アスラクは片方の拳《こぶし》をクレメットに差し出した。そして手を開いた。そこには血だらけのチェーンブレスレットがあった。

「これをアイラに渡してくれ。彼女はわかるはずだ」

クレメットはアスラクを見つめた。呼吸が激しくなっている。銀のチェーンにはMOSOという文字があった。クレメットは強い感情が胸にこみあげるのを感じた。ブレスレットを受け取る。

「アスラク……」

クレメットは頭を振った。目の中で涙と雪が混じりあう。肌を打つ嵐はもう感じない。また叫んでいた。強風に負けないように。

「アスラク……アイラは死んだ。寒さのせいで。さっきみつけたんだ」

アスラクはしばらく目を閉じていた。握っていた拳が開く。急に力を抜くという決定を下したみたいに。ますます暗くなる空の下で、アスラクのシルエットが雪嵐に消えていく。ヘッドライトの光の輪も、彼の周りで弱くなった。アスラクはクレメットに近寄り、その手に触れた。もう叫んではいなかった。

「クレメット、おれのトナカイたちが苦痛を感じないようにしてやってくれ」

二人は見つめあった。クレメットは自分を包む暗闇への恐怖を抑えようとした。何か言わなければ——しかし身体が麻痺したかのようだった。アスラクは歩き始めた。

「アスラク！」クレメットが叫んだ。「フランス人はどこだ⁉　それにお前のことも捕まえなくちゃいけない。アスラク！」

アスラクは振り返り、クレメットの目をじっと見つめた。

「おれはおれがいるべき世界に戻る」アスラクが叫び返した。

それからクレメットのすぐそばに立った。

「怖いのか？」そう訊いたアスラクの顔には、初めて心からの思いやりが宿っていた。

クレメットは何も言わずに見つめ返した。胸が張り裂けそうだった。

「怖がる理由なんて何もないぞ」アスラクが優しく言った。

「お前におれの気持ちなんてわからない！」突然クレメットが叫んだ。

「お前が何を考えているかはわかる」

「何がわかるんだ！」クレメットの目には涙が溢れ、苦痛に満ちていた。「おれたちは七歳だった！　たった七歳だぞ！」

「だが一緒にやることになっていただろう、クレメット。約束したじゃないか」

クレメットはもう感情を押しとどめておけなかった。スノーモービルの上に倒れこむと、激しく嗚咽《おえつ》を洩らした。泣きやむことのできない子供のように。

ニーナは少し離れたところで立ちつくし、なすすべもなくその光景を眺めていた。アスラクは踵《きびす》を返し、歩き始めた。クレメットはスノーモービルにつっぷしたまま、身体を震わせている。しかしニーナもその場から動けなかった。

クレメットが顔を上げたとき、アスラクは北極圏の夜に消えていた。

訳者あとがき

一月中旬、ノルウェーの北極圏に位置する町カウトケイノ。ベテラン警官のクレメットは、新人のニーナを連れて雪の積もった山頂へと車を走らせる。極寒の中、山頂には多くの人々が集まり、荘厳な雰囲気に包まれていた。彼らは四十日ぶりに昇る太陽を見るために集まったのだ。

本作『影のない四十日間』は、四十日にわたる極夜が明けたばかりのサプミが舞台だ。サプミというのは、北欧の先住民族であるサーミ人が伝統的に暮らしてきた地域で、昔は国境が存在しなかったが、今はノルウェー・スウェーデン・フィンランド・ロシアの四カ国に分けられている。この極寒の地で、先住民族であるサーミ人と開拓者であり侵略者である北欧人の末裔がともに暮らすことを強いられ、様々な軋轢《あつれき》が生じている。

そんなカウトケイノの町で、ノアイデ（サーミ人のシャーマン）の儀式の道具だった神聖な太鼓が博物館から盗まれる。その翌日にはサーミ人のトナカイ所有者マッティスが、耳を切り取られて殺されているのが発見される。真冬のこの時期、トナカイ所有者たちは人里離れた放牧地でトナカイの世話をしながら孤独に生きている。

二つの事件を捜査することになった主人公のクレメットは、ベテランのトナカイ警官だ。トナカイ警官と聞いて、読者の皆さんはどんなものを思い浮かべるだろうか。騎馬警官ならぬ、トナカイに乗った警官? それとも警察犬の代わりにトナカイが活躍する? いや、どちらも不正解。トナカイ警官というのは、トナカイの密猟や盗難といった事件を担当するために戦後に編成されたトナカイ警察の警官で、トナカイ所有者同士のいさかいにも対応している。なお、本作ではノルウェー・スウェーデン・フィンランド各国からの人員で構成され、ロシア領を除いたサプミ全体で活躍しているが、現実にはトナカイ警察はノルウェーにしか存在しない。

クレメットと常に行動をともにするのが、南ノルウェー出身で、トナカイ警察に配属になったばかりの新人警官ニーナだ。〝普通の北欧人〟である彼女は、男性中心のトナカイ放牧の世界に戸惑い、サーミ人の血を引くクレメットが語るサーミ人同化政策の暗い歴史にもショックを受ける。

実は北欧でも、サーミ人の生活や同化政策についてはそれほど語られてこなかった。そのためノルウェー人のニーナは読者であるわたしたちを代表するかのように、驚きをもってサーミの文化や現実を知ることになる。実際、トナカイ所有者たちの放牧生活は想像を絶するようなものだ。その中でもアスラクは、スノーモービルや携帯電話などの近代的な道具が登場する以前の暮らしを続けている。優秀な牧畜犬だけを助手に、マイナス数十度の気温でも雪嵐の中でもスキーで移動して、自分のトナカイが餌を食べられているか、放牧地から出てしまっていないかを確かめる。そんなアスラクは、殺されたマッティスと唯一親交のあった人間だった。一方で、サーミ人の存在を疎ましく思う人間たちも存在する。北欧人の入植者の子孫であるオルセンの老人は、ノルウェーの極右、進歩党の議員でもあり、個人としても政治家としてもサーミ人に対する嫌悪をあからさまにしている。そんな彼は同じく人種差別主義者の警官ブラッツェンを丸めこみ、長年夢見てきたある計画を実行に移そうとする。トナカイ警官たちは太鼓の盗難事件とトナカイ所有者殺人事件を追ううちに、太鼓に隠された古い秘密、そしてサプミに伝わるある恐ろしい伝説にたどり着くことになる。

ノルウェーを中心とした北欧の北極圏が舞台になっているという意味では北欧ミステリだが、著者オリヴィエ・トリュックはスウェーデン在住のフランス人作家で、本作は二〇一二年にフランスで刊行されている。「北欧人が書いた北欧人のための北欧ミステリ」とはひと味ちがって、北欧人以外の読者にも非常にその魅力が伝わりやすいというのも本作の特色のひとつだろう。類似の存在として、『極夜　カーモス』（集英社）などで知られるアメリカ出身でフィンランドで活動したミステリ作家の故ジェイムズ・トンプソンを思い出す読者もいるかもしれない。ジェイムズ・トンプソンのシリーズも北極圏が舞台で、わたしたち外国人にとってエキゾチックで謎めいた環境が、ミステリの筋に独特の雰囲気を与えてくれた。

本作は母国フランスでミステリファンに熱狂的に迎えられ、ミステリ批評家賞や813協会賞他、フランスのミステリ賞を中心に二十三もの賞を受賞している。売り上げはフランスだけで十五万部に上り、その人気を受けてバンドデシネ（コミック）も刊行されたほどだ。フランス国外では十九カ国で翻訳され、英訳されたものが二〇一四年のCWAインターナショナル・ダガー賞のショートリストにノミネートされている。

著者のオリヴィエ・トリュックは一九九四年よりスウェーデンの首都ストックホルム在住で、フランスの新聞社『ル・モンド』の北欧特派員を二十年以上務めるジャーナリストだ。若い頃から戦場特派員を志望し、クロアチア紛争やレバノン内戦を報道したキャリアもある。スウェーデン北部出身の女性と出会ったのがきっかけでストックホルムに拠点を移し、サーミの歴史にも興味をもつようになった。ノルウェーの北極圏で二ヶ月にわたってトナカイ警察を取材し、それが約一時間のドキュメンタリー番組としてフランスのテレビ局フランス5で放映された。この長期取材で得た知見や地元の人々との交流をもとに、ミステリの執筆を始めたという。プロのジャーナリストが二カ月という期間を費やした現地でのリサーチ、それをベースにした本作は、事実に基づいた細かなディテールが鏤《ちりば》められた素晴らしい物語に仕上がっている。

サプミは豊かな天然資源を擁《よう》しており、それを狙った北欧国家や国内外の企業が鉱山開発、水力発電、森林伐採などを行って自然破壊を進め、それがサーミ人の伝統的なライフスタイルだったトナカイ放牧を困難なものにしてきた。世界各地で先住民族に対して行われたように、サーミ人たちもまた、北欧人がもちこんだアルコールに溺れ、侵略されるがままになっていた。一八四〇年代には、アルコール漬けになったサーミ人の状況を憂《うれ》いたレスターディウス牧師がサプミで禁酒運動を興し、多くの信者を獲得した。厳しい規律に基づくレスターディウス派は、現在も世界で十万人以上の信者がいるとされている。

クレメット自身の告白からもわかるとおり、同化政策によりサーミ人の子供たちは学校で自分たちの言葉（サーミ語）を話すことも許されず、民族としてのアイデンティティを喪失した大人になってしまった。そんなクレメットの姿は、デンマークで一九九二年に刊行されたミステリ『スミラの雪の感覚』（ペーター・ホゥ著、新潮社）の主人公で、やはり同化政策の犠牲となったグリーンランドのイヌイットの血を引く女性スミラに重なるものがある。映画であれば、やはり同化政策に翻弄されたサーミ人の少女たちの姿を描いた『サーミの血』を思い出すかたもいらっしゃるかもしれない。

クレメットとニーナを主人公にしたトナカイ警官シリーズは今年、フランスで四作目が刊行された。新作を待ち望んでいたファンのためのサイン会や文学フェスティバルに参加するために、著者は頻繁《ひんぱん》にスウェーデンとフランスを行き来し、「（PCR検査のために）もう何十本綿棒を鼻に突っこんだかわからないよ……」と笑っていた。なお、本シリーズのスピンオフとして、本作の冒頭と同じ十七世紀のサプミを舞台にした歴史小説も発表されている。

二作目の舞台となるのは、一作目と対照的に太陽の沈まない白夜を迎えた北極圏の夏だ。トナカイ放牧も冬の放牧地である内陸部のヴィッダから、夏の放牧地である沿岸部に場所を移している。素朴な印象のカウトケイノとは異なり、沿岸部の町は石油バブルに沸きたち、各国企業の欲望が渦巻く場所だ。そんな中、将来有望な若いトナカイ所有者が、放牧中に悲劇的な事故死を遂げる。その直後には、地元の権力者がサーミの聖なる岩で死んでいるのが発見される。二人の死を不審に思ったクレメットとニーナは捜査を開始するが――。死んだ若いトナカイ所有者の幼馴染には、石油採掘のダイバーとして活躍している青年もいる。危険と背中合わせの職だが、信じられないような高給を取り、女たちもほうっておかない存在だ。同じ地域に暮らす同じサーミ人ながら、両極端な世界に生きる若い世代。読者は彼らの人生を追うことにもなる。

訳者が本作の存在を知ったのは、毎年仲間とともに主催しているスウェーデン・ミステリフェスティバルに著者のオリヴィエ・トリュック氏を招聘《しょうへい》したときだった。講演を聴いたり直接話す機会を得たりするうちに、フランスのファンと同じくすっかりこのシリーズの虜《とりこ》になってしまった。本作は原著のフランス語版とノルウェー語版を参考にしつつ、スウェーデン語版を基本に重訳、不明な点については何度も著者に質問を重ねた。毎回丁寧《ていねい》に説明してくれた著者に心から感謝している。また、本作品の邦訳刊行を可能にしてくれた東京創元社編集部の小林甘奈氏にも大変お世話になった。

地質学用語の訳に関しては地質調査総合センター様に地質図の専門家、栗本史雄先生をご紹介いただき、相談にのっていただいた。心よりお礼を申し上げます。また、ノルウェー語の人名・地名の読みかたを教えてくれたスウェーデン・ミステリフェスティバル主催仲間のノルウェー人グレン・フォルクヴォード、翻訳の参考にもさせていただいた『サーミ人についての話』の著者ヨハン・トゥリ氏、そして翻訳者の吉田欣吾先生にも深く感謝いたします。

訳者紹介　1975年兵庫県生まれ。神戸女学院大学文学部英文科卒。スウェーデン在住。訳書にペーション『許されざる者』、ネッセル『殺人者の手記』、ハンセン『スマホ脳』、ヤンソン『メッセージ　トーベ・ヤンソン自選短篇集』など、また著書に『スウェーデンの保育園に待機児童はいない』がある。

検印
廃止

影のない四十日間　下

2021年11月12日　初版

著　者　オリヴィエ・トリュック

訳　者　久《く》　山《やま》　葉《よう》　子《こ》

発行所　（株）東京創元社
代表者　渋谷健太郎

162-0814／東京都新宿区新小川町1-5
電　話　03・3268・8231-営業部
03・3268・8204-編集部
URL　http://www.tsogen.co.jp
DTP　工友会印刷
晩印刷・本間製本

乱丁・落丁本は、ご面倒ですが小社までご送付ください。送料小社負担にてお取替えいたします。

ISBN978-4-488-22704-3　C0197

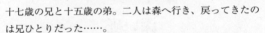

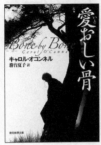